DEUX INNOCENTS

"Domaine français"

DU MÊME AUTEUR

LE VENTRE DE LA FÉE, Actes Sud, 1993 ; Babel n° 1387.
L'ÉLÉGANCE DES VEUVES, Actes Sud, 1995 ; Babel n° 280.
GRÂCE ET DÉNUEMENT, Actes Sud, 1997 (prix Culture et bibliothèques pour tous) ; Babel n° 439.
LA CONVERSATION AMOUREUSE, Actes Sud, 2000 ; Babel n° 567.
DANS LA GUERRE, Actes Sud, 2003 ; Babel n° 714.
LES AUTRES, Actes Sud, 2006 ; Babel n° 857.
PARADIS CONJUGAL, Albin Michel, 2008 ; Babel n° 990.
PASSÉ SOUS SILENCE, Actes Sud, 2010 ; Babel n° 1126.
CHERCHEZ LA FEMME, Actes Sud, 2013 ; Babel n° 1276.
LE RÈGNE DU VIVANT, Actes Sud, 2014 ; Babel n° 1427.
LES BOURGEOIS, Actes Sud, 2017 (prix *Historia* du roman historique) ; Babel n° 1662.
L'INTIMITÉ, Actes Sud, 2020 ; Babel n° 1815.

ISBN 978-2-330-17623-5

ALICE FERNEY

Deux innocents

roman

ACTES SUD

À Topie.

D'abord le verdict, ensuite le procès.

John Maxwell Coetzee, *Disgrâce*.

Dites-moi que vous savez qu'on ne voit bien
qu'avec le cœur, que nous sommes maintenant
dans le trou noir des apparences et de la laideur,
mais que la vérité, dans sa simplicité,
reviendra avec le soleil.

Gabrielle Russier,
Lettres de prison – à ses parents.

I

L'ESPRIT

1

Il est le seul nouveau de cette rentrée 2018 à L'Embellie. Il s'appelle Gabriel Noblet. Il a dix-sept ans. Ses parents sont venus en catastrophe à la fin de l'été l'inscrire dans cet établissement, assez proche de leur domicile et qui a bonne réputation. Lorsqu'elle a signé le dernier document (après celui des repas à la cantine, il restait le formulaire relatif au droit à l'image), Mme Noblet a pleuré de soulagement. Elle s'est reprise aussitôt. Pardonnez-moi, je me suis fait tellement de souci. La compréhension qu'elle a rencontrée l'a rassurée, la sobriété aussi. Peu de mots mais choisis, voilà décidément la meilleure attitude, celle qu'elle adopte, et celle que chez les autres elle préfère. Elle est maintenant pleine d'espoir en franchissant le large portail ouvert (deux portes métalliques peintes en bleu) pour accompagner son fils dans la cour où la directrice et quelques professeurs accueillent les élèves. Tous se connaissent depuis au moins une année, parfois deux ; joyeuses et bruyantes, leurs retrouvailles sont des ébats. Deux jeunes filles s'applaudissent mutuellement avec des rires enfantins. Tu es très jolie, dit l'une. Je suis très jolie ? Merci, toi aussi tu es jolie, répond l'autre en portant sa main à la barrette qui retient sa mèche. Un geste de timidité et de gentille minauderie mêlées, qu'elle répète souvent, et que son amie, chaque fois, suit des yeux, admirative. À l'écart des autres, deux solides garçons s'étreignent en exprimant leur joie puis miment un combat de lutteurs (comme si les vacances l'avaient interrompu et qu'avec entrain ils le reprenaient), sans se toucher, dans une chorégraphie de gestes amples et pacifiques. Leurs bras font mine de frapper un coup mais passent au ras des cheveux, suivent des arcs de cercle qui, sur le fond de l'air, s'élèvent avec la solennité d'une danse rituelle. Gabriel les regarde puis tourne la tête vers un groupe plus fourni qui entonne un refrain de Céline Dion. *J'irai chercher ton cœur si tu l'emportes ailleurs. Je te jetterai des sorts pour que tu m'aimes encore ! Pour que tu m'aimes encore !* Les visages se renversent vers le ciel, les bouches hurlent à tue-tête, ouvertes comme pour boire une pluie, puis le mouvement s'inverse, les corps se recroquevillent autour d'un éclat de rire ancré en plein ventre. Un des garçons se frappe les cuisses, les autres à leur tour l'imitent tandis que les filles lèvent les bras en criant victoire. Ouaiaiaiais ! À quelques pas, les adultes présents – parents et enseignants – ne songent pas à réclamer du silence, réjouis par cette rigolade sans partage. Les jeunes ont besoin de prendre confiance en eux, il faut les laisser s'extérioriser, ils s'expriment et pour certains c'est un acquis récent dont l'équipe pédagogique se félicite. Gabriel reste en retrait, Mme Noblet attend avec lui, à intermittence elle cherche son regard, pose la main sur son bras, la retire, la remet. Bonjour madame, bonjour Gabriel, bienvenue à L'Embellie, dit Annick Joyeux dès qu'elle les aperçoit.

Mme Noblet serre la main de cette directrice d'établissement si compétente. L'adolescent inquiet ne répond pas. Tu es très élégant dis-moi ! poursuit la professionnelle. Le jeune homme porte un costume bleu roi et une cravate assortie qui tranche sur une chemise d'un blanc immaculé ; ses cheveux coupés très court laissent voir que sa nuque forte et charnue a instantanément rougi. Mon chéri, tu reconnais Mme Joyeux ? demande la mère. Le garçon acquiesce sans parler et sans cesser de regarder ses pieds, la tête un peu penchée sur le côté, torturé par la timidité. Deux jours plus tôt, il a visité les locaux silencieux et vides, maintenant il ne connaît personne. Faut pas avoir peur, dit-il, pas avoir peur. Non, il ne faut pas avoir peur, tout va bien se passer, assure Mme Joyeux. Elle le dit autant au fils qu'à la mère et vraiment elle ignore qu'elle fait peut-être une promesse intenable. Escortés par les enseignants, les jeunes disparaissent à l'intérieur de la haute meulière qui accueille l'association, dans cette banlieue autrefois ouvrière devenue résidentielle. Quelques parents discutent en se dirigeant vers la rue. Tu viens avec moi, Gabriel ? Sans attendre une réponse, la directrice entraîne par la main le nouvel élève, qui se retourne pour faire à sa mère un signe d'au revoir. Hésitante, émue, raide comme une épée, Mme Noblet regarde son fils s'éloigner. Un peu plus tard, assise dans sa voiture avant de démarrer, elle sort son téléphone portable et appelle son mari qu'elle veut tenir au courant. Gabriel est en classe, souffle-t-elle, exténuée. Tu es contente, tout va bien ? a dû demander l'époux. Oui, murmure Geneviève Noblet. À ce soir, dit-elle. Et toute seule dans l'habitacle, avant de mettre le contact, immobile, pensive, elle semble mesurer à la fois sa souffrance et sa chance. L'Embellie est un établissement de petite taille, un externat qui n'accueille que trente-cinq jeunes entre quatorze et vingt ans, les places sont rares.

2

Ainsi, le lundi 3 septembre à dix heures du matin, Gabriel Noblet rejoint-il la classe de Mme Bodin. Avant cette date, qu'il faut garder en mémoire, le jeune homme n'a jamais rencontré cette femme – qui comptera pour lui et dont il affectera l'existence. Chaque semaine il aura ce même cours avec elle, jusqu'à midi, doublé d'une autre séance le jeudi matin, avec elle également. Un module annuel de quatre heures hebdomadaires. *Secrétariat et administration* est un enseignement réservé aux élèves les plus capables. Ils y reçoivent une formation pratique qui les aidera à s'insérer en trouvant du travail. Quelques jours avant la rentrée, au moment de choisir ensemble une orientation pour Gabriel, Mme Noblet et Mme Joyeux font le pari que le jeune homme accrochera. Je suis certaine qu'il en tirera profit, murmure Geneviève Noblet à son mari – un homme effacé qui n'a pas dit un mot. Elle serre contre sa poitrine l'emploi du temps de leur fils, les noms des enseignants responsables et les horaires des permanences (le lundi et le jeudi de dix-sept à dix-neuf heures). Le couple est pour la seconde fois assis dans le bureau de la directrice. Les professeurs sont là pour vous recevoir et vous écouter, répète Mme Joyeux, n'hésitez pas à les solliciter.

Très consciencieuse, la chef d'établissement récapitule une dernière fois : le vendredi est consacré à l'éducation physique et sportive qui inclut la psychomotricité et l'orthophonie. Le cours de français est obligatoire pour tous les élèves. Parallèlement aux méthodes administratives, votre fils suivra un atelier d'informatique. Avez-vous des questions ? Est-ce que cela vous semble convenir ? Tout est parfait vraiment, assure Geneviève Noblet. Elle paraît réfléchir à quelque chose et ajoute – c'est le mot informatique qui l'y a fait penser : Je dois vous dire que l'ordinateur attire énormément Gabriel, il est fasciné par les nouvelles technologies, on peut même dire enchaîné, il dort avec son téléphone portable. Comme beaucoup de jeunes aujourd'hui, remarque Mme Joyeux, toujours soucieuse de dédramatiser. C'est vrai, murmure Geneviève Noblet, mais si je peux me permettre un conseil, ne lui donnez pas votre numéro, il vous submergerait de SMS. La directrice acquiesce. Vous pouvez compter sur ma discrétion, conclut-elle, nous ferons notre maximum pour stimuler Gabriel. Le visage maternel s'éclaire et se détend. Stimuler est le mot-clef, le mot d'ordre. Qui ne doit pas faire oublier les autres : encourager, rassurer, accompagner. Mme Joyeux emploie parfois le verbe "booster". Elle veut booster ses jeunes. Merci, disent les Noblet en se levant. Mme Joyeux est satisfaite elle aussi. Le premier entretien à la fin du mois d'août semble avoir scellé quelque chose de positif qui se confirme – il est vrai qu'un secret a fait lien. Les deux femmes s'entendent bien, elles conversent sur la même longueur d'onde, avec distance et placidité, laconisme et neutralité, ce qu'elles appellent de la tenue. Contenir l'émotion est une nécessité à laquelle l'une et l'autre s'emploient avec conviction. Fluette sans être maigre ni nerveuse, Geneviève Noblet est déterminée à ne pas se laisser abattre. Elle apprécie la solidité et la réserve d'Annick Joyeux, sérieuse et efficace à la tête d'une maison qui accueille les difficultés. Toutes deux s'expriment peu. À l'inverse de Claire Bodin qui s'apprête à entrer en scène – à tomber dans une histoire –, immédiatement expressive, grande et gironde, voluptueuse parce qu'elle accepte son poids et son volume sans se soumettre aux obsessions féminines contemporaines – un signal inaperçu d'une liberté, d'un détachement, d'un écart avec le monde et en même temps d'une résignation à être celle qu'elle est, comme elle est, où elle est.

Maintenant la directrice passe le témoin, elle s'arrête au milieu du couloir avec le nouveau qu'elle a accompagné jusqu'à sa classe : Claire, je vous présente Gabriel qui assistera à votre cours cette année. Mme Joyeux n'ajoute rien d'autre. Elle sait combien les familles apprécient l'attention qu'elle prête à la confidentialité. Ce qui se dit dans son bureau pendant la procédure d'inscription n'est pas transmis aux enseignants. Bonjour Gabriel, entre, dit Claire Bodin, avec un sourire qui invite à se sentir à l'aise. Sa main se pose sur l'épaule de l'adolescent et le pousse gentiment dans la salle. Ne reste pas au fond, va t'asseoir devant avec les autres, n'aie pas peur. D'une démarche lourde et balancée, la tête et les épaules basses, toujours regardant ses pieds, Gabriel obéit. Annick Joyeux a regagné son bureau.

Tout le monde est entré. Mme Bodin referme la porte derrière elle. À grand bruit de chaises tirées sur le sol et de sac à dos jetés sur les tables, ses huit élèves s'installent. Pour améliorer l'encadrement individuel, l'effectif complet a été divisé en deux groupes, l'un du matin, l'autre de l'après-midi, avec qui le même programme sera abordé. L'ambiance est à la gaieté. Les deux jeunes filles qui se complimentaient dans la cour sont assises l'une à côté de l'autre : Louise et Lucie. Ah ! Mes pipelettes préférées sont ensemble ! plaisante Claire Bodin qui connaît chaque élève personnellement. Eux aussi bien sûr sont familiers de leur professeur, certains l'appellent par son prénom, Claire leur laisse le choix. Bonjour Claire ! Bonjour madame Claire ! Bonjour madame. Mme Bodin est très aimée, sa sollicitude rassure les jeunes et favorise leur réussite. Dans sa classe, il n'est pas rare que des empêchements se dénouent, que s'allègent des pesanteurs oppressantes. De nombreux parents en remercient chaque année l'enseignante. Au moins je sers à quelque chose, dit Claire lorsqu'elle parle de L'Embellie, ce qui est assez rare, ou lorsque sa famille déplore qu'elle y soit si mal payée, ce qui est exact. Treize euros de l'heure pour un travail qui demande de la finesse et des compétences pédagogiques spécialisées, on peut légitimement penser que c'est limite, dit souvent son frère, Jean. Les associations n'ont pas d'argent, plaide Claire. Elle l'accepte, la valeur de ce qu'elle fait est purement humaine, elle n'attend pas de gratification sociale ou économique. Si c'était le cas, elle travaillerait ailleurs.

Bonjour ! dit-elle à la classe. Sa voix exprime le plaisir de retrouver ses élèves. À ceux qui l'ont saluée, elle s'adresse nommément. Bonjour Louise et Lucie (les deux amies inséparables), bonjour Arthur. Elle est debout derrière une grande table, qui pourrait servir à la cantine et qui fait ici office de bureau. Il n'y a pas d'estrade, l'enseignante est à la même hauteur que ses élèves installés en demi-cercle, elle ne fera pas un cours magistral. Leur attention est flottante et leur capacité de concentration trop intermittente pour cela. Plutôt que les contraindre à une écoute improbable, elle les aide à participer. Parler, écrire, dessiner, mimer, il faut les solliciter par l'action. Rien n'est plus facile : tout geste les mobilise en entier. Vous avez pris des belles couleurs, crie la jeune Sarah en remettant en place son éternel serre-tête. J'ai pris de belles couleurs ? Oui tu as raison ! dit Claire. Et toi aussi ? Oui moi aussi j'ai pris de belles couleurs, dit Sarah. La jeune fille se met debout, redresse le menton et fait pivoter son visage, les yeux clos, offert à l'admiration de ses camarades. Le bout de sa langue sort de sa bouche ouverte sur un rire de bonheur. C'est bien, Sarah, tu peux t'asseoir maintenant, dit Claire, avant de reprendre son bref discours d'accueil. J'espère que vous avez tous passé de bonnes vacances, que vous êtes reposés et prêts pour bien travailler cette année. Elle voudrait qu'ils captent le défi, l'objectif et l'espoir dans le ton dynamique de leur professeur. Comme l'année dernière, s'écrie Louise. Et sans trop bavarder, ajoute Claire d'un air entendu. La jeune Louise pouffe de rire, elle a très bien compris. Je suis bavarde ! rit-elle en prenant la main de Lucie, sa complice. Plusieurs chaises raclent par terre. Martin, le plus âgé de tous – vingt ans en décembre –, se balance d'avant en arrière en se pinçant la peau du cou avec le pouce et l'index. Il regarde par la fenêtre les branches du cèdre centenaire, ornement majestueux qui ombrage la cour. Est-ce que tout le monde est bien installé maintenant ? demande Claire. Martin, tu m'écoutes ? Le jeune homme se redresse. Claire lui adresse un signe de remerciement ; ce garçon l'émeut, si inquiet, si embarrassé de son corps trapu, avec sa tache de naissance sur la tempe qu'elle aperçoit sous les cheveux blonds presque rasés. Commençons par une bonne nouvelle. Vous l'avez remarqué, nous accueillons un élève. Je vous présente Gabriel, dit-elle en se tournant vers l'intéressé. Nous te souhaitons la bienvenue dans la classe. Bonjour Gabriel ! s'écrient les jeunes. Bonjour Gab ! lance Louise, qui se singularise volontiers. Les rires fusent. Gabriel reste timide, tout rouge, les yeux fixés par terre, la main venant et revenant toucher sa bouche, dans un geste parasite que le jeune homme ne maîtrise pas. Qui se rappelle son arrivée à L'Embellie ? demande Claire. Qui se rappelle comme il est difficile d'être nouveau ? Tous lèvent la main. Alors je vous fais confiance pour vous montrer rassurants ? Oui ! répond un chœur de voix. Claire ne doute pas que cette promesse sera respectée. Ils sont gentils ! déclare-t-elle souvent à propos de ses élèves et c'est, en ce qui la concerne, le compliment suprême.

Si nous parlions un peu de vos vacances, propose-t-elle. Avez-vous envie de raconter quelque chose ? Est-ce qu'il y a dans votre tête – elle emploie ce mot plutôt que celui d'esprit ou de mémoire qui est moins concret – une chose que vous voudriez partager avec les autres ? Oui, dit aussitôt Louise, je voudrais raconter que j'ai caressé des chevaux. Magnifique ! dit l'enseignante, as-tu aimé les chevaux ? Oui ! s'exclame la jeune fille. Leur mu-mu-museau est très doux, dit-elle avec difficulté. Ses lèvres s'avancent en cul-de-poule, ses yeux noirs regardent ses camarades avec une volonté farouche, elle est toujours furieuse lorsque le bégaiement la reprend. Tu peux dire "leurs naseaux", précise Claire, les chevaux ont des naseaux. Tu t'en souviendras ? Louise opine de la tête à la manière d'un cheval. Et ils ont une crinière, dit-elle. Le silence de la classe enveloppe cette déclaration. Chacun se représente peut-être cette fameuse crinière. Louise se tait. Quelqu'un d'autre veut raconter un événement ou un moment de son été ? demande à nouveau Claire. J'ai pris le TGV, dit Sarah, et mon vélo est venu avec moi. J'ai mis mon vélo dans le TGV ! s'émerveille-t-elle en faisant une grimace. La classe s'esclaffe. Sarah rit en se cachant le visage dans les mains. Toute sa gaieté et son embarras s'expriment dans ce geste adorable et doux. L'expression de Claire s'attendrit. La fragilité est touchante, la sensibilité dépasse l'intelligence : Mme Bodin est pascalienne sans le savoir. On ne voit bien qu'avec le cœur, elle en est sûre et l'apprend à ses élèves. Chaque année, elle lit avec eux le livre de Saint-Exupéry. Ils adorent, dit-elle à son mari quand elle lui raconte ce qu'elle fait avec eux.

Le cœur est leur organe dominant : avide à la mesure des limites de leur raison. C'est lui d'abord que Claire doit fortifier. La relation de sympathie qu'elle construit avec ses élèves est le point d'appui de leur développement personnel et de leurs résultats. Pour la moindre des réalisations, pour un minuscule accomplissement, ils doivent se battre avec eux-mêmes, elle sait que sa bienveillance les exhausse. Plus que tout, elle écoute. Elle témoigne un intérêt exagérément marqué. Je suis allé à la piscine municipale et j'ai plongé de tout en haut d'un plongeoir, lance Arthur d'une voix forte. C'était difficile ? demande Claire. Très difficile, dit Arthur en redressant le menton. Il s'interrompt un long moment, cherche sa phrase, ou l'image qu'il se rappelle. Je voyais le fond de la piscine, dit-il. Tu avais peur de te cogner au fond ? murmure Claire. Nan, dit Arthur, j'avais peur qu'on me regarde tout là-haut et qu'on se moque de moi. Mais ce n'est pas ce qui s'est passé ! dit Claire. Nan ! rigole Arthur. J'ai fait un énorme plouf ! La classe s'amuse en mimant des baigneurs éclaboussés par le gros plouf. Le visage d'Arthur se rembrunit – toujours la crainte d'être moqué. Claire le rassure : Nous sommes impressionnés. N'est-ce pas ? demande-t-elle aux élèves qui acquiescent. Arthur redresse le menton, fier et content. Pourquoi n'aurait-il pas d'amour-propre ? Il a toutes les raisons d'en avoir plus que n'importe qui, lui qui ne s'accepte pas comme il est et qui connaît son histoire : abandonné à la naissance pour ce qu'il apportait de difficulté, adopté ensuite. Il a confié ce secret à Mme Bodin, parce qu'elle est gentille et qu'elle sait voir le véritable Arthur. Claire le félicite : Merci Arthur, ton histoire de piscine plaît à tout le monde et, tu vois, plus personne n'ose parler après toi ! Comme pour le confirmer, quelques élèves applaudissent. Arthur se recoiffe avec la main, replace sa mèche en arrière, puis colle son poing contre sa bouche, à la fois ravi et gêné. La classe est détendue. Les péripéties et les plaisirs des vacances sont un bon sujet. Claire observe Gabriel. Il ne rit pas avec les autres, il est encore sur la réserve, avant de s'acclimater. L'enseignante a l'habitude. L'expérience lui a prouvé que la cordialité et la gaieté font des miracles. Les plus timides se détendent. Il faut laisser voir sa joie d'être là, comme une perche la tendre aux plus désemparés. Bien sûr l'équanimité est requise, tout mouvement d'humeur, toute colère ou emportement brise le fil de la confiance. Mais au prix de cette attention, dans une indulgence non pas vexante mais invisible – comme une évidence –, celui qui enseigne est aussi celui qui apprend le plus : la patience devant ce qui est, la joie de transmettre, la puissance que recèle l'être le plus vulnérable.

3

Pour une femme de son âge, qui déplie la première année de sa cinquantaine, Claire Bodin parle d'une façon juvénile. Elle n'a jamais fumé, sa voix est très haut placée, une voix qui vient du nez, presque idiote, enfantine à tout le moins : une voix qui ne peut pas faire peur. Parfaite pour le job, a dû penser l'ancienne directrice lorsqu'elle a recruté Claire, qui avait alors quarante-cinq ans. Vous ne faites pas du tout votre âge ! s'est-elle exclamée en l'accueillant pour un entretien. Ce n'est pas la première fois que Claire Bodin entend cette remarque, elle la prend toujours comme un compliment.

Au printemps de l'année 2012, Claire a rédigé des lettres de candidature spontanée à l'intention de plusieurs associations autour de chez elle. Elle y joint alors son curriculum vitæ et se propose pour d'éventuelles tâches administratives. L'Embellie, établissement médico-professionnel, la contacte. Mme Bodin est reçue, elle plaît. Conquise par le naturel agréable de cette postulante, la directrice lui soumet l'idée de créer un module d'enseignement en secrétariat et bureautique. Ce n'est pas le projet initial, mais Claire est immédiatement tentée. Son fils entrera dès septembre au cours préparatoire, elle souhaite reprendre une activité tout en gardant beaucoup de liberté pour s'occuper de lui. Elle se renseigne sur l'institution ; elle n'a jamais entendu parler de L'Embellie dont elle découvre les ramifications sur tout le territoire. L'association intervient dans les domaines de la prévention et de la protection de l'enfance et de la famille, de l'accompagnement des personnes en situation de handicap et des personnes âgées dépendantes. Ces priorités touchent Claire. Le projet associatif la séduit. Elle en discute avec son mari. Accueillir, aider, ne pas juger, inclure, elle s'y retrouve. Les difficultés, les retards, les handicaps n'enlèvent rien au droit de mener sa vie de la façon la plus autonome possible. Même la laïcité mise en avant par le comité d'administration lui semble une bonne chose alors qu'elle est une catholique active dans sa paroisse. L'idéal chrétien et sa vertu de charité ne sont pas sans rejoindre l'ambition républicaine d'égalité et de fraternité. Claire Bodin accepte le défi.

Elle est recrutée à la fois pour son parcours professionnel – elle a été longtemps l'assistante personnelle de deux entrepreneurs assez réputés – et pour sa personnalité saine et sympathique. Chaleureuse, ostensiblement enthousiaste, elle est de ces personnes qui ont plus confiance dans le succès des autres que dans le leur, et cette caractéristique saute aux yeux. Une femme qui parle comme une toute jeune fille, qui n'est pas assurée mais qui rassure, qui enveloppe et réconforte : ce paradoxe a de quoi ravir et s'adapte comme un gant à l'ambition de L'Embellie. La directrice d'alors ne s'y trompe pas, elle propose à Claire une formation de six mois suivie d'un CDD. Vous n'avez jamais enseigné et ces jeunes réclament un savoir-faire spécifique, explique-t-elle. Claire est contente et prête à travailler. Une bonne collaboration se met en place, une période s'ouvre de découvertes et de rencontres. L'enseignante novice apprend facilement à entrer en relation avec ses élèves dont la différence constitue pour elle une motivation supplémentaire. Ils sont souvent regardés de travers, ils importunent certains, l'école inclusive les accepte difficilement, qu'à cela ne tienne, Claire donne son énergie, sa gaieté, son affection et ses connaissances. Elle fait désormais partie des initiés. Son module est construit, elle regorge d'idées pour intéresser "ses" jeunes.

Au milieu d'eux, elle en fera l'aveu si chargé de signification, elle se sent intelligente et elle l'est. Elle sait presque naturellement accepter les êtres hors norme, les états de conscience à la marge, les malchanceux de toutes les loteries, qu'elles soient géographiques, sociales, génétiques. Ils suggèrent d'autres voies, mettent en avant d'autres priorités, dynamisent d'autres valeurs. Ils secouent l'ordonnance du monde, désignent une seconde porte à la cohorte des gens dont les qualités et le mode de vie sont centrés. Claire appartient à ce troupeau majoritaire des apparents *normaux* dont les compétitions l'effraient (l'ont toujours effrayée), ses élèves lui font du bien. Avec eux, pas de faux-semblant, la vérité brille, vérité des émotions et des relations comme ils les ressentent. Ils disent tout, ils n'ont pas de filtre, ils sont vrais. Des âmes de cristal, dit-on, les derniers innocents. Ils ne donnent et ne demandent que de l'amour, ils dépendent entièrement de lui, dit Claire, ils m'apportent une sagesse que je voudrais leur rendre au centuple.

Elle réussit. Souvent elle pense : il n'est pas de perdant qui ne puisse gagner quelque chose, il n'est pas de défaite sans sa grandeur. Nous ne savons pas comment vous dire merci, soufflent nombre de parents. Vous êtes gentils ! s'exclame Claire. Ou bien : Je suis tellement contente pour lui (ou pour elle). Rien de triomphant en elle. Il lui arrive de surjouer la joie, jamais de se prendre au sérieux. Son sourire reste humble. Il semble qu'aucun compliment ne comble le déficit de confiance, ne corrige l'image négative qu'elle a d'elle-même – au plus secret. À sa façon, Claire Bodin prouve que l'on peut être fragile et vaillante. Quelle est sa martingale pour cette avancée de funambule ? Se fixer sur le présent ? Ne pas se plaire à l'introspection ? Penser aux autres ? Amenuiser son ambition ? Se contenter de ce qu'on a ? C'est tout cela ensemble. Pour ne pas explorer les grands territoires de la mélancolie : ne pas espérer trop, ne pas demander trop. Elle n'aspire pas à des choses qu'elle juge d'emblée irréalisables.

Bien au-delà de ses sourires, dans ces espaces mentaux que n'atteignent ni la mémoire ni la conscience, il faut le dire, cette femme est un paquet de nerfs. L'expérience de l'échec a logé en elle une intranquillité que la maturité n'a pas apaisée. Cette fêlure est invisible, la victime elle-même semble l'ignorer ou fait mine de l'ignorer. Hormis les ongles rongés, aucune manifestation de cette inquiétude enfouie ou des blessures qui en furent cause. Claire Bodin se montre joyeuse et s'émerveille avec élan. Tout lui semble ardu et inaccessible mais, de façon étonnante, l'anxiété est convertie en jovialité exubérante. Je pense à vous donc je ne pense pas à moi. En somme, on peut l'imaginer, Claire exprime aux autres sa reconnaissance pour la diversion qu'ils représentent. Les autres vous arrachent à vous-même et ce faisant vous sauvent. Elle les accueille avec bonté, la même qu'elle espère en retour. À ses yeux, l'échange de sollicitude est primordial, il ne souffre aucune exception. L'indifférence ou l'hostilité suscitent sa colère. Claire Bodin s'impose et impose la gentillesse. À L'Embellie, cette qualité fait merveille.

Lorsque l'ancienne directrice atteint l'âge de la retraite, Annick Joyeux la remplace. Et justement, l'échange de sollicitude ne s'installe pas. Mme Joyeux est directrice d'établissement et n'essaie pas d'être affectueuse, l'efficacité exige parfois le contraire. Elle n'est pas antipathique, elle est neutre et pondérée. Elle est molle, pense Claire, ou alors elle n'aime pas son métier. Le dissentiment est presque immédiat : l'enseignante prend en grippe la nouvelle arrivante et cette inimitié est réciproque. Annick Joyeux et Claire Bodin ne sont pas faites pour s'entendre. Elles ont le même âge, des physionomies et des tempéraments opposés, deux personnalités qui au contact l'une de l'autre se hérissent. Peut-être Annick Joyeux se méfie-t-elle des excès de gaieté, de la gentillesse et des relations affectives à l'école. Il est possible qu'elle juge son enseignante trop libérée, trop satisfaite de sa façon de travailler : pas assez soumise et obéissante. Claire Bodin n'en a pas idée. Quand l'ancienneté vous donne la première place et la hiérarchie la seconde, il faut être plus habile qu'elle ne l'est. Or Claire ne prend pas conscience de cette situation. Adorée de ses élèves et remerciée par leurs parents, elle ne change pas un iota dans ses manières. Sa spontanéité passe pour de l'insoumission, son enthousiasme pour de l'assurance. D'emblée Mme Joyeux montre pourtant qu'elle entend régenter, qu'elle n'a envie ni de rire ni de parler, et que son style est différent. Claire ne songe pas à s'adapter. Elle agit à sa guise, ne m'écoute pas, pense Annick Joyeux sans le dire, tandis que de son côté Claire a des jugements : la nouvelle chef d'établissement est un peu sournoise, secrète en tout cas, qui commande sans partager ni l'information, ni le questionnement, ni l'ambition, ni le succès. Elle est certes compétente mais piètre animatrice d'équipe, jamais encourageante ni passionnée. C'est une peste, incapable de se réjouir ou de complimenter, de dire merci ou bravo. Je me demande ce qu'elle fait à L'Embellie, elle serait mieux à diriger le lycée Henri-IV !

Entre les deux femmes, la méfiance s'installe, une hostilité sans véritable objet. Le cœur de Claire n'est pas cuirassé, il luit tout nu devant autrui, il parle tout haut, il a besoin qu'on lui réponde. Mme Joyeux ne répond pas. Son expression contenue rebute l'enseignante. Que pense la directrice ? Que veut-elle ? Que manigance-t-elle ? Elle finit par vous rendre paranoïaque. Personne n'est jamais mis au courant, chacun travaille dans son coin, c'est idiot. Cette femme a le chic pour tuer le plaisir. Quand je suis avec elle, j'ai l'impression que sourire ou me montrer sympathique est une faute professionnelle. Elle ne m'aime pas et elle n'est pas aimable, raconte Claire à son mari.

Pour autant, il n'est pas question de quitter L'Embellie. Claire n'y pense pas une seconde. Ici, elle est utile, elle s'est mise volontairement au service des élèves, c'est pour leur apporter quelque chose, elle ne peut disparaître alors qu'elle y réussit. D'ailleurs les jeunes ne comprendraient pas, elle leur manquerait, ils seraient malheureux. Elle en est convaincue. Elle ne lâchera pas sa classe à cause d'une antipathie sans importance. La supposée fausseté d'Annick Joyeux, son côté figé et impersonnel, ne pèsent pas lourd face à la joie des élèves ou à la reconnaissance des parents. Fixée dans le présent, toute à la tâche, Claire Bodin n'imagine pas que ces parents brûlés, cette directrice vipérine, ces collègues lassés pourraient ensemble lui faire du mal. Comment l'imaginer quand on est sûr de ne pas le mériter ?

4

Si lisibles soient-ils, les signes avant-coureurs passent inaperçus à celui qui ne veut pas les lire, et c'est seulement dans l'avenir qu'ils lui apparaissent pour ce qu'ils étaient : des avertissements qu'il eût fallu prendre au sérieux. Un incident ne tarde pas à opposer Claire à la nouvelle directrice. Il révèle la préoccupation de l'école telle que la conçoit Annick Joyeux. La satisfaction des parents est l'objectif prioritaire auquel elle soumet ses enseignants. Alertée à tort ou à raison, inquiète de déplaire aux familles, elle n'est pas une alliée inconditionnelle du professeur. Est-elle carrément une ennemie ? Non, pourquoi le serait-elle, Claire n'envisage pas cette éventualité. D'ailleurs qu'envisage-t-elle ? Rien. Réfléchir n'est pas d'un intérêt immédiat. Après six ans à L'Embellie, Mme Bodin a pris ses marques, limite ses contacts avec la direction, fait ses cours et ses heures de permanence, puis rentre chez elle. Son existence ainsi organisée lui plaît, elle n'en demande pas plus. Elle profite de toutes les vacances scolaires, chose fondamentale sur laquelle elle ne voudrait rien céder. Ce sont des congés sans solde mais des congés. J'aime ma vie, résume-t-elle. On la croit. Elle a un petit air décidé et heureux, elle donne un baiser à son fils, sourit à son mari, content lui aussi.

Dans son métier, auprès des élèves, elle a acquis une compétence et de l'assurance, elle s'y prend bien et elle le sait. Elle aime ces jeunes en difficulté, à qui le hasard n'a pas fait de cadeau. Souvent, en se rappelant ses années de collège ou de lycée, elle croit sentir ce qu'ils éprouvent : les obstacles semblent insurmontables, le cerveau se bloque, frappe en vain contre sa limite, la panique gagne, les larmes coulent. Quand un élève pleure, Claire lui ouvre ses bras, le serre contre elle et le console. Ne t'inquiète pas, lui dit-elle. Elle réexplique, montre à nouveau, encourage, félicite ou garde espoir. C'est bien, tu recommenceras demain. Elle affirme sa confiance. Comme ses élèves, elle a tendance à tout exprimer. Elle répond aussi à toutes leurs interrogations. À L'Embellie plus encore qu'ailleurs, le développement de l'élève passe avant la transmission du savoir. Claire a coutume de le dire brutalement : ici, il n'y a pas de réussite académique, il y a les réussites du cœur.

Les jeunes lui parlent de plus en plus, surtout ceux qui éprouvent des inquiétudes, qui se révoltent contre leur situation ou qui en conçoivent du chagrin. Pourquoi pas ? Faudrait-il leur intimer de se taire ? La directrice n'a pas donné de consigne à ce sujet. Claire se sent libre. Bien sûr elle respecte l'intimité et la sensibilité de chaque élève. Elle ne pose jamais de questions mais ne reste pas sourde à celles qui lui sont adressées. Quand Marguerite se confie, comment ne pas la réconforter ? Claire ne s'interdit pas de bavarder avec la jeune élève qui se désole. Plus tard, lorsque la direction ressortira "l'affaire", l'enseignante malmenée comprendra : J'aurais dû prétexter que ce sujet ne relevait pas de mes compétences et ne me concernait pas. J'aurais dû renvoyer Marguerite vers ses parents. Je l'ai fait, mais j'ai donné mon avis avant. Son sentiment lui était expressément demandé, Claire ne s'est pas défilée. Quelques années plus tard, elle dit : Je me suis montrée d'une totale naïveté, d'une innocence complète. Coupable ?

Elle devrait se taire ou prendre garde à ce qu'elle dit. Impossible cependant ! Sur le moment, le bon sens ou le bon cœur dictent des mots. Marguerite est triste. Je suis malheureuse, avoue-t-elle à son professeur. Je ne pourrai pas aimer, et personne ne m'aimera. La jeune fille est restée dans la classe pour faire cette confidence quand tous les autres sont partis. Claire, qui finit de ranger ses papiers, s'interrompt. Elle n'ignore pas que l'amour et les relations sexuelles sont un tabou quand il s'agit d'adolescents dans la situation de ses élèves. Pour eux, rien n'est simple et la vie amoureuse encore moins que le reste ; il leur faut comme toujours se battre. Dans ce domaine intime, ils sont sous contrôle renforcé. L'habituelle domination s'exerce encore plus radicalement. Dès la puberté, aux premiers boutons, les jeunes filles prennent la pilule, même lorsqu'elles ne recherchent pas les relations sexuelles. Il ne faudrait pas les trouver enceintes ! Un enfant, c'est beaucoup de responsabilités, ça ne sera jamais possible pour toi, expliquent les parents. Les mères, les pères le répètent. Ils en sont sûrs, ils ont peur, la procréation est un danger menaçant. Un accident est vite arrivé, leurs filles et leurs garçons si vulnérables sont souvent abusés et difficiles à avertir. Ils font confiance, ils aiment les autres, ils sont joyeux et ne voient pas le mal. Mais pour ceux qui les accompagnent dans leur monde parallèle, le sexe et l'amour figurent un impossible et un effroi. Comme c'est triste, a dû penser Marguerite. Tomber amoureux, se marier peut-être, avoir des enfants, ça n'est pas l'avenir qu'on lui promet et pourtant elle en rêve : habiter chez elle et vivre sa vie. Ses désirs ressemblent à ceux des adolescents de son âge.

La fameuse *différence* ne s'étend pas sur toute l'existence, et certainement pas sur l'espérance. L'amour attire tout ce qui vit, que fait-on de cette aspiration universelle ? À L'Embellie, on est mutique sur la question. Claire n'a jamais entendu personne en parler. Pourtant, au sein de la communauté médicale et scientifique, le débat progresse, la question est pensée, les choses évoluent pour les jeunes comme ceux de L'Embellie. Autrefois, on les stérilisait, aujourd'hui on sait qu'ils aiment. Claire n'en doute pas. Ils éprouvent ce transport, cette joie devant l'autre, cet irrépressible besoin de le voir et de le toucher. Et c'est heureux ! Alors elle ose parler d'amour, ne pas interdire cette perspective mais l'ouvrir et la vanter. Qu'est-ce que Marguerite met derrière ce mot, aimer ? Il y a beaucoup de façons d'aimer, lui dit Claire, tu aimes déjà tes parents, tes frères et sœurs, tu aimes tes amis. Et bien sûr, un jour, tu aimeras un garçon, et pourquoi ne serais-tu pas aimée ? Voilà, c'est dit. Le visage rond de la jeune fille s'éclaire, son petit nez se redresse, elle sourit. L'amour est beau, précieux et réparateur, il est sacré parce qu'il nous dépasse et nous grandit, murmure Claire, parles-en avec ta maman.

Que n'a-t-elle pas dit ! On croirait qu'elle vient d'envoyer Marguerite forniquer à tout va dans les buissons. On croirait qu'elle lui conseille une vie sexuelle intense et débridée. Baise, baise, baise ! On croirait que l'amour – dont elle parle – et la sexualité – qu'elle ne mentionne pas – sont une seule et même chose. L'amour est beau, précieux et réparateur. Est-ce la phrase que Marguerite a rapportée à sa mère ? Et cette mère pense-t-elle le contraire ? En tout cas, elle se plaint. Sur-le-champ, elle prend rendez-vous chez la directrice et, assise en face d'elle, réprouve violemment les propos de Mme Bodin. Cette dame enseigne-t-elle l'amour ou le secrétariat ? Sait-elle ce qu'elle raconte et à qui ? Si une telle conversation venait à se reproduire, est-il besoin de le dire, Marguerite quitterait immédiatement L'Embellie. La colère et la menace sont claires. Annick Joyeux est-elle tentée d'apporter des nuances ? De défendre Claire ? Est-elle sur ce sujet à la page ou rétrograde ? Se sent-elle confiante ou oppressée comme cette mère ? Mystère ! Rien ne filtre de ce qui se dit dans le bureau. La confidentialité est importante pour les familles.

Mme Joyeux convoque son enseignante. Vous êtes sortie de vos attributions. Vous avez parlé à tort et à travers. La vie intime et affective de vos élèves ne vous concerne pas, est-ce clair ? L'accusée cherche à s'expliquer, elle se rappelle précisément ce qu'elle a dit, il n'y avait pas de quoi… Je ne veux rien savoir, l'interrompt Annick Joyeux, la mère de Marguerite est extrêmement mécontente, considérez que vous avez commis une faute professionnelle. Notre association ne peut se permettre ce genre d'incident, elle n'est pas là pour contrarier les parents. Laissez-moi au moins parler avec eux, demande Claire. Sans doute n'ont-ils pas compris ce que j'ai dit à leur fille. C'est vous qui n'avez pas compris, ils ne souhaitent pas vous rencontrer.

L'affaire est classée et Mme Bodin reçoit un blâme. La semaine suivante, Marguerite a disparu de sa classe. En demandant de ses nouvelles, Claire apprend que la jeune fille a changé de module. Les choses étant tout à fait limpides, j'ai jugé inutile de vous en avertir, déclare la directrice sans états d'âme. À cet instant, une enseignante avertie pressentirait qu'elle est isolée. Claire n'y songe pas. L'institution ne partage pas les responsabilités, il semble exclu d'y débattre des différences de points de vue, pour les tester par exemple. Les parents sont tout-puissants. Quels que soient leurs erreurs ou leurs excès, que leurs récriminations soient légitimes ou non, la direction les entend. Ils élèvent leurs enfants comme ils le décident, L'Embellie n'a pas de leçon à leur donner, l'école ne fait que sa part du travail. Mettez-vous à la place des parents ! dit souvent la directrice. Leur situation n'est pas facile, les soutenir est une obligation. Mme Joyeux ne dit pas que leur détresse est aussi une assurance et un moyen de pression, la garantie de les contrôler si besoin est : en menaçant de renvoyer leurs enfants qui ne sont acceptés nulle part, on obtient d'eux les concessions et la soumission désirées. Claire Bodin ignore qu'elle le découvrira bientôt, à ses dépens.

— Quitte ce panier de crabes, conseille son frère Jean, appuyé par le mari.

Mis au courant de l'histoire, il exhorte sa sœur à chercher un vrai job. C'est la première fois qu'il émet cette opinion. Il se montre d'ordinaire respectueux des choix de Claire.

— Tu ne vas pas toute ta vie enseigner le secrétariat à des adolescents qui ne comprennent rien. Et te faire sanctionner en plus par une directrice obtuse et désagréable.

— Ne te fâche pas, dit Claire, tu ne les connais pas, tu ne sais pas de quoi tu parles. Ne dis pas qu'ils ne comprennent rien, c'est faux.

Elle paraît émue, Jean Mouret s'excuse : c'était bien sûr une façon de parler. Mais tout de même il ne lâche pas l'affaire et confie ce qu'il pense vraiment :

— Je m'inquiète pour toi, j'ai peur que tu te fasses bouffer. Pas par les enfants, insiste-t-il, mais par les parents. La difficulté les écorche et les rend imprévisibles. Je ne les accuse de rien, mais s'ils sont fous de douleur – et je crois qu'ils le sont –, ils deviennent capables de n'importe quoi. Et qui en fera les frais ? Toi.

Claire hoche la tête, visiblement elle n'est pas d'accord.

— Est-ce que ça n'est pas ce qui vient de se passer ? demande Jean. Une mère stressée à l'idée que sa fille couche avec un garçon se plaint que tu aies réconforté la pauvre gamine en lui disant que l'amour est une belle chose et qu'elle le connaîtra !

— Je sais, dit Claire, c'est bête. Mais ce n'est pas grave. Celle qui compte, c'est Marguerite, et je lui ai fait du bien.

— Mais Marguerite ne peut pas te défendre, elle n'a pas la parole et elle ne l'aura jamais, fait remarquer Jean. C'est drôle d'ailleurs, on l'écoute et on la croit lorsqu'il s'agit de te réprouver mais pas s'il s'agissait de te louer. Ce qui révèle, soit dit en passant, à quel point certains de ces parents sont loin de comprendre leurs enfants et ne vivent pas dans le même monde qu'eux.

Le paradoxe n'échappe pas à Claire. Que les parents de ses élèves soient blessés, elle en est persuadée. Tous font chaque jour le deuil de l'enfant qu'ils imaginaient. À chaque étape de sa croissance, la réalité diffère de leur désir. Tous éprouvent la confrontation avec ce qui est et ce qui ne sera pas. Leurs attentes sont vaines, la vivacité et la réussite appartiendront aux autres, toute comparaison est un coup de poignard au cœur. S'il y a un handicap, il n'y a pas de guérison, seulement une perpétuelle insécurité qui, chaque matin, découle d'une chose immuable. Les mères en éprouvent une culpabilité que rien n'éteint : elles n'ont pas engendré un être humain normal. Alors c'est vrai, se dit Claire qui connaît leurs enfants, Jean a raison, elles pensent différemment d'eux, elles sont séparées d'eux. En validant la norme, elles ne ressentent pas le sentiment d'exister qui les anime. Voilà des enfants qui sont plus heureux que leurs géniteurs.

— N'oublie jamais une chose, dit Jean à sa sœur, la méchanceté naît de la souffrance.

Ces gens étourdis de chagrin pourraient être injustes envers Claire, envers leur progéniture même, pense-t-il sans le dire, et c'est bien ce qu'il craint : la méchanceté.

Claire proteste :

— Tu exagères, tu vois le drame au plus noir.

— Bien sûr, dit Jean, puisque je veux t'assurer contre le pire.

— Quand bien même ce serait une vérité, il faudrait y répondre par la sollicitude et la générosité, remarque Claire.

— Sainte Claire, priez pour nous ! Je savais bien que ton catholicisme habillait la souffrance dans des atours de grandeur. C'est très bien de rêver à la beauté des âmes, pour ma part j'observe que le malheur avilit. Il rend jaloux, méfiant, mesquin, suspicieux et mauvais. Ça peut être ridicule, mais ça peut aussi être grave.

— J'y penserai, promet Claire.

5

Lorsque Gabriel en septembre arrive dans sa classe, Claire Bodin ne pense plus à cette vieille affaire. L'avertissement de son frère, le blâme et l'incident, tout est oublié. Annick Joyeux n'en a jamais plus fait mention. C'est tout à son honneur : la directrice n'aime pas les histoires, elle les affronte mais ne les fait pas durer. Quant à Marguerite, sa mère l'a retirée de L'Embellie, Claire ne la croise plus dans l'établissement. Personne ne reste qui lui rafraîchirait la mémoire au sujet des limites qu'impose à son rôle l'institution. Le naturel a repris la main. La confiance, à la fois indispensable et dangereuse, est restaurée. Loin de se tenir sur ses gardes ou de se mettre martel en tête, Mme Bodin est engagée dans une pédagogie dynamique, positive et encourageante. Ses relations avec les jeunes sont affectueuses et portent leurs fruits. Forte de la satisfaction des parents, elle a même demandé et obtenu une augmentation de sa rémunération : dix-sept euros de l'heure au lieu de treize. Une partie lui est payée au noir, ce qui à nouveau agace son frère. Et ta retraite ? demande-t-il en se heurtant cette fois à un mur. Ne sois pas mesquin, lui rétorque Claire. Elle tient trop à son temps partiel, à ses vacances scolaires, à la gratification qu'elle retire et au sentiment agréable d'être utile. Elle s'accroche à la sécurité qu'elle trouve auprès de ses élèves : au milieu d'eux, elle n'a jamais peur de ne pas savoir ou de rater. Son mari sait tout cela mais son frère l'ignore.

Jean n'a idée ni de l'inquiétude ni du réconfort qui fondent le choix de sa sœur. Tu te laisses maltraiter, c'est presque scandaleux que des associations qui bénéficient d'aides publiques profitent de leur statut pour oublier la législation du travail et les droits des employés. Ton mari ne dit rien ? demande-t-il sans obtenir de réponse. Claire n'a jamais songé à sa retraite, d'ailleurs elle juge que les gens maintenant vivent trop longtemps, elle espère bien ne pas faire de vieux os. Elle le dit quelquefois, sur le ton de la provocation mais sans cacher qu'elle le pense. On ne vit pas impunément dans le présent, c'est pourtant ce à quoi elle s'astreint ou du moins s'applique : ne pas repenser au passé, ne pas désirer un avenir, vivre pleinement l'instant et ce qui est donné. Jean l'a bien compris. Mais il y a des limites à l'imprévoyance, dit-il. Fâchée, peut-être vexée d'être prise en faute, Claire remet son frère à sa place. Je ne me mêle pas de ta vie, laisse-moi décider de la mienne, je gère très bien. Gérer. Elle emploie ce mot à la mode.

Bonjour à tous ! dit l'enseignante le jeudi 6 septembre, deuxième séance de l'année 2018. Comment allez-vous depuis lundi ? La rentrée n'est pas trop dure ? Chaque année, Claire Bodin pose cette question. À son fils aussi elle la pose. Son idée de l'école est si négative, tellement chargée par les mauvais souvenirs et sa détestable expérience, que la fin des vacances et la reprise des cours lui figurent un ennui profond, une source de soucis, quasiment une calamité. Apprendre est pénible, avoir des leçons n'est pas marrant, étudier est un effort et ne pas réussir, un supplice. Elle soupire à la place des élèves, prête à entendre toutes les plaintes ! La vie ne se résume pas au travail, conclut-elle souvent, en guise de remontant.

Sa question compatissante ne tombe pas à côté des oreilles. Si c'est dur ! Je n'aime pas me lever tôt ! répond Louise en rougissant. C'est quelle heure pour toi, tôt ? demande Claire. Tous ne savent pas lire l'heure. La petite, la grande aiguille, la trotteuse même, il y a de quoi s'embrouiller. C'est sept heures, répond Louise, je dois sortir de mon lit à sept heures. Tu n'aimes pas sortir de ton lit ? Je déteste quitter mon petit nid tout chaud ! dit Louise. La classe rigole, s'enthousiasme, se montre bien d'accord avec Louise. Vous aimez votre lit tout chaud… répète Claire. Oui ! répond le groupe en chœur. Et toi, Gabriel ? Tu ne dis rien, tu n'aimes pas faire la grasse matinée ? Gabriel Noblet se tortille sur sa chaise, baisse les yeux – toujours les yeux à terre –, gêné. Est-ce que sa mère le déguise ? Cette fois encore, il est en costume-cravate, habillé comme un cadre d'entreprise. Tu me répondras plus tard, murmure Claire, quand tu voudras. Il acquiesce, de sa tête toujours baissée, puis finalement se lance. Je ne sais pas, dit-il. Tu ne sais pas si tu aimes rester au lit ? se moque Louise. Chuuut ! dit Claire en faisant les gros yeux à la jeune fille, laisse les autres exprimer ce qu'ils sentent. Gabriel regarde Claire comme s'il s'adressait exclusivement à elle. Je ne me pose pas cette question, dit-il, je me lève ou je me couche quand c'est l'heure. Aussitôt il regarde entre ses pieds – les yeux à terre, une fois de plus –, son visage est pris par une expression de mélancolie, comme si découvrir sa vie l'attristait. Tu sais quoi ? lui propose Claire, demain matin, au moment de te mettre debout, tu te demanderas si tu es content ou si tu préférerais dormir. Tu penseras à ce qui te plaît, tout simplement. D'accord ? Gabriel semble perplexe mais son voisin est enthousiaste. Oh ! la chance ! s'écrie Martin. Fais pareil, suggère Claire avant d'embarquer la classe dans cette attention au désir. Allez, demain vous ferez tous cet examen rapide, vous réfléchirez à ce que vous choisiriez si vous étiez libres d'inventer la forme de votre journée. Si votre mère n'était pas là pour vous réveiller. De toute façon, on n'est jamais libres nous, dit un garçon. Ah Grégoire ! s'exclame Claire, je suis contente d'entendre ta voix. Tu dis que vous n'êtes jamais libres, tu le regrettes à ce point ? Oui, souffle Grégoire, je veux être autonome, je veux mener ma vie. Il croise ses bras sur sa poitrine avec un air résolu. Tu la mèneras, assure Claire, les personnes qui sont là pour t'accompagner t'aideront à décider pour toi-même. J'en ai assez d'être accompagné, les autres ne savent pas ce qui me plaît, je ne veux pas qu'on me traite comme un enfant, martèle Grégoire. Ça c'est bien vrai ! renchérit Sarah, moi aussi ça m'insupporte. Claire temporise. Patience ! Vous êtes jeunes ! Et elle rit de son rire de fillette. J'ai dix-neuf ans, dit Grégoire, je veux me débrouiller tout seul. Bientôt, confirme son professeur. Ce sera difficile au commencement, mais je m'occuperai de moi, affirme Grégoire. Et un peu des autres ! plaisante Louise. Faut pas être un égoïste, ajoute

Lucie. Les deux amies sont tellement complices, Grégoire se sent embarrassé, deux contre lui c'est trop. On ne disait pas ça pour toi, assure Lucie. Et sa bouche envoie un baiser. Si nous nous mettions au travail ? dit Claire.

Pour cette année, Mme Bodin a imaginé quelques innovations pédagogiques. À l'intention de Gabriel, elle rappelle les parties habituelles de son cours : culture générale, secrétariat et administration de l'entreprise, vie pratique, improvisation. Oui, Louise ! Vous jouerez encore à la marchande, promet-elle. J'ai décidé enfin d'ajouter un moment consacré à la langue française. J'aimerais accroître substantiellement votre vocabulaire. Il lui faut expliquer l'adverbe qu'elle vient d'utiliser puis elle annonce : chaque cours commencera ou finira par un *bain de mots*. Qu'est-ce que c'est que ça ! s'exclame Sarah. La jeune fille joue avec le sautoir en perles de bois qu'elle a autour du cou et sourit béatement. Eh bien, puisque vous vous plaignez qu'on vous parle comme à des enfants, je vous apprendrai des mots nouveaux, dit Claire. Des mots pour les grandes choses ? demande Louise. Pas forcément, répond l'enseignante, des mots précis pour désigner des choses précises. D'accord ! C'est bien ! s'enthousiasme Grégoire. Je me réjouis que cette idée te plaise, dit Claire, nous allons tout de suite voir comment ça se passe. Elle sort de son sac un paquet de fiches cartonnées, de format carré et de toutes les couleurs. Les élèves sont hypnotisés.

Je vais vous lire une liste de mots, des noms, des verbes ou des adjectifs. Je lirai tranquillement. Dès qu'un mot vous plaira, ou dès que vous ne comprendrez pas ce qu'il veut dire, vous le noterez. Elle a conscience qu'elle leur demande quelque chose de difficile, mais le plaisir qu'elle prend à cet exercice en réduit la difficulté. S'ils sentent leur professeur heureux, les jeunes s'appliquent et à leur tour sont ravis. Aussitôt ils réussissent mieux l'exercice. Vous verrez, promet Claire, ce sera amusant (ce n'est pas le qualificatif qu'elle cherche mais tant pis). On essaie ?

Quelle couleur ? demande-t-elle en ouvrant en éventail son paquet de fiches. Jaune, répond fermement Louise. Le carré de carton jaune est sorti. Martin rit parce qu'il pense au football. Le carton jaune c'est la sanction, explique-t-il à Claire. Elle le sait parce qu'elle regarde les retransmissions de matchs. Tout le monde est prêt ? On commence ? Chaque élève a pris en main son crayon et posé ses doigts – le pouce et l'index – comme il l'a appris et le répète méticuleusement. L'opération est laborieuse, la plupart écrivent très lentement, avec beaucoup de difficultés. La lecture tonique provoque des grimaces, l'effort est énorme. Claire articule chaque mot mais ne s'interrompt pas, avance dans sa liste. Crypte – capsule – chuintement – mimique – enchevêtrement – enfermement – exaspération – ignominie – ténacité – camaraderie – accolade – éboulis – chimère – chasuble – attirail… Arrête, arrête Claire, s'écrie Sarah, tu vas trop vite. Excuse-moi, dit l'enseignante en regardant sa fiche. Quinze noms, c'est assez pour aujourd'hui. Alors, dit-elle, dites-moi un peu ceux que vous connaissez. Aussitôt un brouhaha se déchaîne, tout le monde parle en même temps. Claire distribue la parole. Alicia réussit à définir crypte, enfermement, mimique, exaspération. Claire ne l'interrompt pas et reprend chaque définition. Je vous conseille de les noter, dit-elle, lundi prochain nous vérifierons que vous avez bien mémorisé ce vocabulaire. Arthur s'emballe pour évoquer la ténacité, la camaraderie et la camaraderie tenace. Claire rit et le félicite. À toi, Sarah. Peux-tu ajouter une définition ? Sarah se plaint qu'Alicia ait déjà tout dit ! Ça n'est pas une compétition, dit Claire, travaillez en équipe. Tant bien que mal la jeune fille définit chasuble. Claire a apporté un dictionnaire. Tiens, Gabriel, peux-tu chercher le mot chimère ? Sera-t-il avant ou après chasuble ? La perplexité gagne le jeune homme. Regarde, dit Claire. Et elle rappelle à la classe comment fonctionne l'ordre lexicographique. Gabriel tourne les pages jusqu'au C, avance, avance, et pose un index charnu sur le mot qu'il a trouvé. À voix haute, suivant avec le doigt, il lit, sans comprendre, les racines latines, butant sur les abréviations, jusqu'aux définitions. Il y en a deux ? demande Grégoire dont l'enthousiasme n'a pas faibli. Claire explique ce que sont les acceptions d'un mot. Mais la classe a décroché. Le temps d'attention est dépassé. Il faut faire une pause et changer d'activité.

Dans la cour, l'enseignante s'assoit sur un muret et observe le groupe d'élèves. S'ils partagent tous un caractère identifié qui les a réunis à L'Embellie comme des compagnons d'infortune, la diversité de leurs tempéraments et de leurs aptitudes troublerait ceux qui veulent établir des généralités. Il n'y a pas de généralité, aucune personne n'est déterminée par son code génétique, quel qu'il soit, son histoire s'écrit et continue de la créer. Grégoire est silencieux et indépendant. Il n'a en tête qu'une seule idée : trouver un travail et vivre chez lui, peut-être en colocation, pourquoi pas, il faudrait inventer quelque chose. Il parle peu et écoute beaucoup. Au-delà de ses difficultés, on perçoit au fond de son œil l'éclat d'une perspicacité. Derrière ce visage stigmatisé vibre une personnalité que le handicap ne dépouille pas de sa luxuriance. Certainement il est observateur. Il est doux aussi. Sa réserve se révèle être une délicatesse, il possède la politesse du cœur. Arthur, au contraire, a besoin à la fois de parler et d'être entouré, parce qu'il est fier et meurtri, fragilisé par ses aspirations. Il souffre d'être comme il est, enfermé dans quelque chose qui résistera toujours, une forme inexorable de son être qu'il voudrait briser, piétiner par terre, pour renaître. Mais il sait qu'on ne renaît pas, c'est insupportable. Il se met facilement en colère contre ceux qui ne voient que sa forme et oublient son élan. Il entend établir le contact sur un pied d'égalité. Claire éprouve pour lui une grande estime en même temps que de la compassion, c'est une conjonction inhabituelle de sentiments. Ils me font vivre des émotions rares, raconte-t-elle à son mari, et c'est à Arthur en particulier qu'elle pense.

Martin est en grande difficulté, certains jours il est presque prostré. Alicia est timorée alors même qu'elle est, de tous, la plus adaptée à une scolarité classique. Dommage que ses parents ne se soient pas plus engagés pour la maintenir en milieu ordinaire, ici elle ne progresse pas plus que ceux qui sont empêchés, regrette Claire. Louise et Lucie sont joyeuses et pimpantes, expansives, mais l'une est combative quand l'autre est soumise. Il faut se bagarrer, répète Louise, et cela fait rire son amie qui a simplement envie de se sentir bien où elle est. Pour se sentir bien, il faut justement batailler, explique Louise. Plus tard elle veut faire de la politique. C'est décidé, elle participera aux décisions qui concernent les gens dans la même situation qu'elle. Au niveau local, précise-t-elle. Dans un conseil municipal, je pourrais agir pour ceux qui sont découragés. Découragée, il lui est arrivé de l'être, mais dorénavant elle se sent une "étoffe de héros" et le proclame à qui veut l'entendre. Claire est admirative de cette élève par ailleurs entraînante pour la classe. Pas de tristesse chez Louise, de la résolution. Claire la place souvent à côté d'Arthur. La jeune fille est déterminée à ne se laisser ni abattre ni mettre de côté. Ceux qui se moquent de nous ne valent pas la peine qu'on s'intéresse à eux, dit-elle à Arthur, tu es trop susceptible, et en étant blessé tu leur fais un plaisir qu'ils ne méritent pas !

Il n'y a pas de règle générale et aucune uniformité, pense Claire. Il y a une contrainte réelle, plus ou moins serrée et que chacun surmonte à sa façon. Elle imagine le cerveau captif, cerclé par une écorce qui l'étouffe, le ralentit, le condamne à la lenteur. Chasuble, chimère, Gabriel n'a pas su répondre. Elle a vu l'éclair de panique sur son visage. En eux, la pensée se noue et ne peut éclore. Mais elle n'en existe pas moins, dit l'enseignante à ceux qui en doutent. Et leur vie n'appartient qu'à eux, réduite mais tout entière leur propriété. Ils mènent une existence qu'il n'y a pas lieu de juger ou de comparer. Claire a la haine de la comparaison, toujours vouée à blesser, qui trouve immanquablement une cible. Pourquoi leur imposer de ne pas être ceux qu'ils sont ? Les liens avec le monde sont infinis, chacun trouve le sien, dit-elle, l'œil regarde ce qu'il veut, l'ouïe est libre de s'ouvrir ou se fermer, et la main aussi, de se tendre ou pas, de prendre ou de laisser. Pour ceux qui se sentent tellement aptes, il y a quelque chose à apprendre auprès de ceux qui ne le sont pas tout à fait, répète-t-elle volontiers. Depuis qu'elle enseigne à L'Embellie, Claire Bodin a embrassé cette forme de consolation qui retourne le stigmate en bénédiction déguisée : ces enfants enrichissent leurs familles. Ils élargissent la perspective sur la condition d'homme. Elle a eu cette discussion avec Jean au moment où il se préparait à être père. Enceinte, sa compagne faisait tous les tests possibles pour garantir la normalité du fœtus. À Jean, cela semblait naturel ; à Claire, cela parut eugéniste. Chacun évidemment est libre de ses décisions, quant à elle, elle aurait élevé n'importe quel enfant. Elle n'aurait pas décidé qui a ou n'a pas le droit de vivre. Jean n'est pas de cet avis, il ne souhaite pas donner sa vie à un être mentalement handicapé. Il ne s'agit pas de lui mais de moi, dit-il.

Les dix minutes de pause sont passées, c'est l'heure de reprendre, l'enseignante se lève et embarque sa troupe. Madame, madame ! s'écrie Gabriel. Il s'approche et prend Claire dans ses bras. Il est petit, un mètre cinquante, cinquante-cinq tout au plus, sa tête se pose contre l'épaule de Claire, presque contre son sein. Il murmure : merci. Sans doute est-il fier et heureux d'avoir dit quelque chose en classe. Il a surmonté sa peur. Ce soir peut-être, il le racontera à sa mère, pour l'instant Claire reçoit sa gratitude. C'est le début d'une relation lumineuse dans laquelle, sans le savoir, elle joue le rôle du soleil.

6

À seize heures, après son cours, Claire rentre directement chez elle. Elle fait quelques courses mais ne traîne pas, elle aime être là quand son fils arrive. Elle aime être tout pour lui – être tout pour une personne qui devient tout pour vous, c'est ainsi qu'elle a vécu sa maternité. Adrien a sa clef et, comme beaucoup de collégiens aujourd'hui, se déplace en trottinette. Il est assez grand pour rester seul à la maison, mais pas question pour sa mère de manquer le moment du goûter, cette occasion de parler à deux en se racontant la journée qu'on a eue. C'est aussi l'instant de la question rituelle, dont la réponse donnera le ton à toute la soirée (sera-t-on libre de se faire plaisir avec un film ou un jeu, ou au contraire obligé de travailler ?) : Qu'est-ce que tu as comme devoirs pour demain ? Adrien dresse la liste. Conjugaison, problèmes, grammaire, histoire… Presque immanquablement, Claire soupire. C'est toujours trop pour elle. Elle tend le bras. Fais voir ton cahier de textes. Le travail à la maison, il faut le voir pour le croire. En primaire autant qu'en secondaire, elle considère que l'école à la française en donne beaucoup trop. Elle est en pétard contre l'institution et n'hésite pas à le clamer : les gosses mettent un temps fou à venir à bout des leçons et des exercices, chaque professeur se comporte comme s'il était seul. Finalement c'est au détriment des jeux, de la rêverie, ou des activités que l'on peut pratiquer seul, la musique ou le dessin par exemple, qui ont autant d'utilité et d'intérêt que les sacro-saintes mathématiques. Parfois toute la soirée y passe. Quand Adrien a fini, c'est déjà l'heure pour lui de se coucher. Est-ce qu'on ne pourrait pas ficher la paix aux enfants ? proteste Claire. Il y a des pays où ils sont libres à quatorze heures pour faire du sport et s'amuser, sont-ils plus bêtes que nous à l'âge adulte ? Non ! Au contraire ! Son mari est tout à fait d'accord avec elle. Son frère en revanche leur a plusieurs fois expliqué que le taux d'activité des femmes en France est plus élevé qu'en Allemagne (leur modèle de référence implicite). Les Françaises ne souhaitent pas interrompre leur carrière au moment de leurs maternités, c'est légitime, dit Jean dont l'épouse travaille. Interrompre sa carrière, Claire ne fait pas l'effort de se représenter ce que cela peut signifier. Réduire la journée scolaire ne serait pas équitable à l'égard des enfants, ajoute Jean Mouret, les gosses pauvres dont les mères travaillent traîneraient dans la rue, les inégalités seraient criantes, à certains les parents paieraient toutes sortes de cours pendant que les autres seraient délaissés. Claire n'écoute pas tellement cet argument imparable. Elle sait dire oui oui, sourire, et ne tenir aucun compte de ce qu'on lui a expliqué. Même son mari pense qu'elle est têtue, encore un héritage paternel. Elle reste convaincue de son idée : les mères devraient s'occuper de leurs enfants.

À part son frère et sa belle-sœur, elle ne fréquente guère de personnes qui pourraient lui objecter : pourquoi les mères, pourquoi pas les pères ? Cette question ne la troublerait pas, elle est tout à fait ravie quand Marc s'occupe d'Adrien, mais un père n'est pas une mère, elle n'a aucun doute là-dessus. Elle a participé à toutes les manifestations contre la substitution du vocabulaire asexué – parent 1, parent 2 – aux habituelles mentions du livret de famille. Elle défend le couple parental dans sa forme hétérosexuelle. Comme la plupart des gens, elle vit dans un monde qui pense de la même façon qu'elle. Par ailleurs, sa relation à son fils est assez exclusive et resserrée. Elle est viscéralement mère : louve, animale. Enfant pourtant elle préférait son père, plus tendre, mais désormais elle donne ce qu'elle n'a pas reçu et qui lui a manqué. En tant qu'enseignante, les mères sont ses interlocutrices privilégiées. C'est à elles qu'elle s'adresse, à elles qu'elle renvoie. Lorsqu'elle a dit à la jeune Marguerite "parles-en à ta maman", elle a bien révélé cette référence toute-puissante que représente pour elle la figure maternelle. Elle n'a pas dit "parles-en avec tes parents". Auprès d'Adrien, elle n'aurait pas envie d'être remplacée, ni par son mari, ni par une grand-mère, encore moins par une nounou. Elle n'a pas besoin d'aide pour élever son enfant. Elle est à ce moment de la vie où l'enfant est toute la vie. Autrefois, elle attendait son fils devant la grille de la maternelle, avec d'autres mères dont plusieurs sont devenues des amies, ce n'était pas un sacrifice, c'était une joie, objecte-t-elle. Impossible de lui faire remarquer qu'elle a eu beaucoup de mal à avoir Adrien, qu'elle n'a qu'un seul enfant, qu'elle n'a pas fait de bonnes études et qu'elle a peu d'ambition professionnelle. C'est pourtant la vérité qui explique en partie ses idées actuelles. Son fils et son mari sont le centre de son existence, le trésor, l'enchantement. Pour eux, elle veut tout. Son dévouement ne connaît pas de limite. Ne leur doit-elle pas son bonheur ? Se marier et créer une famille demeure pour elle l'accomplissement suprême, ce qui l'a épanouie comme rien auparavant n'avait réussi à le faire. Qu'est-ce qui pourrait avoir plus de sens que s'occuper des siens ? Quel métier ? Quel argent ? Quelle réussite ? demande Claire Bodin.

Lorsqu'elle ouvre la porte de son appartement, le chien l'accueille en aboyant. Il lui fait une fête magnifique. Elle rit. Bonjour toi ! Bonjour le chien ! À genoux, elle caresse et embrasse le petit animal que ses parents lui ont offert quand elle pleurait de ne pas être enceinte comme elle en rêvait. Elle pose son sac par terre, garde son manteau et prend la laisse sur la commode de l'entrée. Viens ! Viens ! dit-elle. Les aboiements aigus ne la gênent pas. Elle referme à clef sa porte et descend l'escalier avec Asperge qui, vieille de ses quatorze ans, tombe péniblement d'une marche sur l'autre. Ensemble, Asperge et sa maîtresse font une courte promenade et, comme souvent, aperçoivent Adrien qui arrive au bout de la rue. À nouveau le teckel frétille autour de son jeune maître sur sa trottinette. L'amour lui rend sa juvénilité canine. L'appétit aussi le rajeunit, il réclame. Claire lui donne un petit morceau de pain. Adrien mange son goûter avec un verre de Coca. Claire adore le Coca et se moque de compter les morceaux de sucre. Pour la première semaine, on n'a pas encore beaucoup de travail, dit le garçon à sa mère. Encore heureux ! pense-t-elle. Il a rencontré aujourd'hui son professeur d'histoire-géographie. Il a vingt-huit ans, dit-il, il a l'air très drôle. C'est chouette, dit Claire. Demain il reste à voir celui de physique-chimie. À chaque rentrée scolaire, Claire espère que son fils aimera les enseignants. Cette cote d'amour est la variable majeure des résultats d'Adrien. D'ailleurs tous les collégiens sont comme lui : ils travaillent dans les matières où ils aiment le professeur, dans les autres ils font moins d'efforts et leurs notes s'en ressentent aussitôt. Et toi, c'était bien ? Tu as retrouvé tes élèves ? Oui, dit Claire, et nous avons un nouveau.

Après cette pause, Adrien s'installe dans sa chambre pour apprendre ses leçons, Claire s'occupe aux tâches domestiques tout en répondant aux questions de son fils. Elle va et vient entre le salon, la cuisine et la chambre, rapide, active. Quand on est chez soi, on a toujours quelque chose à faire ; la vie domestique est pleine d'obligations pour les mères qui la prennent en charge, surtout lorsqu'elles ne sont aidées ni par leur mari, ni par une employée de maison. Le chien perd beaucoup ses poils, sa maîtresse passe l'aspirateur tous les deux jours. La journée est réglée sur un mode invariable, Claire aime sa ronde journalière. Les plus petites choses la mettent en joie. Elle les accomplit avec le sourire, avec enthousiasme même. Qu'elle ait cuisiné, fait la poussière, lavé par terre, elle est toujours contente. Au printemps, elle a lessivé les murs de son appartement, le résultat est magnifique, elle est aux anges.

7

Claire Bodin avait trente-neuf ans à la naissance de son fils. Mariée, elle a attendu sept ans avant d'être enceinte. La liberté du célibat ou de la vie à deux ne lui manque pas, elle en a longuement profité. Il était même temps de passer à la suite ! plaisante-t-elle quelquefois, lorsqu'elle repense à ces années où elle a cru ne jamais rencontrer l'homme de sa vie – c'est ainsi qu'elle parle. Parfois, elle se dit qu'elle est lente (elle aussi) : sa vie durant la patience lui a été demandée, elle n'a jamais rien obtenu facilement. Elle est persuadée que c'est la raison pour laquelle elle est capable de comprendre ses élèves. C'est en tout cas une des causes de son caractère : comme si elle avait appris à attendre mais qu'elle en avait assez, elle est devenue à la fois patiente (avec les enfants) et impatiente (avec les adultes). Et puisqu'elle fait tout à la maison, elle est le capitaine du navire, elle prévoit, organise, dirige. Agir est le meilleur moyen de venir à bout de l'inquiétude. Elle décide, elle agit. Son autorité s'affermit, enrobée par la jovialité.

Jamais elle ne se dit qu'elle a dépassé la moitié de sa vie. Elle a fêté ses cinquante ans sans faire de bilan, sans geindre. S'il y a une fin aux jeux de la séduction, elle n'en est pas affectée, elle n'y a pas vraiment participé. Elle appartient à ce type de femme qui choisit ses vêtements pour être à l'aise plus que pour faire impression. Si loin d'une quelconque futilité, vraiment pas frivole, elle n'est pas dépensière. Pas coquette. Sa mère, qui est toujours impeccable, le lui a suffisamment reproché.

Claire s'en moque, elle n'a pas l'ambition de ressembler à sa mère, au contraire. Au fil des années, elle s'est laissé grossir. Elle sait qu'il faudrait surveiller sa ligne mais paraît ne pas s'en soucier. J'ai perdu un peu, dit-elle parfois, en tirant sur la ceinture de son pantalon pour montrer qu'il reste de la place. Elle rit. Il y a des problèmes plus graves que le poids ! Dans sa salle de bains, pas de pèse-personne. Se sent-elle irréparablement moche ? Non. Mais elle ne pense pas à être belle, elle souhaite surtout être bien dans sa peau, au fond c'est plus difficile. Elle est chaleureuse, presque toujours, séduisante quelquefois, séductrice jamais. Vieillir ? C'est la vie, dit-elle. La ménopause, un drame ? La belle affaire ! Les règles sont plus un ennui qu'un plaisir. Elle sera ravie de ne plus être gênée en sentant que son pantalon est taché. Il faut prendre la vie comme elle est. Claire martèle cette sagesse et la possède. La religion l'aide beaucoup à accepter la forme de son existence. C'est le fameux opium du peuple (mais Claire Bodin n'a pas lu Marx), les riches et le chas de l'aiguille, l'idéal ascétique. Elle ne rêve pas de propriétés matérielles et l'élégance morale éclipse à ses yeux l'élégance vestimentaire.

Dans son quartier, tout un monde la connaît parce qu'elle fait presque chaque dimanche une des lectures avant l'Évangile. Vous lisez bien ! la félicitent les paroissiens en sortant de la messe. Merci, vous êtes gentils, répond Claire. Elle tient de son père cette phrase refrain qu'il entonnait de la même façon, au moindre compliment, au moindre service qu'on lui rendait, au café avec les serveurs par exemple. Bernard Mouret était aimable et aimé, souriant et gentil. Elle, c'est autre chose : elle est carrément une vedette.

Loin d'être jaloux, confiant dans le tandem qu'il forme avec elle, Marc Bodin est ravi du succès de sa femme. Il est arrivé plusieurs fois que quelqu'un l'arrête dans la rue et lui dise : votre femme est extraordinaire. Ou bien : Claire est merveilleuse. C'est pour ça que je l'ai épousée, répond-il du tac au tac, malicieux. En vérité, il est tout à fait sérieux. Il pense qu'il a bien choisi son épouse, il se le dit, s'en félicite. Ce n'est ni une posture ni une imposture, c'est un fait, il vit heureux avec Claire, en complicité, sur la même longueur d'onde. Elle est joyeuse, tonique, généreuse, appréciée. Cette certitude est une fierté pour cet homme plus réservé que son âme sœur. Quant au petit côté autoritaire qui se développe chez elle, Marc n'en prend pas ombrage. Sa femme dans le couple porte la culotte ? Tant mieux pour elle, lui aussi a sa culotte ! À dire vrai, cette puissance de Claire le rassure. Il apprécie d'avoir à ses côtés à la fois une femme de devoir et une femme solide (sans doute ignore-t-il que c'est à lui qu'elle doit sa force). Sa vision du couple est traditionnelle à l'extrême : l'univers se partage en deux sphères, l'une domestique et l'autre professionnelle, chaque sexe règne dans la sienne. Aux femmes, le pouvoir officieux, aux hommes celui qui est officiel. Claire ne se mêle pas de dire à son mari ce qu'il doit faire au bureau, il y trouve sa bulle, son air, c'est parfait, et lui, symétriquement, ne lui dit pas comment s'y prendre à la maison tout en se réjouissant qu'elle ait une activité à L'Embellie. Claire et Marc Bodin forment ce que l'on appelait autrefois *un bon couple* :

un couple indéfectible parce qu'il est heureux. Ils se sentent bien ensemble, leurs aspirations et leurs plaisirs se rejoignent, ils n'ont aucun désaccord concernant l'éducation de leur fils, ils se parlent de tout, ne cultivent pas les reproches et ne se disputent pas souvent. Rien ne les prépare aux événements qui vont déranger cette harmonie.

8

Lundi 10 septembre. Déjà lundi ! Claire se demande comment font celles qui ont un emploi à temps plein. Trente-neuf heures par semaine au bureau, ou trente-cinq peu importe, c'est vraiment perdre sa vie à la gagner. Le mariage désormais l'en préserve et tant pis si Jean son frère lui reproche cette façon de penser, tant pis si toute l'époque valorise le travail, elle a envie de dire ne valorise *que* le travail, et la participation féminine en particulier. La mère au foyer a-t-elle jamais été plus mal vue qu'aujourd'hui ? Nous sommes une génération méprisante, pense souvent Claire. Quelle victoire pour les femmes de partir le matin avec une sacoche de cuir vers un bureau en open space ! Voilà qui la fait vraiment rire. Cela donne une indépendance financière précieuse en cas de désamour et de divorce ? Je ne prévois pas de divorcer, réplique-t-elle. Se préparer à cette éventualité peut d'ailleurs la faire advenir, la répartition des tâches a une efficacité tellement évidente que son démantèlement se paie. Quand la réalité n'est pas tendre, le bon sens doit prévaloir : sur le marché, les femmes sont maltraitées, petits postes et bas salaires, pas de quoi se précipiter, mieux vaudrait se faire désirer, inaugurer une grève féminine. Jean ignore quelle est la condition d'employée, pense Claire. Elle sait de quoi il retourne. Tel a été son lot à vingt-cinq ans, secrétaire d'une femme qui avait créé son entreprise et qui réussissait formidablement dans l'événementiel. Elle était complètement folle, assure Claire lorsqu'elle évoque ce passé révolu, elle m'envoyait à la pharmacie acheter ses somnifères et ses antidépresseurs. Pareille impudeur la sidère encore. Elle n'imagine pas qu'il est des invisibles qu'on laisse témoins de tout puisqu'ils n'existent pas. Elle n'éprouve pas l'indifférence qu'elle a subie parce qu'elle-même ressentait une certaine pitié pour sa patronne. Tout de même, quand elle résume son sentiment, elle dit : J'étais sa bonne, c'est pour ça que j'en ai eu marre. À ses yeux, celui qui rabaisse l'autre se rabaisse davantage lui-même ; d'une certaine façon le pouvoir rabaisse. Heureux les humbles. Elle n'a pas essayé de grimper dans la hiérarchie, elle n'envie pas ces vies survoltées qui font erreur sur l'objet de leur quête. Elle n'est pas prête à payer en temps le prix de l'argent (jamais l'argent ne vaudra le temps), elle a besoin d'avoir des moments pour elle. Maintenant elle en a mais s'en fait souvent la remarque : ses trois jours de liberté passent très vite.

Le vendredi, elle fait de grosses courses et le ménage à fond. Elle pourrait se dire que c'est perdre sa vie pour l'intendance, mais non, elle est ravie d'être librement maîtresse de maison. Elle préfère servir sa famille plutôt qu'un patron. Le samedi matin, elle va au marché sur la place de l'église et prend un café avec les copines. La messe occupe la matinée du dimanche et, après le déjeuner, les devoirs à la maison subtilisent l'après-midi. Adrien a déjà plein de travail. C'est dingue ! dit Claire sur un ton de désapprobation rageuse. Elle n'en revient pas : à peine une semaine après la rentrée, le rythme scolaire s'impose à la vie ! En septembre, elle le vit moins bien que le reste de l'année, elle éprouve la nostalgie des vacances et de l'été, cette longue parenthèse de détente, avec ses grasses matinées, ses heures à l'océan et les apéritifs sous les pins. Couler ses jours au rythme des envies, se lever sans sonnerie, prendre un café, lire au soleil, se promener dans le silence et le paysage sablonneux, voilà la bonne vie. Comme il est doux de se laisser être, dehors et libre, et de faire des barbecues ! Le barbecue est vraiment le symbole des vacances. Et elle s'en fout que ce soit cancérogène. Une fois par an, ça ne va pas nous tuer ! conclut-elle dans ce débat récurrent. Elle aime la campagne. Petite fille, elle rêvait de vivre un jour dans une maison, avec un jardin et un potager. Marc et elle ne sont pas assez riches pour acheter un pavillon ; pendant un temps ce fut un rêve et une légère frustration, qui leur ont passé ; ils habitent un joli appartement, c'est déjà bien. Elle aime sa vie dans cette banlieue familiale, mais au début de l'automne elle traverse souvent une crise de paresse : l'interlude des grandes vacances réclame une prolongation.

Cette année, la crise de paresse est une crise de larmes. Elle ne sait pas pourquoi, elle a pleuré plusieurs soirs de suite, impossible de s'en empêcher. Elle renâcle à prendre le rythme. Marc est désolé de la voir dans cet état, il essaie de la consoler en lui parlant des prochaines vacances : à la Toussaint, il restera au bureau – il n'a que cinq semaines de congé par an –, mais avec Adrien elle ira chez sa belle-sœur en Bretagne. Le garçon y retrouve ses cousins et les deux mères s'entendent bien. Il faut tenir jusqu'au 19 octobre, dit Marc, ce n'est pas si loin. Il voudrait la convaincre que 2018-2019 sera encore une belle année. Il ne sait pas à quel point il se trompe. Claire écoute.

En attendant, ni la paresse ni la mélancolie ne perturbent son activité à L'Embellie. Le problème n'est pas là, au contraire, car la compagnie des élèves la rend naturellement joyeuse. Elle donne ses cours avec sérieux et entrain. Parfois elle a le sentiment qu'elle est la seule dans ce cas. Plusieurs professeurs ont baissé les bras et se contentent de faire de la garde, le contenu des enseignements réels n'est pas inspecté, ils transmettent ce qu'ils veulent, en l'occurrence rien. Ils n'y croient plus, leur regard sur ces jeunes est définitif. De toute façon, ces pauvres gosses ne comprennent rien, dit par exemple Mme Mauss qui enseigne le français. Claire ne croit pas ça et si c'était le cas, elle se l'interdirait. Non seulement elle ne l'exprimerait pas mais elle y réfléchirait à deux fois. Ces adolescents relégués à part ne devraient pas laisser notre curiosité en repos, les questions sont ce qu'ils apportent de plus précieux à notre intelligence. Peut-être ne comprenons-nous pas ce qu'ils assimilent et de quelle manière ils raisonnent, se dit-elle souvent. Sous prétexte qu'ils se montrent moins rapides, plus hésitants, peureux, leurs compétences sont déniées et leur sensibilité négligée. Cet état de fait ne dit rien d'eux mais tout de notre société : standardisée et normative, bureaucratique et oppressante, mais pourquoi pas soucieuse de la liberté et du bonheur des personnes ? S'ils étaient majoritaires, auraient-ils le même comportement dédaigneux envers ceux qui ne leur ressemblent pas ? Personne ne comprend cette question que pose Claire.

Le lundi 10 septembre, à dix heures, elle retrouve ses élèves. Mme Joyeux l'intercepte dans le couloir pour la prévenir que Martin est absent, sans préciser le motif qu'a donné la famille, alors qu'elle sait combien Claire s'inquiète pour ce garçon renfermé et mal dans sa peau. Et s'il allait se faire du mal ? Ne plus se supporter, ne plus être capable d'être comme on est, ce genre de drame existe. Annick Joyeux n'a pas cette crainte. Inutile par ailleurs de créer ou de faire circuler des alarmes et des histoires. Claire n'apprécie pas ces manières, l'été n'a rien changé à ce désaccord. Comment s'étonner que dans ces conditions froides et opaques les enseignants se découragent, songe-t-elle. Décidément, Mme Joyeux ne sera jamais une femme selon son cœur. Est-ce la raison de ses larmes ? Une mauvaise ambiance qu'elle perçoit mieux au moment de la rentrée ? Le désarroi d'une antipathie qui persiste ? L'enseignante n'a pas cette idée. Elle détesterait penser qu'elle pleure à cause d'Annick Joyeux.

Claire ferme la porte derrière elle, la voilà toute seule avec sa classe, libre de faire cours comme elle l'entend. Elle reconnaît de dos Louise et Lucie qui parlent ensemble avec animation, et Gabriel qui s'est assis à la même place que la dernière fois, toujours en costume, chemise et cravate. Quand Claire arrive à son niveau, il se lève et lui ouvre les bras pour une accolade. Certains élèves ont une fringale d'affection, Gabriel est de ceux-là. Et parce qu'il est nouveau, Claire ne le repousse pas, elle ne lui explique pas encore que la classe n'est pas le lieu des câlins. Elle ne lui dit pas : Imagine que tout le monde fasse pareil ! Elle dit : Bonjour Gabriel, tu as passé un bon week-end ? Le garçon ne répond pas. Il serre ses mains sur le dos de Claire en même temps qu'il se blottit contre elle. Avec patience, elle se laisse faire. La classe reste tranquille, les jeunes regardent cette embrassade en attendant que leur professeur gagne sa place derrière la grande table. Merci de ton accueil, dit Claire en se libérant avec délicatesse, replaçant les bras du garçon le long de son corps et lui indiquant sa chaise. Assieds-toi. Une expression radieuse persiste sur le visage du nouvel élève qui ne la quitte pas des yeux. Voilà au moins une bonne chose : l'attention est acquise.

Ce jour-là, tous travaillent bien. Comme toujours, Claire les incite d'abord à parler de ce qu'ils veulent, complètement librement. Ont-ils quelque chose à dire avant de se mettre au travail ? Elle ne les interrompt pas, ni ne les reprend, elle les écoute. Gabriel lève aussitôt la main : il n'a pas oublié de faire ce que Claire lui a conseillé jeudi dernier. Chaque matin (à haute voix, il compte sur ses doigts : vendredi, samedi, dimanche, lundi), il s'est demandé s'il avait envie ou non de sortir de son lit. Et alors ? s'amuse Claire. Oui, j'étais content ! dit-il. Il avait envie d'attaquer la journée ! Il s'est réveillé, levé et habillé avant même que sa mère frappe à la porte de sa chambre. Tu as été au-to-no-me ! articule Grégoire. La classe applaudit à cet exploit. Claire félicite. Louise trouve que Claire sent très bon. Vous avez un nouveau parfum ? lui demande-t-elle. Claire ne sait plus lequel elle a mis ce matin. Vous en avez plusieurs ! Louise est éblouie. J'en ai trois, dit Claire en riant. Les filles donnent les noms de leur parfum préféré, Alicia annonce qu'elle collectionne les échantillons que distribuent les marques de luxe. J'essaierai de t'en apporter, promet Claire. La conversation va son train. Claire note que Louise ne bégaie pas. Quand les jeunes sont à l'aise, leurs difficultés d'élocution se réduisent. Les garçons restent silencieux, alors l'enseignante demande : Et les hommes ? Est-ce qu'ils doivent prendre soin d'eux autant que le font les femmes ? La question divise mais la majorité est pour la diffusion des produits de beauté dans la gent masculine. Sans être trop coquets, les garçons devraient être élégants. Ils peuvent bien se faire beaux pour nous ! déclare Louise. C'est un cri du cœur. Elle ne voudrait pas d'un fiancé négligé. Claire approuve. Tu as tout à fait raison ! Arthur devient tout rouge – il n'en a jamais soufflé mot mais il est amoureux de Louise et aujourd'hui il porte un ample teeshirt sans forme, il a compris qu'il ne risquait pas de lui plaire. Tu n'es pas d'accord, tu veux dire quelque chose ? lui demande Claire. Comme il hoche négativement la tête et regarde par terre, elle dit : Au travail maintenant ! Regarde-moi, Arthur. Demander le regard est l'une des choses qu'elle fait le plus. Laisse tes pieds tranquilles, regarde celui qui te parle, répète-t-elle sans arrêt à ses jeunes. Arthur redresse crânement la tête. Ah ! C'est plus agréable, dit Claire.

Le garçon rit de toutes ses dents en passant la main dans ses cheveux.

Elle a apporté son exemplaire du *Petit Prince*. Le livre est usé, la couverture abîmée. Il a beaucoup servi, fait remarquer Alicia. Il sert depuis six ans, confirme Claire. Ça fait tout ce temps que tu travailles ici ! dit Arthur. C'est ma sixième année à L'Embellie, dit Claire. Alors tu n'en as pas par-dessus la tête des élèves comme nous ? Le jeune homme a l'air à la fois de s'en étonner et de s'en réjouir. Est-ce que j'ai l'air d'en avoir par-dessus la tête ? demande Claire. Pas du tout ! dit Louise, tu aimes être avec nous. Nous sommes tes rayons de soleil, murmure Lucie. Vous l'êtes, dit Claire. Son regard croise celui de Gabriel, elle se réjouit qu'il ait fini lui aussi de regarder par terre, il est présent, elle lui rend son regard. Le jeune homme paraît bouillir de bonheur. Est-ce que quelqu'un peut dire à Gabriel quel livre nous avons lu l'année dernière ? Un chœur s'élève : *Le Livre de la jungle* ! Et comment s'appelait l'auteur ? Kipling, dit le chœur. Rudyard Kipling, reprend Claire. Ce prénom ! pouffe Arthur. Cette année, nous lirons *Le Petit Prince*, annonce l'enseignante. Aussitôt Louise et Lucie mentionnent l'association Petits Princes, qui s'occupe d'apporter du réconfort aux enfants atteints de maladies graves ou hospitalisés pour de longues durées. Le nom vient sûrement du titre, dit Claire, vous savez, ce livre est connu dans le monde entier. Et avant de commencer elle parle un peu de l'auteur et du moment de sa vie où il a écrit ce texte. Claire est une bonne conteuse, il le faut pour tenir l'attention de ses élèves. On commence maintenant ! réclame Arthur. Tu lis Claire ! ordonne Louise.

La critique des adultes sérieux et sans imagination, qui ouvre le livre de Saint-Exupéry, rencontre dans la classe un vif succès. “Les grandes personnes ne comprennent jamais rien toutes seules.” Louise applaudit. C’est bien vrai ! dit-elle. C’est fatigant de devoir leur expliquer que nous pouvons être heureux et donner du bonheur ! Elle pense à tous les médecins et parents qui prétendent éliminer les enfants comme ceux de L’Embellie. Ils n’ont rien compris aux relations humaines et à ce qu’une fille comme elle apporte à sa famille. Mets à part tes parents ! dit Lucie. Et quelques personnes extraordinaires, ajoute Louise, mais les autres ne nous connaissent pas, ils ne savent pas de quoi ils parlent. La classe se scinde entre ceux qui osent revendiquer et ceux qui restent impressionnés par l’autorité. Les indépendants tentent de convaincre les soumis qu’il ne faut jamais se laisser regarder en coin. Lorsque Claire confirme, tout le monde est d’accord.

Après la discussion animée qui a fait rougir Arthur et après cette lecture du *Petit Prince*, le bain de mots maintient l’ambiance dans la classe. Ils apprennent l’origine néerlandaise de “maelström”, son sens propre et son sens figuré. Ici, c’est un maelström de conversations, dit Alicia. Ce mot qu’ils n’ont jamais entendu, avec son tréma élégant, leur plaît beaucoup. À quoi servent les deux petits points ? demande Sarah. Claire avoue qu’elle n’en sait rien mais Sarah insiste. La jeune fille répète mécaniquement : “À quoi servent les deux petits points ?”

Inutile d'espérer passer à autre chose. Claire connaît ce mécanisme de fixation. Regardons ça tout de suite, dit-elle en prenant le dictionnaire. Pour ne pas perdre trop de temps, c'est elle qui lit : *"Placé sur* i, *le tréma marque pour cette lettre une prononciation indépendante de la voyelle précédente."* Ils ne comprennent pas. Attendez les exemples, dit-elle. Elle en profite : Rappelez-moi les voyelles. C'est parfait, dit-elle. Et elle donne les exemples : caïd, celluloïd, haïr, héroïne, naïf. Elle prononce les mots correctement, puis elle les dit comme s'ils n'avaient pas de tréma, caid, celluloid, hair, héroine, naif. Hérouane ! répète Arthur en riant. Claire, tu es notre hérouane ! Ça y est, ils ont très bien compris. Ce n'est pas fini, dit Claire. Les visages se figent. Vous ne voulez pas tout savoir ? demande-t-elle. Pourquoi on ne voudrait pas ? gronde Arthur. On veut savoir comme les autres, acquiesce Grégoire. Ses yeux sont très brillants. Oh ! dit Claire, nous ne sommes sûrement pas les seuls à méconnaître le tréma. Pour l'usage qui suit, elle leur fait deviner le mot "Noël". Votre fête préférée. Celle où l'on se fait des cadeaux. Bien sûr ils trouvent et elle peut lire la règle : *"Placé sur le* e *(comme sur le* u*), il marque la prononciation, dans Noël, Israël."* Évidemment il faut expliquer où se trouve Israël. Ce n'est pas si simple. Elle commence. Et hop, c'est fini, d'un seul coup l'attention s'est envolée. Le bavardage remplace l'écoute, exactement comme si le professeur n'était pas là. J'aimerais tellement voyager, dit Arthur. Oui ! Moi j'aimerais aller au bout du monde ! dit Grégoire. Vous êtes fous, murmure Lucie en touchant sa barrette tandis que Louise rappelle combien l'avion est mauvais pour la planète.

Pendant qu'ils discutent et rigolent de ce qu'ils disent – Ô la rabat-joie ! crie Grégoire. Tu veux tous nous faire mourir de chaleur ? proteste Louise –, Claire finit à voix basse de lire la note du dictionnaire. Ce soir, elle en parlera à Adrien. Elle pense à partager avec lui tout ce qu'elle apprend. Il est la personne à qui elle a envie de raconter ce qui lui arrive. Son fils est la destination et le sens de sa vie. Si elle travaille à L'Embellie, au milieu de ces jeunes, c'est aussi pour lui, pour n'avoir pas qu'une activité de mère, pour rapporter à la maison des idées qui viennent du dehors et en faire bénéficier son enfant. Les mères totales sont des vampires, dit souvent Jean, au lieu d'enrichir leur progéniture avec ce qu'elles découvrent, elles s'en gavent et se repaissent – chair, progrès, aventures, exploits de ces petits génies –, et finalement ne recèlent plus rien que ne connaissent déjà leurs gosses – puisque tout vient d'eux. Claire partage cette opinion, elle a fini par s'apercevoir que son frère avait raison. Adrien est l'essentiel mais elle ne doit pas n'avoir que lui dans sa vie. Chacun est un univers, plus il y a d'univers autour de la table, plus le dîner est précieux : elle cultive son monde personnel. Au fur et à mesure qu'Adrien grandit, il devient un interlocuteur à part entière, et Claire se félicite d'avoir quelque chose à lui raconter. Elle prévoit parfois l'envol de son fils : elle est décidée à ne pas connaître le syndrome du nid vide. Il faut posséder une vie en propre, c'est le seul remède qui, au moment nécessaire, permette de revenir à ce point où vous n'attendez votre bonheur que de vous-même. Toute louve qu'elle soit, elle a ce côté sain, lucide et pragmatique. Pour cette raison, on peut dire qu'elle est une excellente mère. Son bon sens contrecarre sa passion maternante. Adrien est choyé et ne sera pas étouffé.

Avec les histoires de L'Embellie, elle divertit son mari et son fils. C'est le cas justement ce soir à table. Repensant à la conversation du matin, elle regarde Marc, la lui raconte et l'interroge. Quelle est son idée de l'élégance masculine ? Il ne se parfume pas, il n'aime pas ça, pourquoi ? C'est dommage ! dit-elle. Je préfère l'odeur de ma sueur, grogne Marc le bras en l'air, respirant son aisselle avec un visage hilare. Claire fait mine de s'offusquer mais s'amuse. Et dire qu'on parle d'un affaiblissement de la virilité ! S'ensuit une discussion sur les différences entre les sexes, une critique de la théorie du genre que ni Marc ni Claire n'ont jamais étudiée. Au dessert, Claire rapporte à Adrien ce qu'elle a lu sur le tréma et ce bain de mots qu'à chaque cours elle offre aux élèves. Aujourd'hui ils ont aimé "ineptie", "accoutrement", "vétille" et "vétilleux", dit-elle. Adrien ne connaît pas ces deux derniers mots. On ne les emploie plus guère, dit Marc. À son tour, Adrien raconte que le professeur de français leur a parlé de la dictée de Mérimée. L'as-tu faite ? demandent les parents. Non, dit le collégien, le prof nous a juste dit que l'ambassadeur d'Autriche à Paris détenait le record, trois fautes seulement. Un étranger a fait moins de fautes qu'Alexandre Dumas. Adrien n'a pas mémorisé que l'étranger en question était quand même le fils de Metternich. Claire débarrasse les plats et les assiettes pendant que le père regrette le rayonnement perdu de la langue française. Marc Bodin est pourtant obnubilé par l'apprentissage des langues étrangères, anglais et espagnol en particulier, en somme déplore ce à quoi il participe. Plus tard, Claire va lire dans son lit tandis que Marc regarde la télévision. Adrien se couche pour ne pas être fatigué le lendemain. Bonsoir maman, dit-il en embrassant sa mère. Elle le serre contre elle avec passion. C'est reparti pour un tour, pense-t-elle, l'année est sur les rails, et ce soir, elle n'a pas pleuré. Je suis content que tu te sentes mieux, murmure Marc quand il la rejoint dans leur chambre.

9

Le jeudi 13, Martin est de retour en classe. J'ai choisi de venir, lundi j'étais triste, dit-il à Claire quand elle pose son sac sur le bureau. Tu as eu raison, il ne faut pas laisser passer la chance d'étudier, dit-elle. Elle ne lui demande pas pourquoi lundi il était malheureux. Il faut lui donner envie d'assister au cours, voilà tout. Claire sait qu'il a une passion pour leur jeu "La petite marchande" aussi le propose-t-elle : vous allez au supermarché acheter de quoi faire une salade composée, vous faites votre liste, vous choisissez les produits, vous réglez votre achat à la caisse. Chacun à son tour jouera l'acheteur puis le vendeur, Louise la première sera caissière et après elle, ceux qui le désirent. Arthur n'a pas envie de ça du tout, il voudrait qu'on lise encore *Le Petit Prince*, il boude. Veux-tu me rendre un service ? lui demande Claire. Va chercher la caisse chez Mme Joyeux. Dans son bureau, la directrice garde la cassette pleine de pièces et de billets qui servent à apprendre à compter et rendre la monnaie. Arthur s'en va dans le couloir tandis que le groupe entreprend de bouger les tables et les chaises, pour créer un espace plus propice à l'improvisation. Louise s'est déjà assise derrière la table du professeur. Elle attend la cassette avec laquelle elle adore jouer. C'est elle qui manipule le mieux les centimes et les euros. Elle sait qu'une pièce seule peut compter pour deux euros, elle ne se trompe plus.

Arthur revient en larmes, le bureau de Mme Joyeux est vide, il a cherché la directrice dans les deux étages, il a cru s'être perdu (le deuxième étage ne ressemble pas au premier qui lui-même diffère du rez-de-chaussée), il s'est paralysé. Attendez-nous, dit Claire au reste des élèves. Commencez à écrire votre liste, de quels ingrédients avez-vous besoin pour faire quelle salade ? Comment ça "quelle salade" ? demande Martin. Il faut tout expliquer. Vous choisissez un genre de salade, salade maraîchère, salade de la mer, salade gourmande, salade de poulet… et vous notez ensuite ce qu'il faudra acheter. La classe pouffe. On se croirait au restaurant ! Parfaitement, faites votre menu, dit Claire avant de sortir avec Arthur. Il est émotif et blessé, tout silence réveille le sentiment d'insécurité qu'il éprouve dans le contact avec les autres. Il faudrait que la directrice soit plus loquace avec lui, plus engagée, pense Claire. Mais Mme Joyeux reste en retrait, son point de vue est différent, elle se refuse à "en rajouter". Au retour, auprès de Claire, Arthur marche avec solennité et porte la caisse comme le Saint-Sacrement. Son application est tordante, Claire retient son rire de peur d'être vexante. Dans la classe, les élèves sont le nez au-dessus de leur feuille en train d'écrire la liste d'achats. Vas-y toi aussi Arthur, note tes courses, murmure l'enseignante.

Le cours entier y passe. Le moindre travail d'écriture réclame un temps fou, Claire le sous-estime à chaque exercice, comme si elle n'arrivait pas à l'accepter ou toujours rêvait d'une amélioration définitive. La calligraphie est hésitante et lente, l'orthographe insuffisamment maîtrisée, la fatigue fréquente. Il faut faire des pauses, encourager sans presser, une impatience trop manifeste serait contre-productive. Aucun de ces jeunes gens ne supporte la pression et Claire, d'instinct, craint cette sorte de torture que peut devenir l'apprentissage. Elle circule d'un élève à l'autre. Comment s'écrit "épinards" ? Comme ça ? dit Louise en montrant sa feuille. Le *d* muet n'y est pas. Claire rectifie. Je ne pouvais pas deviner, merci, dit Louise. L'erreur est naturelle, elle appelle l'information complémentaire, pas la punition ; trop souvent l'école française oublie cette loi pédagogique élémentaire et risque de développer la peur plutôt que le goût d'apprendre. Tel est l'avis – presque le combat – de Claire. Collégienne et même lycéenne, elle a souffert de ces mauvaises manières enseignantes. Elle se garde bien de les répéter. Oignon s'orthographie avec un *i*. Ail diffère de aï. Elle fait à dessein écrire au crayon : les gommes s'activent. C'est parfait, dit-elle, bravo. Un éloge que tous pourraient prendre pour une insulte s'ils étaient moins innocents, s'ils se représentaient l'échelle habituelle des réussites. La classe tape dans ses mains. Tu es fière de nous, dit Martin. Je suis fière et nous continuerons lundi prochain, conclut Claire. Lundi, c'est dans quatre jours, annonce Gabriel. La classe rit, il n'y fait pas attention, il regarde le professeur.

10

Debout, elle tourne une cuillère en bois dans une casserole remplie d'une matière ocre et pâteuse. À feu doux, elle ajoute du lait dans le mélange épais qui s'assouplit, elle écrase quelques grumeaux. Je sais, désolée ! dit-elle à son mari qui lui jette un coup d'œil amusé. Avec son bas de pyjama délavé qui pendouille sous les fesses, pieds nus, elle n'est pas à son meilleur. Je suis à l'aise pour faire mes gougères, dit-elle, sollicitant l'indulgence plutôt que la liberté. Elle écoute les informations de dix-neuf heures. Un an après l'automne de MeToo et de BalanceTonPorc, l'actualité de la prédation sexuelle s'est déplacée du monde du cinéma et des médias au monde spirituel, l'Église catholique est le cœur d'un scandale. Autrement plus ancienne que les salles obscures, l'institution a longtemps masqué les crimes commis en son sein : le courroux est massif et inextinguible, légitime et pressante l'exigence de réparation. De nombreux croyants réclament une commission d'enquête jusqu'au Vatican. Claire monte le son de sa radio. Le cardinal Barbarin est à nouveau sur le banc des accusés pour "non-dénonciation d'actes de pédophilie". L'affaire dure depuis 2016, il avait alors été interrogé comme témoin pendant près de douze heures. Certaines victimes n'acceptent pas le classement sans suite de la première enquête et se sont constituées partie civile. Partie civile, Claire ne sait pas ce que ça signifie exactement – un déficit répandu de culture juridique. En tant que catholique, elle se sent aussi concernée que consternée. Mais elle ne suit pas les choses de près, elle est au courant comme tout le monde. A-t-elle pris la mesure des préjudices et de l'impunité ? Oui. Comment croire que de tels actes soient si fréquents ? Pour une âme comme la sienne, c'est impensable et l'idée d'un prêtre pédophile est horrifiante. Il faut évidemment exclure les coupables et laisser s'exercer la loi républicaine, mais ne pas oublier que la majorité des prêtres n'abuse pas des enfants. Parce qu'elle l'espère, elle le croit. Elle se cale sur la position du pape qui rappelle la présomption d'innocence tout en affirmant la fin du silence et de l'hypocrisie.

Le climat général la perturbe. Les féministes les plus radicales parlent de culture du viol. Les violeurs sont parmi nous, les porcs et les prédateurs agissent en toute liberté. La société post-MeToo répéterait en quelque sorte l'Allemagne avant la dénazification. Une épuration serait nécessaire. Claire se sent navrée par cette civilisation de la suspicion. Comment vivre dans cette ambiance ? Comment exercer un ministère ? Ou n'importe quel métier de relation d'ailleurs ? Elle constate déjà des effets d'inquiétude et de précaution. Désormais les prêtres laissent ouverte la porte de la sacristie pendant qu'ils reçoivent les jeunes. Les professeurs particuliers font de même. Bientôt on ne trouvera plus de baby-sitter, imagine Claire. La fraternité, la compassion, l'amicalité ne peuvent plus s'exprimer. Tout geste affectueux devient suspect. La précaution rencontre sa limite. Une main sur l'épaule, un encouragement chaleureux, une accolade amicale, sont-ils trop risqués vraiment ? Récemment un jeune prêtre a perdu sa paroisse pour un baiser sur la joue d'une jeune fille. Un autre, injustement accusé, s'est carrément donné la mort. Les parents doivent prendre garde et ne pas s'emballer, pense Claire, il arrive que les enfants inventent, manipulent, se vengent, s'amusent, expérimentent la fiction et les usages du langage hors de la vérité. Elle déplore aussi que l'Église se montre désormais plus sévère que les tribunaux, en devançant à la fois l'enquête et l'opinion, en ne soutenant pas ses curés. Après avoir été honteusement laxiste, la hiérarchie fait du zèle : dès la plainte, sans attendre la vérité, elle démet le prêtre accusé. C'est une autre façon d'être lâche. C'est faire payer aux innocents d'aujourd'hui les indulgences inadmissibles qu'on a eues envers les coupables d'autrefois. Et puis la confusion l'emporte, tout est mis sur le même plan, une "attitude inappropriée" n'est pas "une agression sexuelle", un geste affectueux n'est pas un geste prédateur. Quelque chose la choque. Les faits doivent être qualifiés et prouvés, sinon n'importe qui est à la merci d'une dénonciation mensongère. La société deviendra affreusement triste et inhumaine si la tendresse, la sympathie, la compassion, le réconfort n'ont plus leur place, si on infecte leur signification en insinuant partout Éros. Claire connaît des prêtres qui font des choses formidables, il ne faudrait pas les oublier ou les regarder comme des pédophiles en puissance. Depuis longtemps elle a envie d'écrire, sans prétention, pas de la grande littérature mais un livre simple et lumineux qui touche les lecteurs ; maintenant elle a trouvé son sujet, elle aimerait raconter l'histoire d'un jeune prêtre qui établit une belle relation avec un enfant. Ce n'est pas facile et elle ne s'y met pas. Marc l'encourage. Il faut bien que quelqu'un prenne à contrepied le discrédit galopant qui attaque toute l'Église, il faut rappeler ce qu'elle accomplit pour les plus pauvres, les plus démunis, les malheureux.

Ils en parlent une nouvelle fois en mangeant les gougères. Lance-toi ! dit Marc. Je suis sûr que tu en es capable. Il est enthousiaste à l'idée que sa femme écrive et ne doute pas qu'elle y parvienne. Claire rit, moins confiante, touchée de ce soutien. Je vais acheter un carnet, promet-elle. Tu es gentil ! dit-elle à son mari. Il proteste. Non ! Je dis ce que je pense, c'est tout. Et c'est un sujet important, ajoute-t-il, relançant la conversation sur les difficultés de l'Église. Tous deux la connaissent bien et participent à la vie paroissiale. Marc Bodin prépare les plus jeunes à la première communion. Est-ce que tu fermes la porte ? demande Claire. Oui, je la ferme. En la laissant ouverte, j'aurais l'impression de dire aux enfants "je sais que l'un de vous va m'accuser". Je ne veux pas avoir l'air de me protéger. Claire acquiesce. L'un et l'autre s'accordent : impossible de se laisser contaminer par la crainte d'être suspecté. La confiance est la base du fonctionnement de toute société, ils ne le formulent pas, mais sans y penser, le pratiquent : ils sont spontanément en confiance. Le soupçon leur est étranger, il ne peut leur être adressé, et quand ils en critiquent les excès, c'est pour protéger les autres. Puisqu'ils ne font rien de mal, ils se sentent absolument en sécurité. Leur sentiment n'enlève rien à l'horreur des crimes commis, ils ne les nient pas, et quand Claire en 2016 a vu le film *Spotlight*, elle en a beaucoup parlé autour d'elle. La question du mariage des prêtres est récurrente dans leurs discussions. Le débat est loin d'être clos. Le catholicisme doit descendre la chasteté de son piédestal, pense Claire.

11

La dernière semaine de septembre débutent les permanences. Avant cette date, si les familles ont quelque chose à dire ou à demander, elles s'adressent à la directrice. Le lundi 24, Claire s'est inscrite présente pour recevoir les parents. Elle rencontre ceux de Louise, des gens exceptionnels, militants de l'inclusion, qui se sont battus pour maintenir leur fille le plus longtemps possible dans un milieu ouvert. Malgré cela, ils sont contents de L'Embellie : Louise s'y épanouit et n'a plus les idées sombres qui la poursuivaient deux ans plus tôt. Ils avaient eu très peur, leur fille avait vu un psychiatre pendant quelques semaines avant de se défaire d'un désir de mourir que, par chance, elle avait exprimé à un professeur. Claire fait des compliments. Votre fille apporte beaucoup d'énergie à la classe, elle est vive et drôle, je l'adore. Cette dernière remarque n'est pas professionnelle mais passe très bien. Elle aussi vous aime beaucoup, dit la mère de Louise, elle vous trouve très belle ! Claire éclate de rire. L'atmosphère détendue est aux confidences. Ces parents ne sont pas formalistes, à leurs yeux l'esprit l'emporte sur la lettre. Madame exprime son amour pour cet enfant qu'elle a failli ne pas garder. J'aurais fait la bêtise de ma vie si j'avais choisi d'avorter, dit-elle. Son mari rectifie : *Nous* aurions fait. Claire se sent honorée par cette révélation intime. Mais je ne dis pas que c'est facile, ajoute la mère. Ça ne l'est ni pour nous ni pour Louise, ni pour son frère. Ce disant, madame cherche à circonscrire sa difficulté : elle doit s'obliger à ne pas faire les choses à la place de sa fille. Et à ne pas décider non plus. C'est Louise qui fait ses choix, découvre ses envies et sa motivation. Monsieur acquiesce. Pour nous, l'objectif désormais est l'apprentissage de gestes professionnels, dit-il, Louise doit devenir capable de travailler. Claire précise le contenu de son enseignement. Adresser une lettre, classer des documents, créer un index, gérer un budget… Les parents sont à la recherche d'entreprises qui accepteraient d'accueillir Louise. La vérité est qu'il faut enchaîner les stages pour espérer être gardé quelque part. Louise n'aime pas que je dise ça, mais nous devons penser à son avenir sans nous, murmure la mère. Elle doit être autonome dans sa vie quotidienne mais aussi sur le plan affectif. Claire écoute plus qu'elle ne parle. Elle tait la plupart des réflexions que suscitent en elle les mots des parents. Qui pourrait prétendre être affectivement autonome ? Personne, songe-t-elle.

Elle écoute aussi la mère de Martin qui se présente un peu plus tard. Martin souffre, le regard des autres lui fait mal. Même lorsque les gens sont gentils, il a conscience qu'il ne sait pas ce qu'ils pensent vraiment de lui, dit cette femme que son mari a quittée à la naissance de l'enfant. Elle ne s'est pas assise mais laissée tomber sur la chaise, avec un gros sac en bandoulière par-dessus un vieil imperméable. Claire voudrait lui dire de se mettre à l'aise mais n'ose pas l'interrompre. Tout le monde n'est pas capable d'accueillir une différence aussi fâcheuse, murmure la femme. Mme Trabert a beau parler de "tout le monde", la tendresse au fond de sa voix excuse surtout cet homme qui l'a aimée et meurtrie. Claire le perçoit, la blessure originelle a touché la mère et le fils. Pour Martin, une culpabilité risque de s'incruster : à cause de lui, à cause de celui qu'il est, son père est parti et sa mère l'élève seule. Vous savez, parfois je me demande comment ce gosse réussit à être si fort, dit Mme Trabert, pour qui le courage n'est pas un choix. Claire acquiesce. Pourquoi l'admiration n'aurait-elle pas sa place ? Je l'admire, dit la mère, je l'aime si fort que parfois je pleure en le regardant. C'est affreux, n'est-ce pas ? C'est humain, dit Claire sans se troubler, vous faites du mieux que vous pouvez et je suis sûre que personne ne ferait mieux. Martin reçoit de l'amour. Et soyez sans inquiétude, la classe l'aime beaucoup. Et moi aussi ! Il n'est pas violent, dit Mme Trabert, il est maladivement timide et doux, ça ne s'améliore pas pour l'instant. Oui, c'est dommage, mais nous serons patientes, dit Claire. Mme Trabert se détend. Je reste attentive à ce que fait Martin, dit l'enseignante. Merci, ça me fait du bien de le savoir, murmure son interlocutrice en se levant pour partir. Revenez quand vous voulez, dit Claire. La porte se referme sur cette mère isolée, puis on frappe à nouveau. Maintenant Mme Bodin écoute les parents de Sarah qui se tiennent la main en parlant de leur fille. Sarah doit être assidue chez l'orthophoniste, elle contrôle encore mal sa langue qui pend trop souvent. Si vous le lui dites, cela nous aidera. Soyez tranquilles, je n'oublierai pas, promet Claire. Sarah veut travailler auprès d'enfants, dit le père, c'est un rêve tout à fait accessible, elle pourrait faire partie d'une équipe dans une cantine scolaire par exemple, mais pour cela il faut qu'elle s'exprime mieux. Nous comptons sur vous, concluent les parents, n'hésitez pas à vous montrer exigeante avec notre fille.

Aucune situation ne ressemble à une autre, personne ne demande la même chose, pense Claire en enfilant son manteau. Elle le vérifie chaque année. Une femme frappe et entrouvre la porte. J'arrive tard, excusez-moi. Entrez, dit Claire. Je voulais vous montrer quelque chose, vous êtes si gentille pour Grégoire. La mère du garçon porte une toile montée sur un châssis carré. Regardez, dit-elle en la retournant. C'est un portrait d'elle assise sur une chaise. Claire la reconnaît. Grégoire peint ! Et il vient de gagner un prix. Il a vraiment attrapé quelque chose de votre physionomie, confirme Claire, et elle ajoute : Votre fils vous ressemble. La visiteuse sourit, visiblement touchée par cette remarque. Le jury ignorait tout de l'artiste qu'il récompensait, précise-t-elle. Rien ne pouvait rendre Grégoire plus heureux que ce succès dans le monde ordinaire. Avec cette femme qui ne cache pas sa fierté, Claire se réjouit. J'avais remarqué que Grégoire aimait dessiner, dit-elle. Maintenant qu'il a trouvé son talent, nous l'aiderons à le faire fructifier, dit la mère.

Elle s'attendait à voir les parents de Gabriel. En général, ceux qui arrivent à L'Embellie veulent rencontrer les professeurs. Les Noblet ne sont pas venus.

Cela signifie peut-être que Gabriel s'épanouit et qu'ils sont satisfaits, sans inquiétude. Claire pense au jeune homme. Il s'est considérablement ouvert et éclairé. Ses parents le perçoivent forcément. Malgré cela, ils auraient pu souhaiter en savoir davantage sur la classe. À leur place, Claire le souhaiterait. Mais justement elle n'y est pas, et n'imagine pas le nombre de rendez-vous auxquels se rendent ces parents depuis la naissance de leur enfant. Si les Noblet s'étaient assis devant elle, elle leur aurait parlé de cette demande d'affection difficile à satisfaire. Elle n'y pense pas, elle ne réalise pas combien cette discussion aurait été délicate. Certaines mères en pareil cas se sentent aussitôt mises en accusation, comme si l'on sous-entendait qu'elles ne donnent pas assez d'amour et que l'enfant est contraint d'en chercher au-dehors. D'autres se révèlent jalouses et exclusives. Elles n'acceptent pas que l'enfant ait besoin de se sentir aimé par des adultes extérieurs à la famille. Elles refusent instinctivement de partager.

Claire rentre chez elle en pensant à sa propre façon d'être mère. Quelle place laisse-t-elle aux enseignants ? Que dirait-elle si Adrien échangeait des textos avec un de ses professeurs ? Adrien n'a pas encore de téléphone. Mais pourquoi n'aurait-il pas envie comme Gabriel d'avoir le numéro de portable des enseignants qu'il aime ? Parce qu'il n'a pas le problème de Gabriel ? Peut-être. Comme tous les élèves de Claire, Gabriel Noblet est différent et pour cette raison, elle le traite différemment, elle accepte des comportements inhabituels, elle reste accessible.

A-t-elle eu raison de donner son numéro ? C'est la première fois. Sur le moment, prise de court, elle n'a pas réfléchi. À la pause, Gabriel s'est approché du bureau. Elle a cru que ses parents l'envoyaient se renseigner sur les permanences qui commençaient le soir même. Madame, est-ce que je peux te demander quelque chose ? Bien sûr, répond Claire. Tu me donnes ton numéro de portable ? Si tu veux, c'est pour tes parents ? Gabriel hoche la tête. Non, c'est pour lui. Il est trop tard pour refuser, le jeune homme se vexerait (parce que c'est pour lui, elle dirait non ?). Avec une concentration frémissante, Gabriel ajoute un contact, il entre les dix chiffres du numéro de Claire dans la case affichée à cet effet, lui demande de le vérifier sur l'écran, puis retourne s'asseoir à sa place. Pendant la fin du cours, ses yeux recherchent ceux de Claire. Six séances de cours et il a déjà changé, remarque l'enseignante, plus jamais il ne regarde par terre, il se tient droit, il a meilleure allure et son expression s'est libérée. À la fin du cours, elle félicite les élèves. À jeudi, dit-elle en rangeant ses papiers, je me réjouis de rencontrer ce soir certains parents. Louise sait que les siens viendront et le claironne triomphalement. Claire lui fait signe de parler doucement. La jeune fille rit. Dans la rue, au moment de se séparer devant le portail bleu, Gabriel se jette sur Claire et la serre dans ses bras.

En fin d'après-midi, Claire reçoit un message. Un seul mot sur l'écran – merci –, suivi d'un cœur rouge. Elle ne répond pas. Elle ne réfléchit pas non plus à ce lien désormais ouvert. Que pourrait bien en faire son élève ? Que pourrait imaginer le père ou la mère ? Elle ne se pose pas la question. Dans la soirée, à table avec Marc et Adrien, elle raconte les rencontres avec les parents dont elle vante l'implication. À l'entendre, les épreuves que traversent ces familles sont une chance inversée. L'enfant différent vous tisonne le cœur pour le meilleur et pour le pire. Elle a oublié Gabriel et son téléphone. Elle parle du tableau de Grégoire et de la mère de Martin, une femme qui m'a bouleversée, dit-elle.

12

Trois semaines filent sans qu'elle les voie. Arrêter le temps, vouloir le retenir, souffrir de sa fuite, voilà une mélancolie dont ne souffre pas Claire Bodin. Elle possède naturellement le sens du présent. Elle est sensible aux composantes de l'instant, aux satisfactions simples. Attend-elle de la vie quelque chose d'élaboré ? Pas forcément et probablement pas. Elle ne l'oserait pas. Ce soir, elle a cuisiné des lasagnes au saumon et aux épinards, Marc a acheté un petit vin blanc, Adrien a eu 15 en maths. Que faudrait-il vouloir de plus ? Après un 15 en maths ! Une bonne note dans cette matière est un instantané de bonheur qui autorise toutes les réjouissances. C'est la fête, il y a un bon film à la télé, et dans une semaine ce sera la Bretagne, les cousins, les vacances ! Maman est très joyeuse aujourd'hui, remarque Adrien. Claire s'étonne. Pourquoi "aujourd'hui" ? Je ne suis pas toujours joyeuse ? Par moments tu en as marre, dit le fils. Comme tout le monde, murmure son père. J'adore le jeudi soir, avoue Claire.

Le jeudi soir, la perspective de trois jours libres suffit à la détendre, la vie lui semble plus facile. On est déjà jeudi ? dit Marc. Jeudi 11 octobre, confirme Adrien. Comme tout collégien, il écrit la date sur ses devoirs, la lit dans son cahier de textes, a une bonne mémoire, ne peut pas l'ignorer. Mais reconnaissez que je ne me plains jamais, exige Claire. C'est vrai, tranche Marc. Claire s'en va à la cuisine chercher le plat de lasagnes. À table. Ça sent bon ! Attention, c'est très chaud. Ils sont assis maintenant. Tu as écouté les nouvelles ? demande Marc à son épouse. On reparle de BalanceTonPorc et de Barbarin, dit Claire. Un bip de téléphone se fait entendre. Maman a un message ! commente Adrien. Un amoureux, plaisante Marc – qui, comme tous les amants, imagine que les autres aiment celle qu'il a choisie.

Je ne sais pas si j'ai bien compris, poursuit Claire, il s'agit encore de l'affaire Brion. Elle raconte. Le 31 décembre de l'année dernière, Éric Brion a fait des excuses qui sont parues dans *Le Monde*. Sa situation ne s'est pas améliorée pour autant. Il ne peut plus travailler, sa compagne l'a quitté, ses filles ont pour père "le premier porc", il est tombé en dépression. À cause des paroles grossières qu'il a eues, sa vie est bousillée. Même si le mot peut choquer, il se considère comme une victime. En janvier, il a décidé d'attaquer Sandra Muller en diffamation. Apparemment, elle a non seulement déformé la vérité mais menti : Brion n'était pas son employeur, dit Claire. Et alors ? demande Marc. Alors il n'a pas profité d'une position de domination, il n'est pas un "harceleur au travail", l'enquête est en cours. Je me demande si les juges oseront la condamner, ce serait un mauvais signal contre la "libération de la parole", dit Marc. En reprenant cette expression ressassée, il fait avec les doigts ce signe qui signifie aujourd'hui "entre guillemets". Je n'aimerais pas être à leur place, dit-il. Moi non plus, dit Claire.

Cette expression *Balance ton porc* est affreuse, murmure Claire. Adrien rit. "Porc" le fait marrer. "Cochon", c'est gentil, "Porc", c'est drôle ! dit-il. C'est vrai, non ? "Porc", c'est violent, dit Claire. Elle préférerait "goujat", "malotru", "obsédé sexuel". Elle n'est pas fan des métaphores animalières. Pauvres bêtes ! Elle les aime trop pour en tirer des insultes. Elle se rappelle que Jean, lorsqu'il était jeune, rêvait non pas d'un chien mais d'un cochon nain. Elle le raconte à Adrien qui s'en amuse. Pourquoi il ne l'a pas acheté ? À l'époque, ça coûtait 5 000 francs, Jean attendait d'être plus riche. Mais un jour il a appris que les cochons sentaient mauvais même s'ils étaient lavés. Ils puent parce qu'ils ne suent pas ! dit-elle en s'esclaffant. Claire passe la main dans les cheveux de son fils. Mon ange ! dit-elle.

Elle peut difficilement se mettre à la place d'une femme harcelée, elle ne l'a pas été. Si les hommes l'ont fait souffrir, ce qui n'est pas certain, ce serait en restant plus distants que séducteurs. Puisqu'elle a rencontré Marc, elle n'éprouve aucune rancœur ou complexe. Le mariage est cette chance de ne plus avoir à chercher ou à espérer l'amour. Elle connaît trop bien en revanche la tyrannie du mérite. Elle a coutume de dire : Nous vivons dans une société dure et nous sommes tous responsables, hommes et femmes. Elle a pu expérimenter qu'en entreprise, ces dames ne sont pas les plus tendres, sans doute empêchées de l'être, prêtes à tout pour vous écraser, et souvent en manipulant leurs collègues masculins. Claire plaide pour la solidarité féminine. Ce serait un meilleur début que la mise en accusation du sexe fort.

Quand elle donne son avis sur MeToo, elle dit : d'accord il y a des mecs violents, des lourds, des obsédés, des collants, des salauds, des violeurs. Mais il y a aussi des dragueuses, des castratrices, des pétasses, des filles qui sans ciller te piquent ton mec. Il ne s'agit pas de nier les victimes, au contraire, il faut les distinguer. Et les femmes ne sont pas *que* cela, elles peuvent être manipulatrices, les hommes sont parfois leurs jouets. La domination et la prédation existent, mais dans un jeu qui n'est pas sans symétrie : les hommes sont attirés par la beauté, les femmes par le pouvoir et l'argent, les uns cherchent à être puissants et les autres à être belles. C'est le jeu entier qu'il faut détruire ! Et bien sûr les modes, les normes, les canons. Pourquoi s'évanouir quand un type vous dit "tu as de gros seins", alors qu'on est ravie d'avoir une grosse poitrine, qu'on irait comme tant d'autres jusqu'à la prothèse mammaire, justement pour faire baver devant son décolleté la gent masculine si facile à hameçonner. La première chose qu'on regarde, c'est quoi ? Un auteur populaire a même donné ce titre à son roman ! Et personne n'a réagi, fait remarquer Claire.

La première chose qu'on regarde lui avait déplu, cette concupiscence masculine crûment affirmée, les femmes ramenées à leurs mamelles par un romancier à succès, ancien publicitaire. Elle connaît la fierté des femmes à forte poitrine, au moins elle possède cet attribut tellement prisé, mais elle ne joue pas cette partie. Il y a une sacrée hypocrisie dans tout ça, conclut-elle. Les porcs sont ceux qui n'ont pas l'heur de plaire : les laids et les pauvres. Marc approuve en rigolant. Il revient à l'affaire Brion. Être "le premier porc" doit être épouvantable même si on a eu des propos vulgaires, dit-il. Pas question de répéter devant Adrien les phrases incriminées, le garçon d'ailleurs ne demande pas à les entendre. Un silence les recouvre. Chacun des deux époux les garde dans sa tête – *dommage, je t'aurais fait jouir toute la nuit*. Sûr que ce n'est pas élégant. Marc et Claire Bodin ne connaissent aucun homme qui s'exprimerait de cette façon. Qui parle comme ça ? Des mal élevés, obsédés, alcoolisés ? Le type était ivre et s'est excusé dès le lendemain, dit Marc. On peut estimer que ça ne suffit pas, mais a-t-on le droit de faire d'un homme un paria ?

La question reste en suspens. Marc et Claire ne prétendent pas réfléchir rigoureusement. Nous ne sommes pas des intellectuels, disent-ils parfois. Ils pensent avoir du bon sens, ils parlent, ils ressentent. Et peut-être vaut-il mieux sentir que penser. Claire se met spontanément à la place des autres. La fille ne pouvait pas imaginer le retentissement de son tweet, dit-elle. Tu crois ? demande Marc, une journaliste ? Personne ne se représente la puissance d'internet, suggère Claire. Elle hoche la tête. Le tribunal du buzz ne s'arrête jamais. Et à côté de ça, on sait que la plupart des enfants de dix ans ont déjà vu une scène pornographique sur internet. C'est là qu'ils découvrent la sexualité et c'est à l'école qu'ils apprennent comment changer de genre. On marche sur la tête. À nouveau, Claire passe la main dans les cheveux de son fils. Adrien sourit. Protégé comme il l'est (il n'a pas encore de téléphone ou d'ordinateur, il fréquente une école privée), il n'a aucune idée concrète de ce dont parle sa mère. Sans l'exprimer, c'est l'hyper-érotisation de la société qu'elle ressent.

Être amoureux est la meilleure chose qui puisse arriver dans la vie, dit-elle à son fils. Je sais, dit Adrien. Personne ne peut vivre sans amour, dit Claire, l'amour est notre raison de vivre, à tous. Marc se lève, empile leurs trois assiettes et les rapporte à la cuisine. Il connaît déjà tout ce que va dire sa femme et il l'approuve. Non seulement il l'approuve mais il admire qu'elle sache parler, lui qui est plutôt taiseux et peu expansif.

13

Personne ne peut vivre sans amour, tout le monde court après, le prend là où il le trouve, le pleure quand il le perd, en réclame davantage, s'enivre, insatiable. Gabriel Noblet est un cœur comme les autres : si les accolades affectueuses le comblent et le rassurent, il en demande. Et Claire l'accueille. Elle ne doute pas que l'enseignant dispense *aussi* de l'affection. Aimer ses élèves est la première condition pour les aider à apprendre. Créer un lien mobilise une personnalité. Le jeune Noblet a besoin d'être pris dans les bras, sans cesse il tend les siens vers elle. Il l'enlace, se blottit contre sa poitrine et ne bouge plus. Il pourrait vivre dans la sécurité de cette chaleur où il enfouit et camoufle le stigmate. Dans l'accolade qui le contient, il est sans visage, il est aimé, c'est là qu'il se sent exister. Le repousser serait cruel, peut-être dangereux pour son équilibre émotionnel et affectif. L'étreinte est le miracle du contact. Gabriel paraît tellement plus heureux qu'à son arrivée. En un mois et demi, il s'est dégourdi, il écoute en classe, il se montre joyeux. Tout cela conforte Claire dans l'idée qu'elle agit de la bonne manière avec ce nouvel élève – elle tomberait des nues si on lui assurait le contraire. Elle ne le connaît pas encore bien. Elle ne sait rien de sa famille. Que font ses parents ? A-t-il des frères et sœurs ? A-t-il traversé des événements difficiles ? Comment est-il accompagné dans son handicap ? Puisqu'il s'épanouit, elle ne songe pas à prendre des renseignements auprès de la directrice. S'il y avait un fait important à signaler, Mme Joyeux l'aurait partagé. C'est une telle évidence que Claire n'y pense pas. Elle répond seule à la demande du garçon et ne s'en effraie pas. Certains plus que d'autres ont besoin d'être soutenus, Gabriel est de ces adolescents inquiets, en demande de réassurance. Claire le comprend aux messages qu'il lui envoie par SMS. Elle y entend la voix d'un enfant.

Est-ce que je compte pour toi ? Est-ce que tu m'aimes ? Questions si révélatrices, posées en toute innocence, dans la souffrance peut-être. Gabriel doute de pouvoir exister pour les autres dans ce monde où s'étalera toujours le spectacle de sa déficience. Il a pu parfois se sentir le dernier des derniers. La sympathie n'est jamais gagnée pour lui. Claire n'ignore pas ces difficultés et répond avec toute la sollicitude possible. Bien sûr, tu comptes beaucoup, Gabriel. Oui, je t'aime beaucoup. Le téléphone portable maintient le lien en dehors de l'établissement. C'est la première fois que cela arrive à Claire, il faut croire que le jeune homme en a besoin. Il n'est pas envahissant. De temps en temps, il recherche une marque d'amitié, un signe chaleureux, un mot gentil de son professeur. Claire aurait mauvaise grâce à le lui refuser. Elle ne manque jamais de répondre. Comment laisser une telle question sans réponse ? Bien sûr que je t'aime beaucoup, écrit-elle. Elle ne ment pas. Elle aime ses élèves. Comme souvent chez les femmes enseignantes, une posture maternelle prend sa part dans la relation avec les jeunes, une tendresse s'y exprime avec naturel. Au fond, chaque enfant dont vous avez la charge pourrait être le vôtre et vous rappelle le vôtre, et les mères savent bien ce qu'il faut pour grandir. Il faut tout l'amour du monde, il faudrait l'amour de tout le monde, dit Claire.

Les messages de Gabriel sont brefs. Sans doute demandent-ils un effort énorme pour être écrits. Est-ce que je suis important ? Tu es important, comme toute personne l'est, répond Claire. Tu ne me laisseras jamais tomber ? Le besoin de rassurement scintille sur l'écran du téléphone. Il fait nuit, Claire imagine son élève seul dans sa chambre. Elle répond avant de se coucher. Non, je ne te laisserai jamais tomber. Qui dans sa vie n'attend aucun message ? pense-t-elle. Qui n'espère pas un mot valorisant, un réconfort : tu existes pour moi, tu es aimable et aimé ? Dans ses SMS, elle ajoute une émoticône – un trèfle à quatre feuilles le plus souvent – manière de dire à Gabriel combien elle souhaite et croit à son bonheur.

Le dernier jeudi, la veille des vacances, le 18 octobre, Claire entre en classe sans son habituel cabas. Elle a prévu de lire et de bavarder, de dessiner peut-être. Gabriel se jette vers elle pour l'enlacer. Elle le retient, la paume en avant, avec précaution, comme si elle l'empêchait de tomber. Chacune de ses mains se referme sur les bras du jeune homme et le dirige vers sa chaise. Va vite t'asseoir, murmure-t-elle avec douceur. Gabriel en est capable, il faut le tirer vers le sevrage. Elle a pensé à lui ces derniers jours, quelque chose s'est mis à l'embêter. Elle l'incite du regard à rejoindre sa place. Le grand garçon s'installe. Voilà. Claire lui sourit. La tenue excentrique d'une jeune fille attire son attention. Quelle élégance, Louise, c'est beau ce rose ! Louise touche la barrette dans ses cheveux. Je suis allée faire des courses avec ma mère hier, dit-elle fièrement.

Alors, dit Claire, assise au bord de la table, feuilletant son livre. Où en étions-nous ? Qui s'en souvient ? Moi, dit Sarah en levant le bras et en ouvrant la bouche. Claire lui fait le signe dont elles sont convenues qu'il signifierait "ferme ta bouche". Sarah dit : Le petit prince a rencontré un roi. Oui, dit Claire, et ensuite ? Un vaniteux ! dit Louise, et un buveur. Et ensuite, vous vous rappelez ? Gabriel récite : “La quatrième planète était celle du business-man.” Formidable, quelle mémoire ! dit Claire. Encouragé, le jeune Noblet continue : Ensuite le petit prince, de planète en planète, il rencontre un allumeur de réverbères, un géographe, et c’est le géographe qui lui conseille de visiter la Terre. Le garçon s’interrompt. Et là ? demande Claire. Là, il rencontre le serpent, dit Louise. L’enseignante se rappelle les paroles du serpent. Par une étrange association d’idées, tandis qu’elle les lisait à haute voix, elle avait regardé Gabriel. “Tu me fais pitié, toi si faible, sur cette terre de granit.” Mais pitié n’est pas le mot juste, a-t-elle pensé ensuite, elle éprouve plutôt une affectueuse responsabilité. Ce que tu fais au plus petit d’entre les miens, c’est à moi que tu le fais. Elle est mobilisée et concernée par l’équilibre de son élève. Et ensuite ? demande-t-elle. Personne ne sait répondre.

Et alors ? Et l’écho dans la montagne, et le jardin de roses, vous les avez oubliés ? s’étonne-t-elle. Ah ouiiii ! crient en chœur ses élèves. Pour eux sans doute, une rencontre se fait d’abord avec les êtres vivants. Et c’est là qu’il pleure, poursuit l’enseignante. Pourquoi pleure-t-il ? Peux-tu me le dire, Martin ? Martin baisse la tête, penaud. Saurais-tu me dessiner une rose ? demande Claire. Le sourire revient sur le visage du jeune homme qui se précipite sur son cartable pour en sortir une feuille. Il pleure parce que sa rose n’est pas unique, dit fièrement Arthur. “Et, couché dans l’herbe, il pleura”, récite Gabriel. Alicia s’émerveille : Tu connais tout par cœur ! Moi aussi j’adore ce livre, j’ai dû le lire dix fois. Saisissant l'occasion, Claire tend son exemplaire à la jeune fille. Fais-nous la lecture alors.

Alicia se met debout, le livre bien ouvert dans les mains, prête à lire le plus célèbre passage du *Petit Prince*. Chapitre XXI, annonce-t-elle. "C'est alors qu'apparut le renard." Un frisson soulève la classe, émotion et curiosité mêlées. Un renard, c'est si mignon ! s'émeut Lucie qui n'avait pas encore parlé. Alicia tourne le livre vers ses camarades pour montrer les aquarelles de l'auteur. Tout le monde est ravi. Un joli renard roux, commente Louise. Et si nous écoutions Alicia, suggère Claire. La jeune fille lit en mettant le ton : pour le petit prince une voix douce et mélancolique, pour le renard une voix grave et ferme. Et quand vient le moment des adieux, un silence habite le groupe. "Vous êtes belles mais vous êtes vides. On ne peut pas mourir pour vous", a murmuré Alicia aux roses que personne n'a apprivoisées. "C'est le temps que tu as perdu pour ta rose qui fait ta rose si importante." Dans l'esprit de Claire, l'analogie est immédiate : ses élèves sont ses roses à elle et tout le temps qu'elle leur donne l'attache à eux. Ce temps n'est pas perdu, elle s'étonne que Saint-Exupéry ait choisi cet adjectif, perdu. Mais bien sûr elle aime ce texte. Les liens sont précieux et nous obligent, écrit l'auteur. En aucun cas, elle ne soutiendrait le contraire. "Tu deviens responsable pour toujours de ce que tu as apprivoisé." Elle ne sait pas encore jusqu'à quel point cela peut être vrai, elle n'en a pas idée.

14

Les vacances de la Toussaint sont longues, deux semaines pleines, du vendredi 19 octobre au lundi 5 novembre. Seize jours au total, Claire les a comptés. Elle se réjouit de partir en Bretagne, elle s'est bien organisée. Elle a ses habitudes et aime faire à sa manière. Elle ne prend jamais le train. Une seule fois elle a essayé : avec le chien et les bagages, ce fut un enfer. Elle adore sa voiture, une familiale très agréable à conduire. Elle aime rouler, partir à l'heure qui lui plaît, pique-niquer sur les aires de repos. Elle s'avère résistante, jamais fatiguée. Je vais à mon rythme, explique-t-elle fièrement à ceux qui sont impressionnés de la voir avaler les kilomètres, je roule tranquille. Adrien met ses musiques préférées et chantonne, l'habitacle est une salle de concert. On est bien tous les deux, dit Claire. Elle part toujours le premier dimanche et rentre avant le flot, le mercredi de la deuxième semaine. La veille du départ, le samedi, elle fait de grosses courses pour que Marc ait des réserves et elle cuisine un dernier bon dîner avant de le laisser seul.

Elle a tout prévu, son sac est prêt (elle voyage léger, c'est l'avantage de ne pas être coquette – elle s'en vante), demain elle partira vers huit heures. Elle se sent de très bonne humeur d'avoir fait tout ce qu'elle voulait et sans doute (elle ne le pense pas) d'avoir tout décidé elle-même et que les choses se passent exactement comme elle le veut. Sur la table déjà dressée, elle place deux chandeliers dont elle allume les bougies, remplit deux verres et verse un paquet de chips dans un saladier. Tchin ! dit

Marc. Tchin ! Les verres tintent. Heureux de voir ses parents se faire plaisir, Adrien prend une poignée de chips. Je vais me saouler, plaisante Claire. Pourquoi a-t-elle cette idée, faut-il y prêter attention ? Est-ce parce qu'elle s'apprête à raconter quelque chose de spécial ? Marc prévient qu'il est déjà invité trois fois à dîner chez des amis. Il ne restera pas beaucoup seul. Tu ne t'embêtes pas, dis donc papa ! C'est très bien, approuve Claire, profites-en mon amour. Elle enlace son mari et l'embrasse sur la joue, avec une familiarité affectueuse, sans érotisme, avec cette manière qu'ont certaines mères de famille de materner aussi leur époux. Puis elle vide son verre, cul sec, et se ressert aussitôt. Maman ! s'exclame Adrien. Encore un petit coup, dit-elle. La famille est en joie, le trio de l'enfant unique et de ses géniteurs qui, parfois, semble à Claire si restreint. Elle aurait aimé qu'ils fussent quatre, deux parents et deux enfants, mais aucun second n'est venu. Elle espérait une fille. À cause du dicton : un garçon est un fils jusqu'au mariage, une fille est une fille toute la vie. Dans ce domaine, tout lui a échappé, elle n'a pas eu ce qu'elle voulait. Elle n'a pas évité ce qui n'est plus une fatalité, elle n'a pas eu recours à la médecine procréative. Le courage lui a manqué pour se lancer là-dedans. Marc était content comme ça. Une plus grande famille lui faisait peur. Ils ont peu d'argent et peu de confiance, sans doute les choses sont-elles mieux ainsi, Adrien les comble. Elle pose son verre, prend son fils dans les bras et lui fait d'énormes baisers bruyants. Arrête maman, proteste le garçon en s'extirpant de l'étreinte. Tu n'es pas comme mon élève qui réclame tout le temps les bras ! dit Claire. Quel élève ? demandent le fils et le mari. Venez à table et je vous raconterai.

Revenue de la cuisine avec le plat, elle s'assoit et le passe à Marc. Vous ne le connaissez pas, c'est un nouveau, dit-elle, il s'appelle Gabriel. Il est arrivé en septembre, très empêché, et je suis contente, il s'est acclimaté à la classe. Au début, il avait l'air malheureux, je le trouve beaucoup mieux maintenant. C'est bien ! dit Marc. Oui, c'est bien, murmure Claire. Elle réfléchit, regarde son mari comme si elle le préparait à la confidence ou à une bêtise qu'elle s'apprête à lui dire. Je ne sais pas si j'ai raison ou si je me fais des idées, j'ai l'impression qu'il est amoureux de moi. Ah ! dit Marc sur le ton de celui qui tombe sur un bec. L'idée semble le faire rire et il pourrait presque blaguer : amoureux comme moi ? Il garde la blague pour lui parce qu'il a un mauvais pressentiment. Méfie-toi, dit-il, ça va se retourner contre toi. À ta place, je prendrais les devants, j'avertirais tout de suite la directrice.

C'est la première fois qu'une telle situation se présente. En général, les élèves aiment beaucoup Claire, Marc n'en est pas étonné, mais il n'y a aucune ambiguïté, l'affection n'est pas amoureuse. J'en parlerai à la rentrée, dit Claire. Son mari insiste. Tu ne veux pas téléphoner pendant les vacances ? Tu auras tout le temps. Claire préfère ne pas déranger Mme Joyeux. Cette chère Annick, ironise Marc. Bien sûr il laisse sa femme s'y prendre comme elle l'entend. Après tout, elle est familière de l'école et du jeune homme, elle saura gérer le problème. Est-ce d'ailleurs un problème ? Beaucoup d'élèves se trouvent plus ou moins amoureux de leurs professeurs, c'est banal, l'enseignant doit juste prendre garde de ne pas les encourager dans cette voie, pour le reste il n'y peut rien. Est-on responsable des sentiments qu'on suscite ? Marc et Claire Bodin ne vont pas jusqu'à se poser cette question, ils sont d'accord : dès la rentrée, Claire fera part de son inquiétude à la chef d'établissement. Le vin aidant, Marc plaisante. Ce n'est pas ta faute, dit-il, ça n'est pas comme si tu l'avais dragué ! Adrien éclate de rire : rien de plus improbable que sa mère draguant un élève. L'idée est comique. Claire reste grave. Elle pense à Gabriel. Le pauvre ! dit-elle.

II

LA LETTRE

1

La voilà en Bretagne, chez sa belle-sœur, non pas la femme de Jean mais la sœur de Marc, pour qui sa préférence est marquée. Astrid est moins cérébrale que Sabine, plus traditionnelle aussi – ce qui dans le monde de Claire signifie : moins informée, moins engagée, moins féministe, catholique. Infirmière, Astrid trouve du travail comme elle veut et peut ainsi interrompre son activité pendant quelques années chaque fois qu'elle a un enfant. Elle en a cinq. L'avant-dernier de la fratrie, François, a exactement l'âge d'Adrien. Les deux garçons sont comme des frères, sans l'éventuelle rivalité de ceux qui partagent les mêmes parents. Des frères, mais qui ne vivent pas ensemble dans la même maison, se plaignait Adrien lorsqu'il était petit. Cette complicité des cousins console le regret du fils unique et de sa mère.

Quand elle séjourne chez Astrid, Claire se sent merveilleusement heureuse, rien ni personne ne réprime son tempérament et sa façon de vivre, elle est totalement elle-même : énergique, active, joyeuse, en toute démesure. Avec Astrid, Claire parle de tout. Elle lui confie autant de choses qu'à Jean ou Marc, sans compter les sujets qu'on aborde plus volontiers entre femmes. En accordant sa confiance et son affection, Claire ne se trompe pas : sa belle-sœur est une véritable amie, bienveillante et généreuse. Un soir bien sûr, Claire évoque Gabriel. Un de mes élèves est amoureux de moi, enfin je crois, raconte-t-elle avec sérieux. Ça n'arrive pas tout le temps ? s'étonne Astrid. Non, c'est drôle que tu penses ça, dit Claire. Elle n'a jamais été amoureuse d'un de ses professeurs. En tout cas, je ne m'en aperçois pas, conclut-elle. Et cette fois, tu as remarqué quelque chose, dit Astrid. Oui, j'ai l'impression que ce garçon était perdu et que je suis importante pour lui, trop importante. Marc me dit que cela peut être embêtant. Comment t'en es-tu aperçue ? demande Astrid. Il veut sans cesse que je le prenne dans mes bras, résume Claire. Et tu le fais ? Bien sûr, dit Claire. Je t'admire, je n'y arriverais pas, avoue sa belle-sœur, qui connaît le handicap des pensionnaires de L'Embellie. Je comprends, dit Claire, moi au contraire, je ne peux rien leur refuser. Tout est difficile quand on travaille avec des personnes tellement désarmées, remarque Astrid. C'est exactement ça, dit Claire. Sa belle-sœur la réconforte : mais tu y arrives, tu es formidable avec eux, Marc me le dit souvent. Eh bien je suis contente d'apprendre que mon mari est fier de ce que j'accomplis ! conclut Claire.

Comme toutes les fois, le séjour se passe très bien. L'ambiance est détendue et gaie. Les aînés d'Astrid sont partis à un camp scout, offrant un moment tranquille au reste de la famille. François et Adrien ne se quittent pas, ils n'ont besoin de personne. Il suffit de les nourrir ! plaisante Claire. Les jeunes sœurs de François se chamaillent gentiment mais ne sont pas embêtantes. Il ne faut pas s'en mêler, professe Astrid. Les deux mères vivent sur le même rythme, elles ont les mêmes goûts, les mêmes plaisirs et façons de faire, leur duo fonctionne sans heurt. Les courses, les repas, les activités, tout est simple et léger. Le matin, les garçons jouent dans le jardin pendant que les filles accompagnent les femmes à l'Intermarché. Les stéréotypes de genre ne préoccupent ni Astrid ni Claire. Elles se sentent saines et tranchées sur la question de la différence des sexes : non, les filles ne ressemblent pas aux garçons. Pour autant, les chipies et les mauviettes n'ont pas leurs faveurs. Pas d'inquiétude à avoir, avec trois frères et un cousin, les filles d'Astrid sont préservées de ces travers. Les après-midis, la troupe fait des promenades à vélo, des balades sur la côte sauvage, des excursions, et lorsque le temps est au beau, du paddle et des barbecues. On est cool, c'est sympa, résume Claire chaque soir au téléphone avec Marc. Elle adopte le langage de son époque sans se soucier de son éventuelle pauvreté. Super ! conclut Marc sur la même longueur d'onde. Après le dîner, elle lit un petit texte âpre et poignant que Sabine, la femme de Jean, lui a prêté. Une philosophe dont le frère était orphelin de lui-même offre à celui-ci l'éternité d'un livre. En lisant, Claire songe à ses élèves, à leur identité mystérieuse, empêchée d'éclore. Mais joueurs, rieurs, affectueux.

Plus le séjour approche de sa fin, plus le temps comme par magie s'accélère. Le dernier jour des vacances semble se précipiter au-devant de vous. Pourquoi la perception temporelle se modifie-t-elle ?

Ça passe de plus en plus vite. Claire s'en plaint mais jamais longtemps. Pas la peine de geindre, il faut l'accepter, les meilleures choses ont une fin. Le mercredi 31, elle repart. C'est la veille de la Toussaint, il risque d'y avoir du monde sur les routes, tant pis, elle ne change pas son calendrier. Elle conduit d'une seule traite, en s'arrêtant seulement pour déjeuner. À dix-sept heures trente, elle est chez elle, contente de sa performance (c'est ainsi qu'elle vit ses voyages en voiture), retrouve son mari et sa maison, avec le même élan de gaieté simple qui est la tonalité voulue de sa vie. J'ai préparé le dîner ! fanfaronne tendrement Marc. Papa ! s'extasie Adrien. Va ranger ta valise, mon ange, suggère Claire à son fils.

Avant toute chose, elle appelle sa belle-sœur. Nous sommes bien arrivés, nous avons fait bonne route. Non, non, il n'y avait pas tant de monde. Marc nous a préparé à dîner. Oui ! Claire rit. Astrid a dû s'émerveiller d'un tel effort de la part de son frère. Il a fait beau cette après-midi ? demande Claire. Trop de chance ! Elle est en train de parler sur le fixe de l'appartement quand son portable – mis à charger – fait entendre sa musique. Le nom d'Annick Joyeux s'affiche à l'écran. Qu'est-ce qu'elle veut encore celle-là ? s'exclame Claire en coupant la sonnerie. Je vais devoir te laisser, dit-elle à Astrid, ma directrice me sonne ! Claire repose le téléphone sur son support dans l'entrée. Installé à la grande table du séjour, Marc finit de faire les comptes du ménage. De temps en temps il soupire, s'énerve lorsqu'il n'identifie pas un débit. Qu'est-ce que c'est que ça ? Le budget est serré en ce moment, tout est cher et par malchance le syndic de l'immeuble vote des travaux. Nous n'avons pas d'argent, dit quelquefois Claire à son frère. Ce n'est jamais une plainte, juste un constat. Parfois même elle en rit. Elle en est presque fière : c'est un choix de vie, un refus de l'aliénation par la consommation, une sobriété. Adrien s'est installé à côté de son père et déjà regarde dans son cahier de textes le travail pour la rentrée. Vous êtes mignons tous les deux, s'attendrit Claire. Pour ne pas les déranger, elle part téléphoner dans sa chambre. Elle rappelle Mme Joyeux.

Je suis convoquée ! clame-t-elle quand elle revient au salon quelques minutes plus tard. Le trouble rend son expression brutale. Elle t'a expliqué pourquoi ? demande Marc. Non bien sûr, dit Claire, tu la connais. C'est un fait entendu : Mme Joyeux est un serpent, on ne l'entend jamais venir, elle pique sans prévenir. Qu'a-t-elle dit exactement ? insiste Marc Bodin. Plus que son épouse, qui lui a comme glissé un caillou dans la chaussure et paraît ne pas s'en apercevoir, il sent déjà l'inconfort d'une incertitude et réclame des précisions. Elle a dit qu'elle souhaiterait *s'entretenir avec moi* avant la reprise des cours, répond Claire. Tu ne lui as pas demandé à quel propos ! déplore Marc. Je le lui ai demandé mais elle préfère discuter en face en face.

Claire n'a pas la moindre idée de la raison pour laquelle Annick Joyeux veut la voir. Elle ne se demande pas quelle erreur ou faute elle pourrait avoir commise, elle est certaine de faire sérieusement son travail et, d'une manière générale, de bien agir. L'éthique chrétienne est son *criterium* intérieur. Il est donc logique qu'elle ne s'alarme pas. Elle est plus intriguée qu'inquiète. Qu'est-ce qui a pu se passer à l'école, dont la directrice aurait besoin de lui parler ? Rien ne la prépare à tomber des nues. Elle fait même quelques plaisanteries. Quelle casse-pieds ! Comme si ça ne pouvait pas attendre la rentrée. Peut-être que c'est pour une augmentation ? Ou pour m'annoncer sa démission prochaine. Quel bonheur ce serait. Ne rêve pas, dit Marc, fataliste. Il sait que personne en ce moment ne lâche son poste, tout le monde au contraire s'y accroche comme une moule à son rocher (c'est l'expression qu'il emploie), quitte à souffrir le martyre. Sans avoir entendu parler des enquêtes sur ce sujet, il n'a pas tort, toutes révèlent que le bonheur au travail en France est en chute libre. Si on l'en informait, Marc Bodin rétorquerait : qu'est-ce qui n'est pas en chute libre aujourd'hui ? Il ne se défend pas d'être pessimiste et conservateur, en vérité c'est un grand angoissé. Claire est moins que lui consciente du durcissement sur le marché du travail. L'Embellie constitue une sorte de bulle qui la sépare du monde professionnel, des luttes ordinaires, des gens efficaces jugeant ceux qui ne le sont pas. C'est justement ce qu'elle apprécie. Et si cela concernait ton nouvel élève ? s'inquiète Marc, à qui cette convocation a rappelé le souci qu'avait sa femme avant les vacances. Nous le saurons après-demain, dit Claire, sans y penser davantage, et sans remarquer qu'elle répugne à y penser.

2

Vendredi à dix heures, elle s'assoit dans le bureau de la directrice. Mme Joyeux ne fait pas le pont ;

en ce 2 novembre, elle est tirée à quatre épingles, en tailleur bleu marine à jupe droite, son chemisier blanc paraît neuf. Claire quant à elle se présente en tenue de vacances, une ample chemise multicolore un peu froissée dépasse sur son jean et un foulard est enroulé autour de sa tête, à la mode hippie. Ses traits sont reposés, son teint hâlé, son visage lumineux. Annick Joyeux va droit au but. Merci d'être venue, dit-elle. Je vous ai convoquée parce que les parents de Gabriel Noblet se plaignent de votre comportement avec leur fils. La phrase cogne et fait immédiatement ployer la confiance. Claire reste muette, en manque d'explication, pas encore stupéfaite mais suspendue à ce qui devrait suivre. La chef d'établissement – c'est bien elle exclusivement qui parle – rapporte brièvement les faits. M. et Mme Noblet ont demandé à me voir pendant les vacances, je les ai reçus aussitôt, ici même. Je les ai écoutés attentivement. Ils parlent d'étreintes et de gestes inappropriés qui perturbent gravement Gabriel. Je ne vous cache pas que ce fut une mauvaise surprise. La réputation de notre établissement doit rester au-dessus de tout soupçon.

D'abord Claire est sidérée et incapable de dire un mot. Sa stupeur est sans borne. L'enseignante tombe dedans, se fige, perd la pensée et le langage. Le soupçon la choque comme une accusation. Étreintes inappropriées ! Le mot *étreinte* est fort, excessif en l'occurrence, c'est un détournement de la réalité. Il frappe Claire de plein fouet, lui présentant ses gestes habituels sous une lumière qui les falsifie, il brise l'instrument dont elle joue. Toute sa façon d'être est salie. L'avilissement l'atteint au cœur.

Outre la stupéfaction, sa première réaction est la colère. Comment Mme Joyeux peut-elle d'emblée accueillir cette suspicion ? C'est la première chose qui surprend et révolte Claire. Vous me connaissez quand même ! s'exclame-t-elle, me croyez-vous capable de cela ? Capable de quoi ? rétorque la directrice, de gestes inappropriés ? À celle qui frémit, le ton semble glaçant. Claire acquiesce de la tête (oui c'est bien ce qu'elle veut dire), une tête déjà basse. Annick Joyeux s'est installée dans un calme méthodique dont elle ne se départira jamais. N'importe qui, en toute innocence, peut avoir un geste inapproprié, explique-t-elle, inapproprié ne signifie pas "coupable" mais inadapté et potentiellement préjudiciable. Elle a toujours pris Claire de haut, goûtant de lui faire la leçon, elle conserve cette posture habituelle. Quelle que soit la signification du mot, inadapté, préjudiciable, peu importe, pour Claire c'est déjà beaucoup, déjà faux, déjà injuste. Je ne vous accuse pas, je vous consulte pour connaître votre avis sur ces allégations, précise la directrice. D'ailleurs, ajoute-t-elle, Mme Noblet ne fait que s'inquiéter. Que dois-je répondre aux parents de ce garçon ? C'est tout ce que je souhaite savoir et vous êtes la mieux placée pour me renseigner. Que leur avez-vous répondu ? demande Claire. Le soupçon l'accable. La faiblesse en elle s'empoisonne, la blessure secrète s'envenime, elle est sans armes et sans armure. Je les ai surtout écoutés, répète Mme Joyeux avec son calme manifeste. Vous ne sentez pas qu'il est injuste de ne pas immédiatement me soutenir ? proteste l'enseignante, vous pouviez assurer les parents qu'ils se trompaient. Vous me connaissez ! insiste-t-elle. Et j'ai promis de vous parler, achève la directrice sans tenir compte de la protestation. De me recadrer ? suggère Claire. L'ironie le dispute à l'écœurement. Ce ne serait pas la première fois, glisse la directrice avant de poursuivre. Vous me dites que je vous connais, oui c'est vrai, et justement, si je peux me permettre. Vous avez déjà eu des propos déplacés à l'égard d'une élève et il y a des choses que depuis longtemps vous refusez d'entendre. Quoi par exemple ? demande Claire, sincèrement intriguée. Annick Joyeux prend un air docte et sage. Je vous l'ai souvent exprimé, la relation pédagogique est subtile, et délicat l'équilibre qu'elle doit trouver entre transmission et affection. Je crois hélas que vous n'en avez pas réellement conscience. Voilà ce qui m'inquiète, dit-elle en regardant Claire droit dans les yeux.

Claire Bodin est à la fois déstabilisée et furieuse. L'allusion à l'incident avec Marguerite lui semble perverse et injustifiée. Quant à ce discours pédagogique, elle le connaît par cœur, il a le don de la mettre hors d'elle. Elle a toujours contesté ce tabou de l'éducation à la française. Comme si l'apprentissage échappait à la loi universelle de l'amour ! Elle bout d'entendre suspecter l'affection professorale. C'est vraiment un comble ! Elle ne se retient pas d'éclater. Je n'attends pas de vous une leçon mais la confiance que je mérite, s'écrie-t-elle. Vous l'avez, dit Annick Joyeux, sans se montrer convaincante, d'un ton dont la fermeté semble comminatoire. Alors, dit Claire, avez-vous oui ou non rassuré les parents de Gabriel ? M'avez-vous placée au-dessus de tout soupçon ? Comme votre établissement. Une pointe d'ironie a teinté ce final. Annick Joyeux n'apprécie ni qu'on la mette sous pression, ni qu'on lui dicte sa conduite. Je l'ai fait autant que possible, répond-elle sèchement. Je vous sais affective et affectueuse, la nature de la plainte m'oblige à en tenir compte. Je vous invite à vous disculper vous-même. Que dois-je répondre aux parents de Gabriel Noblet, c'est à vous de me le dire, conclut-elle.

Sur sa chaise, Claire se sent lourde, épuisée, prête à défaillir, un poids lui tombe sur la poitrine, la peau de son visage rougit sous le coup de l'émotion. La clairvoyance du moment lui fait trop défaut pour qu'elle affirme ce qu'il conviendrait : Je n'ai eu envers cet élève *aucun* geste inapproprié ! Pas le moindre, jamais ! Non, elle ne pense pas à le dire, c'est une telle évidence pour elle. Une panique paralyse ses pensées. À la vérité, en ces circonstances la directrice la pétrifie, l'animadversion originelle tourne à l'effroi. J'aimerais parler moi-même aux parents de Gabriel, dit-elle – le ton est quasiment celui d'une supplique. C'est prévu, vous les rencontrez lundi soir. Ces mots tombent comme un couperet et Mme Joyeux se lève. Elle n'a rien à ajouter. Pas une parole de regret ou de réconfort, rien qui assurerait de sa solidarité et de sa confiance. La neutralité a sa préférence. Claire s'expliquera et se défendra elle-même. Quant à l'école, la directrice veillera à sa réputation. L'entretien est terminé. Claire ramasse son sac. À lundi, dit-elle en sortant dans le couloir. À lundi, confirme Annick Joyeux, et pas un mot de tout cela à qui que ce soit. Vous comprenez que la confidentialité est préférable pour tout le monde.

Le dîner familial est triste. À peine arrivée chez elle, Claire a appelé son mari au bureau pour lui raconter la mésaventure. Marc rentre plus tôt et prend sa femme dans les bras. C'est dingue ! répète-t-il, je n'y crois pas ! Il y pensait pourtant. Mais il semble l'avoir oublié. Quelle conne ! jure-t-il en s'asseyant à table. Claire sait de qui il parle. Elle pense plutôt : Quelle salope ! Tu crois qu'elle aurait dit aux parents qu'ils se trompaient ? Non ! s'indigne-t-elle. Sa vieille antipathie est ravivée. Qu'est-ce qui se passe ? demande Adrien en dépliant sa serviette, vous pouvez m'expliquer ? Sa mère lui raconte de quoi on l'accuse, le garçon rit. Tu as raison de rigoler, c'est ridicule, dit Marc. Il en est convaincu parce qu'il connaît intimement sa femme et, pas plus qu'elle, ne se met à la place de la directrice qui a des obligations. L'un et l'autre en sont incapables à cet instant. Il leur arrive quelque chose de totalement nouveau, imprévu, inimaginé. Quelque chose qui jusqu'alors n'arrivait qu'aux autres. Il ne faut pas t'inquiéter, dit Marc à son fils. Je ne m'inquiète pas ! dit Adrien. Il n'imagine pas sa mère avoir avec un garçon des *gestes inappropriés*. Je vais parler aux parents, ils comprendront qu'ils se sont fait des idées, dit Claire. Elle se rassure elle-même autant qu'elle se veut rassurante. J'espère bien ! gronde Marc. Je me demande pourquoi Gabriel est perturbé, murmure Claire, il allait très bien avant les vacances. Qui te dit qu'il l'est ? objecte Marc, va savoir, tu n'en as pas la preuve, les parents se montent peut-être la tête. Ou bien ils font partie du problème, dit Claire. Cette hypothèse ouvre un gouffre. Des parents toxiques. Suspicieux. Dont le regard salit. Qu'ont-ils été inventer ? Elle se rappelle la mise en garde de son frère : la souffrance rend fou, susceptible, parfois violent.

Il était malheureux de ne plus te voir, suggère Adrien, tu lui as manqué. Voilà une autre option qui n'est sûrement pas sans vérité. La bouche pleine, Marc approuve en hochant la tête, mais un regret le taraude. Quelle malchance que Claire n'ait pas dès le début des vacances averti de ce qu'elle soupçonnait chez son élève. Il ne fait aucun reproche à sa femme mais lui demande : Tu as dit à Mme Joyeux que tu prévoyais justement de lui parler à propos de Gabriel ? Je n'y ai pas pensé, dit Claire, j'étais choquée, et l'entretien a été bref. Marc baisse les yeux sur l'éternel regret de ce qui n'a pas eu lieu. Peut-être au-dedans de lui est-il consterné, saisissant l'enchaînement dangereux des faits : un jeune homme handicapé tombe amoureux de son professeur, les parents se plaignent de cette perturbation, l'enseignante devient le bouc émissaire idéal. Il n'en montre rien et se compose une figure sereine. Bon, conclut Claire, je vois les parents lundi soir, parlons d'autre chose. Elle se tourne vers son mari : Raconte-nous ta semaine de célibataire.

3

Que dira-t-elle aux parents du garçon ? Elle y pense. Elle y pense sans méthode, d'une façon aussi floue que l'est son sentiment devant ce qu'elle ne tient pas pour une affaire, à peine pour un embêtement. Pas un instant l'idée ne lui vient de demander conseil à un avocat, d'ailleurs elle n'en connaît aucun. Il faudra s'expliquer, comment s'y prendre ?

Elle y réfléchit le dimanche pendant la messe. La liturgie l'exalte, lui redonne la capacité de décider, et la réponse s'impose. Que dire en toutes circonstances sinon la vérité ? Elle ne dira que la vérité ! Pourquoi aurait-elle peur de l'exprimer ? Elle n'a rien à cacher. Elle ne doute pas qu'on la croira. Elle n'imagine pas avoir eu un comportement attentatoire, ou du moins considéré comme tel. Elle sait exactement comment elle enseigne et ce qu'elle a réussi avec Gabriel. Personne n'a le droit d'usurper la signification de ses propres gestes. Avec cet esprit confiant, elle s'avance pour communier puis retourne à sa place. Le front dans les mains, elle demande à Dieu de l'aider dans cette histoire, elle ne cessera plus de le faire. Au premier rang, debout entre son mari et son fils, elle prie avec ferveur. Derrière eux, l'assemblée recueillie constitue une force qu'elle ressent intensément. Une force d'apaisement qui atteste le besoin de partager et de manifester son amitié. Les croyants réunis réconfortent Claire Bodin. Au milieu d'eux, sa vision du monde retrouve son fondement. La résolution se précise. Elle dira ce qu'elle croit : un professeur peut donner l'accolade, prendre dans ses bras un élève qui en a besoin, caresser une tête, embrasser une joue, sans pour autant penser à mal, et ces marques de tendresse sont bénéfiques. Elles le sont davantage encore lorsqu'elles s'adressent à des jeunes gravement stigmatisés. L'attention et l'affection du professeur stimulent le désir d'apprendre, font à ce titre partie intégrante de la pédagogie, une pédagogie de l'encouragement dont on peut considérer qu'elle a fait ses preuves. Tous les travaux menés dans le monde entier le révèlent : quand les profs aiment les élèves, l'école a de meilleurs résultats. Que réussirait un professeur qui n'aime pas ses élèves ou qui se l'interdit ? Et que fait un enfant qui déteste son instituteur ? Il ne travaille pas ! Claire se sent sûre de ce qu'elle pense. Elle dira qu'elle aime TOUS ses élèves, Gabriel ni plus ni moins que les autres. Et les parents des autres se sont-ils plaints ? Ils n'ont cessé de la remercier pour les progrès qu'accomplissent leurs enfants. Sans réclamer un dithyrambe, elle espère que Mme Joyeux évoquera les réussites de son enseignante et tout le bien qu'elle a fait à ceux qui ont suivi son cours. Rendre les gens heureux n'est jamais un mal ou une faute, pense Claire.

Comme chaque dimanche à la sortie de l'office, sur le parvis où se retrouvent les familles, beaucoup de paroissiens la saluent, certains l'embrassent et discutent familièrement avec elle. Même lorsqu'elle est pressée, elle n'esquive pas ces contacts ni n'écourte une conversation. Aujourd'hui ces marques d'amitié restaurent un peu de l'assurance brisée. Au déjeuner dominical, Marc est heureux. La meilleure défense, c'est l'attaque, dit-il pour exprimer sa détermination.

Le lundi, avant l'entretien prévu en fin de journée, Claire Bodin retrouve sa classe. Tous les élèves sont assis lorsqu'elle arrive, un peu en retard parce qu'elle est passée par le bureau de la directrice. Oui, oui, vous assurez vos cours normalement, rien n'est changé, a confirmé Mme Joyeux. Pff ! Tu parles !

pense amèrement Claire, qui néanmoins arbore son éternel sourire, comme si l'incident n'avait pas eu lieu. Sa gentillesse se ranime au contact des élèves. Ils n'y sont pour rien, pense-t-elle. Louise, Lucie, Sarah, Arthur, Martin, Grégoire, Gabriel, Alicia. Elle fait une sorte d'appel informel, manière de saluer chacun. Tout le monde est là, personne ne manque, en le constatant elle réalise qu'elle s'attendait à l'absence de Gabriel. Elle ne sait pas pourquoi – la gêne que lui cause cette histoire sans doute –, elle s'imaginait que Mme Noblet garderait son fils à la maison tant que son problème ne serait pas réglé. Mais non, Claire s'est trompée, Gabriel est en classe. Bien sûr elle ne peut s'empêcher d'observer le garçon. Est-il au courant de la démarche de ses parents ? Que lui ont-ils dit ? A-t-il compris et, surtout, que leur avait-il raconté qui a suscité leur alarme ? Qu'en pense-t-il maintenant ? Claire ne sait rien et ne devinera pas ce qui a pu se passer pendant les vacances – elle ne pourra que se le figurer.

Comment savoir ? Elle ne va pas questionner Gabriel. Le pauvre ! D'ailleurs, il ne dit pas un mot lorsque les autres commencent à raconter leurs vacances. Il semble retourné à sa réserve initiale, mutique de nouveau. Quand l'enseignante a prononcé son nom, il a rosi et tripoté son stylo Bic, elle a bien vu ce geste. Le jeune homme est assis à sa place habituelle, elle l'examine le plus discrètement possible. Elle trouve son regard moins heureux. Rêve-t-elle ? Impossible à éclaircir ! En tout cas il n'a pas l'air tout à fait dans son assiette, pense-t-elle, ses yeux fuient, se détournent, souvent baissés. Il s'échappe. Et surtout, elle y songe, Gabriel n'a pas demandé l'accolade ! Il est resté assis lorsque Claire est entrée dans la salle. Deux semaines de vacances lui ont-elles fait oublier cette habitude ? Ou a-t-il sciemment évité ce rituel devenu problématique ? Est-ce un hasard ou l'a-t-on sermonné : un élève n'embrasse pas son professeur, un professeur n'embrasse pas ses élèves.

À l'instant de commencer son cours, Claire Bodin ne se perd pas en conjectures. L'atmosphère de la classe est maintenant plus joyeuse, l'enseignante n'abandonne pas sa méthode : faire parler les jeunes, demander des nouvelles, écouter les aventures. C'est magnifique ! Merveilleux ! Extraordinaire ! Quelle chance ! Son enthousiasme sincère épuise les formules. Nous allons écrire tout cela ensemble, dit-elle. Journal des vacances de la classe ! s'écrie Louise. Excellent titre, dit Claire, au travail maintenant. Les huit jeunes gens extirpent une feuille de leur sac, sortent leur trousse et plongent des doigts maladroits dans le fouillis de crayons, feutres et stylos. C'est fini ? demande Claire, tout le monde a de quoi écrire ? Ils sont déjà penchés sur leur table. Elle les laisse retranscrire leur souvenir ; elle marche un peu au fond de la classe. Ses yeux se posent sur la nuque rasée de Gabriel, elle est inquiète pour lui, elle sait comme la blessure atteint vite celui que le sort a déjà blessé. Le pauvre, pense-t-elle une fois encore, est-ce sa faute si ses parents s'inquiètent et se font des idées ? Bien sûr que non. Elle ne doit pas changer de comportement avec lui. Madame ! Madame ! Quand un élève l'appelle, elle s'empresse de répondre à sa question ou de l'aider à surmonter une difficulté. Espère-t-elle que Gabriel l'appellera, qu'elle aura l'occasion d'un contact, ou au contraire a-t-elle une appréhension ? Il n'appelle pas.

Les deux heures passent comme rien, elles ne suffisent pas à l'écriture laborieuse des adolescents. Essayez de poursuivre chez vous, dit Claire. Écrire un peu chaque soir est une habitude à prendre. Aucun d'entre vous ne tient un journal intime ? demande-t-elle. Si, moi ! dit Louise. Claire n'est pas étonnée. Arthur quant à lui se montre curieux. Et qu'est-ce que tu écris ? demande-t-il à celle dont il est secrètement amoureux. Est-ce que tu parles de moi ? Louise se prend le visage dans les mains, elle rit et rougit. Ah ah ! s'amuse gentiment Claire. Alicia possède un carnet dans lequel elle consigne ce qu'elle ne veut pas oublier. J'écris des choses que je pense, dit la jeune fille d'un air sérieux. Et vous, les garçons ? demande Claire. Grégoire demeure silencieux. Il peint, pense Claire en gardant elle aussi le silence. Martin, Arthur et Gabriel secouent la tête négativement. Je n'aime pas ce que j'écris, dit Arthur, quand je le relis, ça ne me plaît pas du tout et je me sens bête ! Je connais bien ce sentiment, confie Claire. Elle fait le tour de sa classe, se penche au-dessus de chacun, regarde l'avancement des rédactions. Tu n'as rien écrit ? dit-elle à Gabriel, juste la date ? Lundi 5 novembre 2018. Une journée particulière, pense Claire. Elle ne gardera aucun souvenir du cours de l'après-midi. J'étais en mode pilote automatique, dira-t-elle à son mari, je réservais mes forces pour la suite.

4

Enfin arrive l'épreuve de vérité, le moment ou jamais de s'expliquer. Claire n'a pas peur. Pour le coup, elle est confiante. Parler avec les autres, n'est-ce pas ce qu'elle réussit le mieux ? Elle a toujours eu un bon contact, en général les gens l'adorent, elle est naturellement convaincante. Ce don lui vient de son père, Jean en a hérité lui aussi : leur sincérité est poignante.

Lorsqu'elle frappe à la porte du bureau, Claire entend des voix qu'elle ne reconnaît pas, une femme parle mais qui n'est pas la directrice. Entrez ! dit Annick Joyeux. Le couple Noblet est déjà installé. Il reste une chaise vide à côté de la mère, Claire essaie d'accrocher son sac au dossier (la bride glisse sur l'arrondi du plastique), tout le monde l'attend et la regarde, elle pose ses affaires par terre et s'assoit, déjà confuse. Excusez-moi, dit-elle. Elle se tourne vers sa voisine, lui tend la main en se présentant : Claire Bodin. Le silence la frappe. Geneviève Noblet lui a serré la main sans un mot, comme s'il était entendu que Claire savait avec qui elle était convoquée et pour quel motif – qui ne prête pas à sourire. L'ambiance n'est pas vraiment froide, Claire dirait plutôt sérieuse. S'installer ensemble autour de la table de réunion aurait été plus convivial, mais Mme Joyeux a aligné devant son bureau les plaignants et l'enseignante, se trouvant ainsi en retrait, à distance, tel un arbitre ou un juge, hors de l'arène et face au jeu – face à la dispute, à la défense, à la colère ? À quoi s'attend-elle, nul ne sait. Elle distribuera la parole. Je me suis permis de vous réunir pour donner à chacun la possibilité de s'exprimer, dit-elle. Elle aurait pu dire *pour dissiper un malentendu*, mais non, ce n'est pas l'option qu'elle a choisie, c'eût été tenir la plainte d'emblée pour abusive. Or elle n'en sait rien. Considérant que Mme Bodin n'en a toujours fait qu'à sa tête, elle estime ne pas avoir les moyens de juger. En tant que directrice de l'établissement, Annick Joyeux a décidé de ne pas intervenir, elle entend rester neutre autant que possible. Nous devons éclaircir cette situation, pour le bien de nos élèves, de leurs professeurs et de L'Embellie. Madame, peut-être pourriez-vous répéter à Mme Bodin ce que vous m'avez dit la semaine dernière ? demande Annick Joyeux.

La mère – c'est donc elle qui se plaint, pense Claire – est immédiatement mobilisée dans l'expression. Sa soudaine vivacité, conjuguée à une austérité, diffuse une énergie négative. Bien sûr, dit Geneviève Noblet, rien n'est plus simple. Elle s'est tournée vers Claire et c'est maintenant à elle qu'elle s'adresse, sans agressivité mais sans ménagement, avec gravité. Sur le ton d'un regret sévère, elle formule un reproche. Je crains qu'il n'y ait eu de votre part des gestes tout à fait inappropriés et gênants pour un jeune homme. Cette entrée en matière pourrait être entendue, Claire y était préparée, elle n'accuse pas trop le coup, remet une mèche derrière l'oreille (signe d'une gêne encore légère) et se prépare à répondre. Mais Mme Noblet n'a pas terminé. Sans doute veut-elle être précise. Des câlins en excès, des mains aux fesses, des manières proches du tripotage qui ont suffisamment perturbé Gabriel pour que je m'en aperçoive, poursuit-elle sans avoir peur des mots. Claire tousse – une toux rauque inattendue qui, chez elle, signe le malaise et l'agacement. Au-dedans, elle a bondi. Mains aux fesses et tripotage ! Ces expressions au caractère sexuel explicite lui soulèvent le cœur, elle n'en croit pas ses oreilles. Ça va pas la tête ! pense-t-elle. Ses yeux se sont écarquillés et dévisagent successivement Geneviève Noblet, Annick Joyeux, l'une qui assène et l'autre qui acquiesce (oui, voilà bien ce qui lui a été dit la semaine dernière). M. Noblet n'a pas ouvert la bouche, il semble attendre que les femmes s'entendent ou se déchirent, impénétrable à Claire qui s'interroge : et le père, que croit-il ? Elle est stupéfaite, complètement sidérée, sous le choc de ce qu'elle vient d'entendre. Elle le dit aussitôt, elle le crie presque. Je suis choquée ! Sa voix pour prononcer ces trois mots semble désolée de les prononcer, se confond presque avec un gémissement. Geneviève Noblet n'est pas affectée par cette protestation douloureuse à laquelle il fallait s'attendre. Ne le soyez pas, je souhaite seulement savoir comment se déroule votre cours, comment vous procédez avec vos élèves, dit-elle, et elle croise les bras sous sa poitrine.

Mais Claire en est encore à *tripotage et mains aux fesses* et elle exprime ses sentiments. Je suis peinée, dit-elle, je suis choquée et peinée. De toute évidence, cette peine n'attendrit personne. Semblable à un gros nuage étouffant qui amplifie la panique, le silence accueille son accablement d'accusée. Je suis désolée que vous puissiez penser des choses pareilles, dit-elle maintenant. Je ne tripote personne, je ne mets pas la main aux fesses de qui que ce soit, je ne comprends pas de quoi nous parlons, d'où peuvent venir ces idées ? Se pose-t-elle vraiment la question, ce n'est pas sûr, d'emblée elle a suspecté la mère. (Il y a beaucoup d'angoisses et d'imagination dans les méandres d'une âme maternelle, pense souvent Claire Bodin.) La réponse d'ailleurs la surprend. D'où peuvent venir ces idées… ? De Gabriel, répond sur-le-champ Geneviève Noblet. Je ne peux pas le croire, s'exclame Claire, je suis sûre que vous non plus, madame Joyeux ! Il faudrait tout de même que la directrice défende un peu son enseignante, Claire l'attend dans ce rôle, et elle est de bonne foi en l'apostrophant de cette manière. Je ne crois rien en effet, dit la directrice, prise à témoin, j'essaie de comprendre ce qui a pu arriver pour que Mme Noblet soit tout à coup inquiète de ce qui se passe dans votre classe. Elle dit à dessein *votre* classe car Claire est bel et bien seule en cause parmi le corps enseignant. Oui ! renchérit Claire, moi aussi j'aimerais comprendre, Gabriel s'est-il réellement plaint de quelque chose, que vous a-t-il dit exactement ? demande-t-elle en se tournant vers le couple. La parole est à l'accusation.

Il ne s'est pas plaint, il a dit que vous étiez gentille ! répond Geneviève Noblet, sur le ton d'une exclamation dans laquelle Claire perçoit un amusement perfide, une satisfaction, comme si son interlocutrice se félicitait d'avoir compris ce que cachait le compliment de Gabriel. Comme si, par cette intonation tonique, elle annonçait les perspectives sombres que paradoxalement cette remarque a ouvertes pour elle. Il a dit que vous étiez gentille… La mère exprime la naïveté de son fils et la manière dont elle seule a su la décrypter. J'avoue que cela m'a intriguée, poursuit-elle. Les jeunes comme lui ne se rendent pas compte des choses (voilà, c'est dit), mais ils les racontent sans y penser. Aussi l'ai-je un peu questionné. Gentille de quelle façon ? À ces mots, la tête de Claire s'agite – à droite à gauche – qui signe l'écœurement devant l'excès de suspicion (oui décidément il y a beaucoup d'angoisses et d'imagination, malfaisantes, dans les méandres d'une âme maternelle). Et c'est sa réponse qui m'a dérangée, continue Mme Noblet. Elle s'adresse alors à la directrice : Mme Bodin est gentille, elle le prend dans ses bras et le serre contre elle. Eh bien, je ne suis pas d'accord avec ces manières de la part d'un professeur. Leurs conséquences échappent à notre contrôle. Actuellement, mon fils se fait des idées, il parle et attend trop d'une relation qui n'a pas lieu de prendre la forme qu'il se figure. J'ai préféré mettre le holà à ces tendresses troublantes. On ne *touche pas* ses élèves, assène Geneviève Noblet avec vigueur, on ne les touche ni physiquement, ni sentimentalement. Et s'ils vous attendrissent, on ne doit pas pour autant les attendrir.

Bien mieux que les premiers mots de l'accusation, cette dernière explication fait apparaître une préoccupation plus raisonnable et subtile. *Mon fils se fait des idées.* Claire ne peut le nier, elle s'en est elle-même aperçue et souciée. La phrase est juste, elle traduit parfaitement le danger et le motif qui anime la mère : Mme Noblet s'inquiète et prend les devants, elle connaît plus que personne la vulnérabilité de son enfant, elle demande que le professeur prenne garde aux sentiments qui pourraient croître. Abuser d'un handicapé mental, c'est très grave, Geneviève Noblet ne dit pas que cela s'est produit, mais ne pas le protéger contre lui-même, ne pas prendre en compte ce qu'il se représente – même à tort –, c'est dangereux. Il faut prévenir les attachements qu'on suscite ! Ne pas le faire, ce serait en somme une innocence coupable. Parole de mère attentive. Annick Joyeux écoute sans intervenir, comprend, et sans doute fait-elle le lien entre cette perspective et ce qu'elle pense des méthodes de Mme Bodin. Et Claire, entend-elle ?

Claire se remémore Gabriel en classe : il s'avance, se plante devant elle et ouvre les bras pour l'attraper, il se blottit contre elle. Elle referme les mains sur lui, c'est vrai. Quelle taille fait-il ? Elle ne sait pas. Petit. Petit comment ? Est-ce que ses mains sont à la hauteur des fesses du garçon quand elle lui donne l'accolade qu'il réclame ? Voilà ce que se demande l'enseignante. *Mains aux fesses et tripotage* l'ont horrifiée. Il ne manque plus qu'*attouchements* pour que le tableau falsifié soit complet ! songe-t-elle, meurtrie. Et ce faisant, elle laisse justement entrer le mot dans le désordre de ses pensées. Ces expressions que l'époque a banalisées n'en ont pas perdu pour autant leur salacité infamante. Le dégoût qu'elles provoquent occulte à Claire la raison plus légitime de la démarche maternelle : *mon fils se fait des idées*. Le véritable problème est que Gabriel est amoureux, il n'y en a pas d'autre en vérité (en s'inquiétant de cela, la mère s'est demandé ce qui avait pu faire naître cet amour), mais Claire ne se le formule pas. Sa pensée est obscurcie, empêchée par les mots qu'elle juge impropres et qui la blessent affreusement. *Mains aux fesses et tripotage !* C'est insensé, c'est beaucoup trop pour Claire. *C'est n'importe quoi*, pense-t-elle dans le langage d'Adrien. L'émotion la pousse vers une expression fébrile. Elle réagit plus qu'elle ne réfléchit. Elle se livre plus qu'elle ne se défend. En se débattant, elle s'enferme dans un piège. Elle veut donner à entendre un tout autre son de cloche, hélas elle ne contrôle pas l'oreille de son interlocutrice. Ce n'est pas possible ! pense-t-elle, il faut à tout prix convaincre les parents. Elle est persuadée d'y arriver, elle est innocente, elle n'a rien fait de ce qu'ils craignent. Ce qu'elle atteint avec les jeunes, elle le sait.

Dans un nœud de passions et de convictions, elle prend la parole : Je ne souhaite qu'une chose, que mes élèves soient heureux et réussissent à exercer le métier qu'ils désirent, qu'ils prennent confiance en eux. Je les encourage. Je les motive. Je les stimule. Pour s'accomplir, il faut qu'ils se sachent aimés. Je crois aux mérites de l'affection du maître. L'effet Pygmalion n'est pas un mythe. J'aime Gabriel comme j'aime TOUS mes élèves, dit-elle à Mme Noblet. Derrière son bureau, Annick Joyeux plisse les yeux, ils sont presque clos, comme si elle était exténuée par ce qu'elle entend – ou embêtée, ou horripilée. Elle sent que Mme Bodin donne des verges pour se faire battre, alimente le soupçon maternel, avive le feu de l'accusation. *J'aime Gabriel !* Même si on le pense, même si l'on est parfaitement sain et pur, quelle idée d'aller le dire à celle qui vous en fait le reproche ! Aimer, cela désigne tellement de sentiments. Est-ce que cela signifie la même chose pour celle qui parle et pour celle qui écoute ? Il n'y a presque aucune chance que ce soit le cas. Mme Noblet ne se calmera pas, déplore déjà Annick Joyeux.

Claire ne s'interdit pas d'employer le verbe *aimer*. Puisqu'elle *aime* vraiment ses élèves ! Elle sent bien la polysémie du mot et, sans songer au ridicule, s'explique : Je ne les aime pas comme j'aime mon mari évidemment ! J'ai de l'affection pour eux, dit-elle pour l'exprimer autrement. Ils sont un peu mes enfants. Geneviève Noblet reste impassible – et épouvantée. Claire continue avec passion, personne ne pourrait plus l'arrêter. Elle se tourne vers Annick Joyeux pour à nouveau la prendre à témoin, et son regard va désormais d'une femme à l'autre. Tout se passe toujours très bien dans ma classe, depuis des années les enfants s'épanouissent et les parents s'en réjouissent. Un silence après cette phrase, Mme Bodin serait en droit d'espérer une confirmation, la directrice sait tout cela, elle aurait pu l'avoir déjà dit, le répéter maintenant. Mais Mme Joyeux demeure silencieuse. Elle ne veut pas intervenir dans cette confrontation. Son avis ne compte pas (estime-t-elle) et son devoir de chef d'établissement est d'enquêter, pas de prendre parti. Sa ligne de conduite est ainsi fixée, et figée. Cette neutralité pourrait s'avérer défavorable à son enseignante.

Annick Joyeux est-elle prudente ? Inconsciente ? Trop consciente au contraire ? Malveillante ? Habile ? Professionnelle ? Impartiale ? Équitablement à l'écoute ? Elle ne rassure l'inquiétude qu'en l'entendant, ne calme pas la suspicion, ni n'éteint le doute, et elle n'appuie pas la défense du professeur. Comment corroborer des faits qu'on ignore ? Elle n'est pas présente pendant les cours, elle ne saurait donc rien affirmer. Elle ne dit pas non plus qu'elle connaît Claire depuis plusieurs années. Cela pèse sans doute son poids de néant dans cette confrontation avec des parents anxieux. La directrice reste à sa place, droite et digne derrière son bureau, une sphinge, énigmatique et sérieuse. Elle regarde Claire qui s'explique, se disculpe et s'enfonce, trop volubile ; personne ne peut rien contre ce tempérament. Le métier, pense Annick Joyeux, c'est aussi assumer les conséquences de ses propos et de ses gestes.

Claire ne dirait pas le contraire, et elle assume, et c'est pourquoi elle parle ! Gabriel s'est beaucoup épanoui depuis qu'il est arrivé, dit-elle. Il était timide et renfermé, il éprouvait des difficultés à s'exprimer devant les autres, je l'ai vu s'ouvrir et s'éclairer. Elle sent qu'elle pourrait vexer la mère, avoir l'air de prétendre mieux réussir avec le garçon, alors elle essaie d'être simplement positive. Il est heureux en classe ! assure-t-elle avec enthousiasme. Elle voudrait que Mme Noblet en convienne (sans songer que ce bonheur nouveau est peut-être ce qui a mis la puce à l'oreille maternelle). L'avez-vous remarqué ? demande-t-elle. Un instant, l'interrogée se trouble. Est-ce d'être questionnée aussi directement ? Est-ce bel et bien que l'épanouissement de son fils est ce dont elle s'est – comme elle dit – aperçue ? Je n'en sais rien, je ne suis pas avec vous en classe ! objecte Mme Noblet, contrainte et forcée, tandis que son mari, toujours muet, a bougé sur son siège et baisse les yeux lorsque Claire se penche pour l'interroger du regard. Et vous, monsieur ? Depuis le début, Claire sent que Raoul Noblet n'emboîte pas le pas à sa femme, mais il n'ose pas la contrecarrer pour autant. L'enseignante insiste : Gabriel est-il plus joyeux à la maison ? Vous n'avez pas noté un changement d'humeur depuis qu'il fréquente L'Embellie ? Pas particulièrement, répond Geneviève Noblet avec une mauvaise grâce évidente. Ah ! dit Claire, je suis un peu déçue, et étonnée, j'avais le sentiment qu'il s'enhardissait. Une fois encore le verbe est mal choisi. Geneviève Noblet pourrait entendre que *Gabriel s'enhardit dans son adoration pour Mme Bodin*. Mon sentiment est différent, dit-elle, il me semble au contraire que Gabriel devient trop dépendant de vous. Elle laisse passer quelques secondes, comme si elle hésitait, puis elle dit : Il y a une chose que j'aimerais beaucoup savoir. Oui, laquelle ? demande Claire. Serrez-vous oui ou non mon fils contre vous ?

En même temps qu'elle se représente la lourde tête de Gabriel pesant contre son sein, Claire se sent rougir. Pour la première fois, elle songe que le jeune homme a eu des sensations corporelles, qu'il l'a perçue, volontairement douce, peut-être dans sa chaleur naturelle et sa rondeur. D'un seul coup, elle est gênée. La suspicion s'infiltre dans son propre regard, à nouveau elle est salie par les pensées des autres. Elle en secoue le poison et retrouve l'énergie de la vérité : Oui, dit-elle, il m'est arrivé de prendre votre fils dans mes bras, pour le rassurer, l'encourager, l'apaiser quand il en avait besoin. Il n'était pas paisible ? s'étonne Mme Noblet. Peut-être a-t-il été inquiet au milieu de ses nouveaux camarades d'étude, suggère Claire, c'est tout à fait normal. Elle se sent retrouver l'accent de la compétence. Et ses camarades, les embrassez-vous aussi de cette façon ? Non, dit Claire, ils ne le demandent pas. La réponse est nette et coupante, elle sépare Gabriel du reste de la classe. Geneviève Noblet semble aussi surprise que dépitée, il est vrai qu'elle en a soupé de la différence, différent des différents, c'est un comble. Claire le voit à son visage qui s'est rembruni. Je n'ai fait que répondre au besoin de Gabriel, il est affectueux et affectif et je n'ai pas pour habitude de refuser un geste d'accueil lorsqu'on me le réclame, dit-elle. Et mon fils était demandeur ? s'étonne encore la mère. Tout à fait, dit Claire. Je dois même dire que je m'en suis peu à peu inquiétée, j'avais prévu d'en parler à Mme Joyeux dès mon retour de vacances. Mais vous ne l'avez pas fait, réplique Geneviève Noblet. Je n'en ai pas eu le temps, dit Claire. Si vous en doutez, mon mari pourra vous le certifier.

Eh bien, je crois que cela suffit, nous en savons assez, dit Annick Joyeux, Claire, nous avons compris votre pédagogie, votre engagement auprès de vos classes ne fait aucun doute. Est-ce un compliment ou un reproche ? L'ambiguïté est totale. La directrice s'est levée, elle s'appuie des deux mains sur son bureau, le buste en avant. Je vous remercie tous les trois d'avoir accepté et nourri cette conversation. Son visage se tourne vers les parents. Ne vous inquiétez pas, dit-elle, je prendrai toute mesure qui s'impose. À côté, Claire attend un mot, rien ne vient. Elle ramasse ses affaires et, en saluant Geneviève Noblet, elle lui sourit. Au revoir madame, j'espère vous avoir rassurée, je l'espère de tout mon cœur. Gabriel est un garçon adorable qui mérite d'être heureux. Au revoir Claire, dit Annick Joyeux, manière de couper court à cette nouvelle déclaration.

Le soir dans son lit, la tête contre l'épaule de son mari, en silence Claire fait le point. Le moment était fort. L'innocence ne prépare pas au combat. Elle s'est rendue à cette convocation imaginant une broutille. Quand elle a compris le point de vue des parents, elle a cru le malentendu facile à dissiper. Elle s'est exprimée franchement. Pour mettre fin au soupçon, elle a dit tout ce qu'elle pensait. Annick Joyeux l'a déçue en ne la soutenant pas. C'est clair désormais, il n'y a entre elles ni sympathie, ni estime, ni solidarité. Il ne faudra pas compter sur la directrice pour arranger les choses. Il lui était facile de donner des renseignements positifs aux parents anxieux, elle ne l'a pas fait. Claire était vraiment seule face à eux. Les a-t-elle rassurés ? Après s'être plaints, ils n'ont finalement pas dit grand-chose. Elle estime qu'elle s'est bien expliquée. Elle cherche à se convaincre : ils ont forcément vu à qui ils avaient affaire. Faut-il s'inquiéter ? Non, se dit-elle un peu trop résolument. Tu penses à ta plaidoirie ? plaisante Marc à qui elle a tout raconté. Oui, dit-elle, j'ai vraiment tout donné ! L'un et l'autre s'en amusent et s'en félicitent : le mauvais moment est passé. Alors dors ! dit Marc. Claire se tourne sur le côté. Elle reste sereine, elle a pour elle la pureté de ses gestes, elle est certaine d'avoir dissipé le doute. Pour elle, il ne peut pas en être autrement, elle s'est mise à nu, elle a laissé parler son cœur, la mère de Gabriel l'a vue telle qu'elle est : quelqu'un de bien, une femme au-dessus de tout soupçon, une personne secourable.

5

Mme Noblet ne sort pas du tout rassurée de cette entrevue, au contraire. Imaginer son fils dans les bras de Claire Bodin ne lui plaît pas. Est-elle incapable de le laisser s'attacher à quelqu'un d'autre ? Est-elle fâchée d'une relation qui l'exclut ? Tout simplement jalouse d'une autre femme ? A-t-elle le sentiment que Claire lui vole quelque chose ? La suspecte-t-elle d'exercer une excessive attraction ? Une emprise ? En tout cas, elle la croit dangereuse. Elle a perçu l'énergie de cette enseignante, certes pleine de bonne volonté mais qui, estime-t-elle, manque de contrôle et de rigueur, n'a pas conscience des conséquences de l'affection qu'elle dispense.

Depuis qu'elle a eu cet enfant promis non pas à un grand avenir mais à de lourdes difficultés, Geneviève Noblet s'est personnellement méfiée de ceux qui veulent trop faire le bien de son fils. Son mari a parfois essayé de la tranquilliser. Pourquoi imaginer le pire, pourquoi faire le vide autour de Gabriel ? Mieux vaut être lucide et sur ses gardes que naïf et optimiste, réplique-t-elle. Sa vigilance maternelle s'est exacerbée avec l'adolescence de son garçon. Elle sait que les écueils se multiplient. Le corps cherche des satisfactions, les élans sont spontanés, les engouements rapides, les espoirs inadaptés. Toute personne en contact avec ces jeunes se doit d'en tenir compte. En croyant apporter le meilleur, on peut causer beaucoup de mal. Il ne faut pas confondre volonté de bien faire et efficacité. Voilà ce qu'elle répète plusieurs fois à la directrice, au téléphone, dès le lendemain matin de la confrontation avec Claire Bodin. Mme Joyeux accorde toute son attention à cette inquiétude légitime. Je comprends parfaitement, assure-t-elle à Mme Noblet. Elle lui promet la surveillance et les précautions nécessaires. Elle assure qu'elle a commencé à y réfléchir et qu'elle entrevoit des solutions faciles à mettre en œuvre.

Du point de vue de la direction, la situation n'est pas compliquée. Ce n'est pas comme si toute l'école – sa pédagogie ou son encadrement – était en cause. *Claire Bodin* seule est en difficulté ! Annick Joyeux envisage un protocole de surveillance pendant les cours et une expertise psychiatrique de son enseignante. Voilà qui sera léger, se dit-elle, et efficace pour tuer dans l'œuf ce problème potentiellement nuisible. Elle pense *nuisible* plutôt que *grave* ou même *émouvant*. Si cet adolescent est amoureux de son professeur, cela peut effectivement devenir ennuyeux, L'Embellie ne doit prendre aucun risque et se range bien sûr aux côtés de Mme Noblet. Avant les principaux intéressés, avant celui qui a fait une rencontre, avant celle qui se sent désormais salie, avant la mère en alarme, c'est à l'école que pense la directrice. Il faut agir avec discrétion et rapidité, voilà ce qui importe plus que toute autre considération. Que signifie agir ? Prendre des mesures dont l'effet sera rapide sinon immédiat. C'est ainsi qu'elle choisit de réduire la liberté du professeur dans sa classe. Claire Bodin sera surveillée. Cela vous rassurerait ? demande Mme Joyeux à Geneviève Noblet en lui exposant ce projet.

De son côté, Claire attend un appel, une conclusion à cette histoire. Rien de tel ne vient. Mme la directrice ne donne aucune nouvelle. Le mardi et le mercredi passent. Faut-il s'alerter ? Marc Bodin s'inquiète. Ça ne sent pas bon, dit-il avec une mine amusée – cette vilaine expression a le don de le faire rire. Comme son beau-frère Jean, depuis quelque temps il conseille à sa femme de quitter L'Embellie, de trouver un autre poste. Il dit même un *vrai* poste, à cause du salaire minable, de la part payée au noir et des congés sans solde. Je ne peux pas les abandonner ! répète Claire. Elle a développé une compétence, elle s'occupe de l'élargir à d'autres handicaps, elle entend poursuivre dans cette voie de l'assistance et du soutien. Sans vantardise, elle rappelle qu'il y a un grand besoin de gens comme elle, l'école publique est loin d'être aussi inclusive qu'on prétend le vouloir. En écoutant ces arguments, Marc Bodin considère qu'il a affaire à une vocation. Il continue d'admirer son épouse et regrette que ce dévouement ne soit ni reconnu ni récompensé. Évidemment les événements récents versent de l'alcool sur le feu : si on se donne tout entier sans être gratifié et qu'en plus on est accusé à tort, alors là c'en est trop ! Il est furieux. Pour ne pas inquiéter sa femme, il se tait.

Le jeudi matin, en traversant la cour, Claire reconnaît la silhouette d'Annick Joyeux : la directrice l'attend à l'entrée du bâtiment. C'est bien la première fois. Et ça n'augure rien de bon, imagine l'enseignante aussitôt sur ses gardes. Bonjour Annick, dit-elle. Bonjour Claire, excusez-moi de vous intercepter de cette manière, je voulais vous avertir des nouvelles dispositions (une expression qui semble sous-entendre que tous les professeurs sont concernés, ce qui n'est pas le cas). Nous aurons l'occasion d'en discuter plus longuement si nécessaire, pour l'instant sachez qu'à partir d'aujourd'hui une assistante sociale et un psychologue vous accompagneront pendant vos cours. Je compte sur leur regard neutre et extérieur pour apaiser tout le monde. C'est bien sûr quelque chose de provisoire. Puisque son interlocutrice reste muette, la directrice poursuit. Par ailleurs, j'aurais encore un service à vous demander, soyez gentille de passer me voir à midi dans mon bureau. Claire ne trouve rien à répondre, baisse la tête comme quelqu'un qui a compris, change de main son grand sac et s'apprête à rejoindre sa classe. Vos élèves vous attendent, dit Annick Joyeux, ils sont avertis du protocole sans en connaître l'origine. Comme vous le savez, ils sont émotifs et vite déroutés, je vous remercie de ne rien leur dire à ce sujet. Soyez comme d'habitude ! C'est la seule chose à leur répéter.

Claire est chamboulée par cette mesure et ce nouveau climat. Personne ne l'a informée de cette décision qui la concerne. Qui l'a prise ? Annick Joyeux a-t-elle mis au courant sa hiérarchie ? En donnant quel motif ? Avec quel objectif ? L'enseignante ne sait rien. Tout devient compliqué et incompréhensible. Elle sent la défiance dont elle est désormais l'objet. Mise devant le fait accompli et surveillée comme un suspect ! Devrait-elle refuser de faire son cours ?

Devrait-elle donner sa démission et s'en aller sur-le-champ ? D'emblée, elle écarte ces éventualités. Les élèves ne doivent pas être pénalisés. En outre, partir serait signer sa culpabilité. Voilà deux excellentes raisons de ne pas réagir malgré cette atteinte manifeste à ses conditions d'enseignement. Elle est innocente, elle n'a rien à cacher, elle reste. C'est décidé. Elle fera son cours devant toutes les assistantes sociales du pays s'il le faut.

Lorsqu'elle pénètre dans sa classe, dont la porte est ouverte, l'incroyable silence est confondant. Quoi ? Louise et Lucie ne bavardent pas ? Martin ne se balance pas sur sa chaise ? Arthur ne fait pas le spectacle ? Eh bien non, constate Claire. Personne non plus ne renverse ses affaires ou ne fouille dans son sac. Les jeunes sont assis. Bras croisés sur leur table, à la manière des gosses en classe maternelle, ils attendent leur professeur. Pas un bruit, pas un mot, on entendrait voler une mouche ! Pauvres enfants, pense Claire en les voyant ainsi, tellement différents de ce qu'ils sont d'ordinaire. On les a commandés, ils ne sont pas installés à leurs places habituelles. Quelqu'un (Annick Joyeux, l'assistante sociale ??) les a assignés à une chaise. Bonjour à tous, dit Claire en accentuant la gaieté de sa voix. Elle vient d'entrer en résistance. Elle ne se laissera pas maltraiter et ses protégés moins encore. La joie ne quittera pas cette classe. Les assistants, conseillers, espions, témoins… n'auront qu'à bien se tenir ! Une bouffée d'énergie la soulève. Les *chameaux* (c'est ainsi qu'elle appelle ceux que d'autres nomment des *salauds*) ne l'emmerderont pas. Bonjour madame, bonjour monsieur, lance-t-elle, bravache. Un homme et une femme sont assis au fond de la salle à une petite table isolée. Faites comme si nous n'étions pas là, répond l'assistante sociale. Bien sûr, promet Claire, qui s'empêche de rire comme de trembler.

Ces deux paires d'yeux n'ont qu'un objectif : la regarder, la surveiller, enregistrer ce qu'ils voient. Elle leur en veut d'être là mais se raisonne : ils n'y sont pour rien tous les deux, peut-être sont-ils bienveillants. Peut-être concluront-ils que j'agis bien avec mes élèves. Pourquoi ne pas coopérer ? La spontanéité entraîne Claire Bodin. Voulez-vous vous présenter ? demande-t-elle. Le refus est sec. Claire s'est trompée : les sbires sont désagréables, ils ne parleront pas avec elle. Elle perçoit leur retrait d'observateurs décidés à rester en dehors. Que leur a-t-on dit ? Ont-ils un préjugé ? Repoussée, elle s'affermit : elle leur montrera comment elle se comporte avec les jeunes et ce qu'elle leur fait découvrir. Comme toujours, l'idée d'être naturelle l'emporte. La vérité suffit, toute la vérité, rien que la vérité.

D'abord Claire fait l'appel. Pas de liste, pas de papier, juste une mémoire et une attention pour égrener les prénoms de ses élèves. Louise, Lucie, Sarah, Alicia, Arthur, Martin, Gabriel, Grégoire, chacun se trouve gratifié d'un sourire, d'un mot gentil, d'un compliment, d'un encouragement. Il faut réconforter cette classe apeurée. Voilà qui est fait. L'un d'entre vous peut-il nous rappeler la date ? demande Claire. Le lourd silence ne s'est pas dissipé. Personne ne veut me répondre ? Jeudi 8 novembre, dit enfin une jeune fille. Merci Louise. Nous approchons d'une fête nationale, dit Claire, vous savez laquelle ? Le silence pèse encore. N'ayez pas peur de la dame qui est au fond, souffle Claire, elle ne vous dira rien. Elle aurait envie d'ajouter : elle n'est pas là pour vous, c'est moi qui suis dans le collimateur ! Elle s'abstient et hameçonne la participation. Alors, vous savez ce que nous allons fêter ? Pas de réponse. Dans trois jours, ce sera le 11 novembre, que commémorent les Français ce jour-là ?

Mme Bodin se sert souvent du calendrier pour faire un peu d'histoire. Alicia fournit une bonne réponse et Claire raconte quelques faits importants. Au printemps de l'année précédente, avec des contraintes d'organisation et de sécurité extravagantes, elle a emmené ses deux classes au château de Versailles. Pour des raisons différentes, personne n'a oublié cette sortie. Elle fait donc le lien avec la signature du traité dans la galerie des Glaces, la pompe, la poudre aux yeux, et Clemenceau qui installe les gueules cassées au premier rang des invités. Elle raconte les blessés de guerre, le deuil national, les veuves et les orphelins, notre chance aujourd'hui de vivre en paix. Il faut se réjouir et se souvenir, dit-elle. Le dernier poilu est mort en 2008 à l'âge de cent dix ans, dit-elle (les exclamations fusent), tous les témoins ont disparu, nous sommes désormais livrés à notre mémoire collective et à l'écriture de l'Histoire. L'oubli ne peut pas gagner, certains événements ne doivent jamais s'effacer.

Elle sent qu'elle est trop abstraite et s'adresse plus directement à la sensibilité des élèves. C'est pareil dans la vie, il y a des choses que nous voulons nous rappeler, vous êtes d'accord ? Quoi par exemple ? demande-t-elle. Allez ! Cherchez ! De quoi voudriez-vous toujours vous souvenir ? Martin lève la tête comme si la réponse était en l'air. Notre enfance, dit Lucie. Bien sûr, approuve Claire. Nos amis, dit Louise en regardant Lucie, les gens qui nous aiment et qui nous aident, Claire Bodin ! Tu es adorable, murmure l'enseignante. Elle est émue sans oser le montrer. Que penseraient les observateurs là-bas au fond ? Ils signaleraient un manque de contrôle émotionnel ! Elle continue à faire réfléchir les jeunes. Quoi encore ? Qu'est-ce qu'il faudrait toujours se rappeler ? Ensemble, ils dressent une liste : les connaissances que l'on acquiert à l'école, les beaux moments de sa vie, ce que nous racontent nos parents, les événements importants du pays, les lieux que l'on découvre, les chansons qui nous rendent heureux… Les morts, dit Grégoire, tous ceux qui sont partis. C'est vrai, dit Claire, ils vivent dans notre mémoire et nous pouvons prier pour eux. Il ne faut rien oublier ! conclut Arthur. Ah ah ! Tu as raison, Arthur. Est-ce que tu nous oublieras ? demande Gabriel. Depuis le début du cours, c'est la première phrase qu'il prononce. La question est troublante dans les circonstances du moment. Décontenancée, Claire jette un regard aux sbires impassibles. Je suis sentimentale, dit-elle, je me souviens de mes élèves, peut-être pas de tous mais de presque tous. Je suis content, déclare Gabriel. Le garçon rit en tripotant sa cravate – il la soulève et tire dessus. Alors ! dit Claire, venons-en aux choses sérieuses, avez-vous fini vos travaux d'écriture ? Sortez-les que je voie un peu où vous en êtes.

Ils passent le cours sur cette activité : écrire et lire, essayer de faire sonner puis *d'entendre* son texte. Claire procède à la manière des ateliers d'écriture. Chacun travaille son texte avec l'animateur puis le lit devant les autres qui se permettent un aimable commentaire. Gabriel est le seul à ne pas avoir de feuille devant lui, il n'a rien écrit, les vacances ne l'inspirent pas. Claire ne peut se défendre de faire le lien entre cette stérilité et l'incident. À nouveau le mystère est là : que s'est-il passé pendant ces deux semaines d'octobre ? Claire a imaginé un scénario : son élève a dit du bien d'elle et la mère en a pris ombrage, a fouiné et sali la belle relation entre le professeur et son élève. On peut imaginer, on ne peut pas savoir. Il reste que ces vacances ont comme essoré l'esprit du jeune homme, vide devant la feuille. Tu n'as rien écrit Gabriel ? Le garçon baisse la tête sans répondre. Ce n'est pas grave, dit Claire. Sans les observateurs, seule dans sa classe, elle lui aurait peut-être passé la main sur la tête ou touché le haut du bras d'un geste encourageant, elle n'en fait rien, elle le laisse à lui-même et s'avance vers le voisin.

L'enseignante félicite tous les élèves. Elle les invite à lire leurs textes à voix haute à leur famille. Vos parents seront très admiratifs, assure-t-elle. À lundi, termine-t-elle, passez une bonne fin de semaine, n'oubliez pas de lire et d'écrire un peu ! Tout en parlant, elle rassemble ses affaires puis quitte la classe sans s'attarder – à la manière du professeur qu'elle n'est pas, celui qui ne donnerait que son savoir et peu de lui-même. Au revoir madame ! crie Louise, étonnée. Au revoir ma petite Louise, dit Claire.

Elle est au bord des larmes, émue par l'affection qu'elle éprouve, par le mal qui est fait. D'où viendra le secours s'il est interdit de parler ? Les sbires de la direction sont encore assis. Espions jusqu'au bout, songe Claire en croisant le regard stupéfait de Gabriel. Elle voudrait le rassurer, se montrer amicale, mais elle n'ose pas. Il sait, il sait qui sont ces intrus, pense-t-elle, tous les autres l'ignorent mais pas lui. Autant qu'elle, il semble pétrifié et ne la quitte pas des yeux. La distance est une chose qui se perçoit dans l'instant et c'est bien cela, une froideur distante, que la directrice a glissée entre Claire et ses élèves. L'enseignante s'en désole, tout son talent est empoisonné par le soupçon.

Le regard stupéfait la poursuit. Devrait-elle dire quelque chose au jeune homme ? Mais quoi ? pense-t-elle. Pour cette fois, la vérité est indicible – non pas inexprimable mais cruelle à révéler, choquante pour une âme innocente. Pauvre garçon ! Il ne saurait même pas de quoi nous parlons, dit Claire le soir à son mari. Si sa mère lui a fait part de ses soupçons, cela s'apparente à un viol. Un viol sentimental, martèle Claire. Ses sentiments sont à lui et nous ne savons pas les nommer. Elle voudrait que Marc comprenne : un esprit simple demeure complexe, il échappe à notre entendement. Il faut rester modeste devant le mystère. Que va-t-il se passer ? murmure Claire. Elle fait les questions et les réponses. Marc ne peut rien, qu'écouter. Gabriel sera malheureux, dit-elle.

Même à Marc, elle ne raconte pas tout ce soir-là. Elle attend quelques jours. Les événements lui pèsent. Sans doute lui faut-il encaisser les exigences de Mme Joyeux. Une fois terminé ce premier cours sous surveillance, sans imaginer ce qui l'attendait, Claire est allée comme prévu rejoindre la directrice dans son bureau. L'entretien ne s'est pas éternisé, la gêne de l'enseignante étant manifeste. L'école souhaiterait que vous acceptiez de voir un psychiatre. Il rédigera son compte rendu et cette histoire sera finie. Une fois de plus, la directrice n'y va pas par quatre chemins. Elle joint les actes à la parole. Sur une carte de visite qu'elle tend à Claire, elle a inscrit deux noms et numéros de téléphone. Voici les coordonnées de deux médecins experts qui travaillent avec L'Embellie. Ils sont prévenus, chacun vous donnera deux ou trois rendez-vous, en alternance chez l'un puis l'autre, une fois tous les quinze jours. Je sais que c'est un peu lourd, mais à Noël vous aurez quasiment terminé, cette expertise vous libérera. Claire ne sait pas quoi dire et, pour une fois, elle se tait. Impossible de deviner ce qu'elle pense. Vous pouvez refuser bien sûr, dit Annick Joyeux, mais je vous le déconseille. Si nous voulons apaiser l'inquiétude, mieux vaut coopérer. J'y vois pour vous la meilleure façon de garantir votre maintien auprès des élèves. La formulation est alambiquée. Ce n'est pas une menace, pas un ultimatum, plutôt l'évocation floue d'un risque de perdre sa place si on ne se plie pas à la décision de la direction. La meilleure ou la seule façon ? pense Claire.

Le rouge de la honte lui monte aux joues. Subir une *expertise psychiatrique* ! Aller chez un psychiatre non pas parce qu'on est en souffrance mais parce qu'on est soupçonnée ! Être auscultée en tant que possible ou potentiel déviant sexuel, abuseur, frôleur ! La honte lui enfonce le silence dans la gorge et l'accable, elle a même honte d'avoir honte. Elle est incapable de dire un mot et Annick Joyeux attend une réponse. Quelle réponse ? Il n'y a pas de réponse. Il n'y a que des impossibles. Le piège mord : d'un côté son attachement aux élèves, de l'autre sa fierté et sa pudeur, et il faudrait perdre l'un ou l'autre. Je ne peux pas *les abandonner* ! Non, elle n'en a ni le cœur ni le courage. Après tout, pense-t-elle, déjà revancharde et blessée, elle est une personne saine, elle n'a rien à cacher, elle est capable de parler d'elle-même. Pour un instant, la confiance balaie la honte. Si c'est ainsi que vous voyez les choses, j'irai bien sûr, c'est entendu, dit Claire. Et elle range dans son sac la carte de visite qui la brûle.

Annick Joyeux est satisfaite mais Marc Bodin est furieux. Sa femme de force chez le psychiatre, cette idée lui est insupportable. Dès qu'il en est informé, il laisse éclater sa colère. Ils sont cinglés ! De quel droit ? La question pourrait être une bonne piste, oui, de quel droit, mais Claire le supplie. Ne dis rien, c'est à moi que tu fais de la peine, c'est déjà assez difficile comme ça… L'argument est valable et touche l'homme amoureux. Tu sais ce que j'en pense, dit-il. Il préférerait qu'elle démissionne, Claire s'en doute. Mais elle s'y refuse. Tout sauf ça. Ce serait un échec faramineux. Elle se sentirait atteinte à jamais. Elle finirait par se croire coupable. Qu'est-ce qu'ils imaginent découvrir ? peste Marc, et cette question est rassurante. Il sait bien que sa femme est saine. Elle l'est, comme un oiseau sur sa branche, comme un pré sous le soleil.

6

Elle visualise les médecins de Molière, avec leurs grands chapeaux noirs pointus, funestes et ridicules, et qui en savent si peu, qui vous rendraient presque plus malade plus faible que vous ne l'étiez, qui vous saignent à mort. Elle connaît une période de questionnement obsidional. Les psychiatres sont-ils vraiment capables, en trois séances, de discerner quelque chose dans une personnalité qui ne recèle aucune pathologie caractérisée ? Que se passe-t-il quand il n'y a rien à voir ? Elle n'a pas la moindre idée de cette pratique. Est-ce qu'ils ne trouvent pas ce qu'ils cherchent et rien d'autre que ce qu'ils cherchent ? C'est bel et bien un écueil : ils ne travaillent pas à partir de rien. L'école aura transmis un dossier. Mme Claire Bodin est soupçonnée de... Nous soupçonnons Mme Bodin de... Il est possible que Mme Bodin... Les deux experts en prendront connaissance, ils peuvent être imperceptiblement tentés de fabriquer un profil psychologique assorti aux faits reprochés. Elle s'inquiète que le jeu soit faussé, joué d'avance en quelque sorte. Malgré eux, ils seront conditionnés, pense-t-elle. Quelle vérité feront-ils alors émerger ? Quel rassurement apporteront-ils ? À qui ? À celui qui soupçonne (pour le conforter : oui, il existe un risque) ou à celui qui est injustement suspecté (pour le réconforter : non, ce n'est pas votre genre) ?

L'expertise pourrait s'avérer un traquenard ! Sont-ils capables de suspecter le soupçon ? Est-ce qu'ils ne se mettront pas directement en quête d'une explication plausible sans même envisager que la plainte puisse être abusive et Mme Bodin innocente ? Il n'y a pas moyen de répondre à ces questions. Tant d'incertitude et d'ignorance ! déplore Claire. Par moments, elle a l'impression de faire un mauvais rêve. Qu'est-ce qui lui arrive ? Elle, une femme ordinaire, se trouve suspectée d'exercer une emprise extraordinaire et d'en abuser ? Elle se sent présumée coupable et incapable d'apporter la preuve par défaut qui n'existe pas. Comment peut-on montrer que l'on n'a rien fait ? Elle subit une torture morale sans une chance de s'évader. Si une telle situation peut advenir, le pire devient possible, pense-t-elle.

Elle n'a pas le choix, le soupçon la contraint. Malgré sa répugnance, il faut téléphoner, prendre rendez-vous, organiser l'alternance proposée et devenir un objet d'observation. Claire s'y résigne dans la sidération et le secret. Depuis quelques jours, elle ne dit plus un mot à Marc de cette histoire. Si d'aventure il questionne, elle supplie : J'ai envie de parler d'autre chose ! Elle n'évoque surtout pas les psychiatres qui, de toute évidence, le rendent fou – quelle blague, pense-t-elle. Elle se résout à ne plus rien confier : elle est capable de supporter ce qui lui arrive, mais pas l'angoisse ou la colère de son mari. Il est gentil, se soucie d'elle, mais il ne l'aide vraiment pas en étant furieux, inquiet et compassionnel. Elle est décidée à faire face toute seule à l'incident, elle n'en parle à personne. Désormais, elle ne comptera que sur elle-même. On le sait, chaque homme est une solitude et c'est dans l'adversité qu'il s'en aperçoit.

Le cabinet du Dr Jacques Moutin, psychiatre, expert judiciaire auprès du tribunal de Nanterre, se trouve à Courbevoie – pas trop loin, se console Claire. Le Dr François, médecin spécialisé en psychiatrie, psychologue et psychanalyste, est installé dans le 16e arrondissement. En alternance chez l'un puis l'autre, les séances sont prévues tous les vendredis. Je n'ai pas d'autre jour libre, a-t-elle dit résolument, c'est à prendre ou à laisser. Dans son malheur, elle a jubilé de ce coup de bluff réussi. Elle est en droit d'imposer sa préférence. Après tout, elle n'est pas demandeuse et elle perd la liberté de sa journée sans cours. Elle ira donc une semaine sur deux à Paris, ce sera l'occasion de déjeuner avec Jean, qui travaille près du Trocadéro. Elle s'efforce de voir le bon côté des choses. Mais souvent un désespoir la rattrape. Elle est écœurée, et choquée d'être la seule à faire un effort pour un tort qu'elle n'a pas causé. Geneviève Noblet elle aussi devrait consulter un psy ! Les faiseurs d'histoires sont rarement des gens sans histoires. Pourquoi Mme Joyeux n'y songe-t-elle pas ?

Vraiment elle rechigne, elle y va à reculons, contrainte et forcée. Elle ressasse des récriminations, fâchée de donner son temps. Elle ne sera pas tranquille pour mettre sa maison en ordre. Elle ne sera pas rentrée à l'heure pour son fils. Une folle et une peau de vache la privent de ce qu'elle a de plus précieux. Elle a autre chose à faire qu'être expertisée ! Elle est surtout terrifiée. Que voudront-ils savoir ? Saura-t-elle quoi dire ? Pourquoi d'ailleurs répondrait-elle ? Elle n'a rien à raconter à ces bonshommes, à part qu'elle n'a aucune raison d'être là. Et puis, comment se forme un diagnostic psychiatrique ? Par la faille de l'incertitude s'insinue la panique et c'est dans un état d'émotion et d'angoisse exceptionnelles que Claire s'assoit en face du Dr Moutin. Il n'aura guère de mérite à percevoir que Mme Bodin est émotive – inquiète, fragile, instable, pourra-t-il écrire s'il se laisse aller à extrapoler.

L'expert a toute la maîtrise du professionnel, celle qui peut donner une impression de sécheresse, de prétention et de hauteur. Il achève d'intimider et de paralyser celui ou celle qui est déjà plein de gêne et de confusion. On mesure l'écart de situation et d'aisance : Claire Bodin découvre le cadre psychiatrique, Jacques Moutin a quant à lui cent fois vécu ce premier contact, ces premières minutes où commence son inspection d'un homme ou d'une femme qui n'a pas encore parlé mais qui déjà se révèle – puisque tout en nous parle de nous. Entrez ! Veuillez entrer ! Bonjour. Le client s'avance. Son allure, sa physionomie, ses gestes, sa démarche, ses vêtements, ses éventuelles mimiques ou tics, le psychiatre voudrait le saisir dans sa spontanéité originelle, au moment de l'entrée, avant le langage et le récit. Mais ce pauvre objet scruté n'ignore certes pas qu'il l'est ! Croit-on vraiment à sa spontanéité ? Il n'en est pas de possible, l'observateur perturbe l'expérience. De fait, Claire est perturbée et mal à l'aise. Elle anticipe que tout sera interprété, aussi bien ce qu'elle dit que ce qu'elle tait, et le reste, tout ! Tout quoi ? Tout ! L'idée de ce regard sur elle, le fantasme d'une puissance de décryptage qui ferait d'elle un livre ouvert, la clouent au dossier de son fauteuil. Elle ne veut pas être lue. Son quant-à-soi n'appartient qu'à elle et à ceux qu'elle aime. Elle freine des quatre fers et se bute : il n'y aura ni épanchement, ni confession, ni confidence, ni sincérité, pense-t-elle dans une ultime rébellion silencieuse. Dès le premier instant, elle est barricadée.

Évidemment, ce contact initial est froid. Le Dr Moutin n'est pas sans percevoir la réticence de son interlocutrice. Il ne se montre pas pour autant plus chaleureux qu'il n'est. Peut-être note-t-il déjà *"personnalité défendue"* et fait-il un lien avec l'affaire qui lui vaut ce rendez-vous. Car il sait ce qui amène Mme Bodin à son cabinet. Il ne s'en cachera pas. Il a décidé de commencer justement par le *rapport aux faits* : il souhaite connaître en premier l'attitude de Claire vis-à-vis de ce qui lui est reproché. Démenti, déni, aveu, regret, excuses, repentir spontané, ces comportements possibles donnent lieu à une partie du rapport d'expertise. Annick Joyeux m'a parlé de vos soucis, dit-il. Claire sourit de cette entrée en matière. Elle a en effet des soucis, elle se doute que l'expert en est informé, par quelle voie et de quelle façon, sur le moment cela lui importe peu, elle ne pense pas à s'en préoccuper, elle observe le Dr Moutin, elle attend.

Jusqu'aux faits, le praticien lui offre un détour. Avant d'en arriver à cette mise en cause, revenons sur votre enseignement à L'Embellie, propose-t-il. Sa voix est enrouée comme celle d'un grand fumeur, il a d'ailleurs le teint gris et la dent jaunie. Il est moche, pense Claire, et c'est une petite satisfaction méchante, une maigre vengeance. Vous voulez bien ?

demande la voix rugueuse. Claire Bodin acquiesce par un hochement de tête. Elle n'a encore pas prononcé un seul mot. Quelle discipline enseignez-vous ? Depuis combien de temps ? Quelle était auparavant votre profession ? Comment avez-vous été recrutée ? Les questions s'enchaînent, auxquelles Claire répond sans problème. Pas par Mme Joyeux donc ? Non, par la précédente directrice, avec qui je m'entendais très bien. Cette remarque lâchée spontanément fait tilt bien sûr. Vous considérez que ce n'est pareil avec Mme Joyeux ? demande le psychiatre. Nous n'avons pas d'affinités, je crois. Il faut préciser cette mésentente larvée, pense Claire. Si elle se laissait aller, elle déclarerait : Annick Joyeux est une peste qui me déteste. Les choses seraient encore plus claires. On comprendrait que l'affaire a des racines qui lui sont extérieures.

Quand la vérité est limpide, il faut la dire, se félicite Claire. Ses réponses viennent faciles et simples. Elle pourrait se détendre si elle ne suspectait pas que tout est calculé pour la lancer dans une conversation où les pièges ensuite se multiplieront. Elle est sur ses gardes, rien n'y changera. On l'accuse à tort, on l'envoie ici de force, on l'oblige à parler, il n'y a pas de quoi se sentir tranquille et contente. Quand les questions deviennent ouvertes, Claire craint de corroborer les soupçons, d'accréditer sans le vouloir la noire fantasmagorie qui la poursuit. Comment décririez-vous votre métier, votre motivation, votre relation avec les élèves de L'Embellie ? Là encore, l'enseignante sait répondre. Elle entrevoit les glissements dangereux et ne s'épanche pas outre mesure : elle ne laisse pas déborder son affection pour ses protégés. Mais tout de même elle exprime sa volonté d'accompagner, son engagement et son succès. Elle se permet même l'initiative d'une question et d'une réponse. A-t-elle déjà eu des problèmes comme celui qui se pose aujourd'hui ? Non. Jamais ! C'est la première fois qu'une histoire pareille m'arrive, assure-t-elle, j'ai un excellent contact avec mes élèves et avec leurs parents, qui sont heureux de voir s'épanouir leurs enfants. Je reçois de nombreuses marques de reconnaissance, je trouve mon activité très valorisante. Sa voix pour dire cela est-elle assez ferme ? N'a-t-elle pas l'air de manquer justement d'estime de soi et de gratifications ? L'oreille professionnelle entend-elle une force réelle ou au contraire un besoin de rassurement ? Bien ! dit Jacques Moutin, indécryptable.

Impossible de savoir si l'adverbe marque une transition, une approbation, ou même un bon point dans l'histoire. L'entretien prend cependant une tournure plus centrée sur le problème. Parlons un peu de Gabriel, propose l'expert, une fois encore familier, éludant le patronyme comme s'il connaissait bien ce jeune homme qu'en réalité il n'a jamais rencontré. Le mot "contact" a-t-il eu un effet ? En tout cas, il le reprend, comme s'il voulait souligner son caractère ambigu. Quel contact avez-vous avec cet élève en particulier ? De toute évidence, Claire s'est détendue en parlant, elle a repris confiance en se découvrant capable d'exprimer ses idées. Elle n'a aucune difficulté à en venir au sujet central. Si cet entretien n'est pas une arnaque, il est une chance d'éclaircissement et de réhabilitation rapide. Les choses seront claires. Elle prend donc un ton d'autorité légitime. Gabriel Noblet (elle lui rend à dessein son nom) est arrivé en septembre à L'Embellie, je le connais depuis deux mois. Elle pense : depuis *seulement* deux mois. C'est bien ce qu'elle veut signifier, mais l'expert l'entend différemment. C'est assez pour le connaître, note-t-il. Quelle impression vous a-t-il faite ? D'abord introverti, il s'est montré progressivement plus heureux en classe, dit Claire, j'étais satisfaite de le voir s'épanouir. Elle a préféré satisfaite à contente – qui est plus personnel. Elle essaie d'être neutre. Ce jeune homme était cependant en grande demande d'affection. Je m'apprêtais à en faire part (elle évite "signaler") à Mme Joyeux lorsque j'ai été convoquée pour cette affaire que vous connaissez. Vous étiez inquiète ? J'ai eu l'impression que Gabriel avait trop besoin de moi. Était-ce trop lourd pour vous ? Non, ça ne l'était pas. Alors quoi ? J'ai pensé qu'il était en train de tomber amoureux, dit-elle. Et ? demande le Dr Moutin. Mieux valait en avertir la directrice, dit Claire (la directrice qui fait facilement des histoires). Qu'attendiez-vous d'elle ? Je l'ignore. Moi-même, je ne savais pas quoi faire. Ah ! fait tomber l'expert, comme si l'aveu d'impuissance était une faute. Claire le scrute, attendant la suite de son commentaire. Il ne dit plus rien. Il paraît à la fois navré et conforté, navré pour Claire. Perfidement navré ?

Dégrisée par cette sécheresse, elle retrouve sa méfiance et reste silencieuse, presque vexée d'avoir parlé, c'est-à-dire collaboré. Avec ses interjections mystérieuses, l'impassible psychiatre lui fait perdre le peu d'aplomb qu'elle avait trouvé. Et c'est tout à coup une souffrance. Ce qu'elle tient pour une maltraitance la blesse. Elle n'a jamais aimé les gens qui ne se donnent pas la peine d'être aimables. Ce type n'est pas sympa ! se dit-elle dans une soudaine clarté. Pourquoi questionner avec dureté ? Pourquoi se montrer désagréable et glaçant ? Qu'est-ce que cela apporte ? Rien ! Son visage rosit en même temps qu'elle réfléchit et l'émotion pousse au-dehors ses mots. Vous traitez toujours vos patients de cette manière ? demande-t-elle avec brusquerie. De quelle manière ? L'expert a répondu du tac au tac, d'un ton à la fois hautain et sincère – il a réellement besoin d'être éclairé, il ne réalise pas l'impression qu'il produit. Si froidement, dit Claire. Elle voit qu'il est étonné. Mais il a réponse à tout. Vous n'êtes ni ma patiente ni *une* patiente, dit-il. Et il se retient d'ajouter : vous faites l'objet d'une expertise. Ce serait trop frontal. Le silence est là. Le praticien regarde sa montre. Par chance, c'est l'heure de terminer cette séance. Claire le comprend lorsque son interlocuteur se lève. Je vous revois le 30 novembre, dit Jacques Moutin en lui tendant la main. Cinq minutes plus tard, elle est dans la rue, revenue de sa soudaine audace. L'angoisse fait place à la fatigue.

7

Dans le samedi et le dimanche en famille, elle puise un regain de force pour encaisser cette séance désagréable dont elle ne parle à personne. Ni à Marc, ni à Jean, ni même à Astrid – qui serait la confidente idéale, juste assez proche et distante à la fois –, pas davantage à une amie. La honte, une part de sidération persistante aussi étouffent toute parole libératrice, ferment les soupapes de décompression psychique. Comme si, dans l'œil d'un cyclone, Claire Bodin retenait son souffle. *Gestes inappropriés, tripotage* : voudrait-elle parler de ce qui lui arrive, elle serait tout bonnement incapable de prononcer les mots qu'elle a entendus. Elle aurait l'impression que les mots créent la chose. Les autres la regarderaient forcément bizarrement, ils ignorent qu'une accusation pareille peut tomber sur quelqu'un qui n'a rien fait (elle sait comme on croit cela impossible jusqu'au jour où cela vous arrive), sur n'importe qui !

Par moments, lorsqu'elle est seule, elle s'assoit les coudes sur la table et se tient la tête dans les mains en fermant les yeux. Mais les larmes ne sortent pas, elle n'arrive pas à craquer, elle est contractée comme un bloc de chair qui prend les coups sans pouvoir les rendre. Vendredi soir, au dîner, elle a menti. Elle sait très bien inventer des fables, des bobards, elle le fait depuis qu'elle est enfant, c'est sa grande contradiction interne : elle valorise et atteint l'authenticité mais dès qu'elle se sent en danger, la sacrifie, la perd. Mentir est une protection contre la dureté du monde : la sévérité d'une mère, le jugement des autres et leur curiosité pas toujours bienveillante, l'humiliation si fréquente quand on échoue, quand tout vous semble ardu. Qu'as-tu fait aujourd'hui ? ont demandé le fils et le mari qui savent qu'elle n'a pas cours ce jour-là. J'ai pris un café avec des copines et je suis allée faire du vélo. Le café et le vélo les préservent de la violence des faits, pense Claire. Elle n'a pas honte de dissimuler la vérité, c'est vital. Souvent elle finit par croire à ses mensonges, c'est pratique.

Cette vilaine histoire est installée au centre de son existence comme un secret inavouable. Elle y pense beaucoup. Pour se préparer, croit-elle. Rien n'est réglé, la flamme du bon sens attend d'être ranimée. Qui s'en chargera ? La direction compte sur les expertises des psychiatres et sur un rapport du psychologue qui assiste aux cours de Claire. Ces avis extérieurs ont besoin de se construire, il faut attendre. L'enseignement sous surveillance se poursuit, les deux sbires sont au fond de la classe. Quatre oreilles, quatre yeux, inconsciemment sélectifs, aux aguets, pour un motif désagréable et un but qui ne l'est pas moins, pas pour admirer mais pour contrôler, espionner, interpréter. Et tout rapporter à Annick Joyeux. Cette dernière laisse aller les choses sans informer son enseignante, sans lui adresser la parole. Peut-être n'y a-t-il rien de nouveau, pense Claire, qui aimerait bien connaître dans quelle disposition se trouve désormais Geneviève Noblet. La mère de Gabriel est-elle rassurée par tout cet agencement, ce barnum de surveillances autour de son fils ? Retrouvera-t-elle bientôt confiance ? Claire n'a aucun moyen de le savoir. Elle se sent une pestiférée que la directrice, à la tête d'une cabale sournoise, prend plaisir à faire passer par des trous de souris. Le temps est suspendu comme le verdict – l'enseignante conservera-t-elle son poste ? Il faut se montrer patiente. Amer programme des réjouissances : vendredi 23 novembre, Claire rencontrera le deuxième psychiatre. Lundi 19 et jeudi 22, elle fera ses cours à L'Embellie. Comme si de rien n'était.

Faites comme si nous n'étions pas là ! répètent les sbires. L'injonction ne peut pas fonctionner. Au début, bravache, Claire passe parfois une main sur un dos ou pose sa paume sur une épaule. Le lundi – le 19 –, elle prend même Gabriel dans ses bras quand il le réclame, debout, bras ouverts, comme s'il lui barrait le passage. Elle refuse de s'en empêcher. Elle est rassurée et heureuse de retrouver le jeune homme tel qu'il est, exprimant sa demande, intact en somme. S'ils sont tellement subtils, les surveillants voient bien qu'il n'y a dans cette accolade qu'une affection bienveillante et bienfaisante, réponse à un élan enfantin. Tu as tort, fais attention, dit Marc, le soir lorsque sa femme le lui raconte. Il n'a plus aucune confiance dans rien ni personne. Regarde déjà où on en est ! dit-il pour la convaincre. Claire perd le peu de foi qui lui restait.

Son naturel s'altère, devient inatteignable. Elle n'est plus capable d'être tout simplement elle-même. Dès lors qu'il est suspecté, le moindre geste devient réfléchi. Les quatre yeux pèsent lourd, d'autant plus lourd que les deux bouches restent closes, non coopératives, pendant que les mains tapent sur les claviers. Ce bruit ! Ce tapotement régulier et léger, par salves fluides, est un envahissement insupportable. Et un rappel à l'ordre. Chaque fois qu'il se déclenche, il soulève la question : qu'ai-je fait ou dit qui mérite d'être consigné ? Claire a beau se convaincre qu'elle agit avec décence et ne craint rien d'un observateur, elle n'ose plus se montrer spontanément chaleureuse, enveloppante, tactile quand il le faut. Elle finit par en perdre son alphabet personnel. Le jeudi, déjà moins expansive et expressive que le lundi, elle voit comme les élèves sont inquiets. Ils ressentent l'impalpable tension, l'hameçon malintentionné qui flotte au-dessus de Claire, et son trouble qu'elle ne parvient pas à cacher.

Tout changement a tendance à les refermer sur eux-mêmes. Leur participation se réduit. Les bégaiements invalidants reviennent et, avec eux, quelques larmes inconsolables que l'enseignante n'apaise que par des mots. La voilà privée du toucher, ce sens premier et déclassé, ce sens du contact et de l'amour. Ne t'inquiète pas ! Tu es peut-être fatiguée. Respire, prends ton temps, murmure Claire à Sarah. Martin, qui a repris ses balancements maladifs, se renverse par terre avec sa chaise. Tu ne t'es pas fait mal ? demande Claire. Pour l'aider à se relever, il lui faudrait poser ses mains sur le jeune homme, elle reste en retrait. Il n'a rien, il est juste rouge de honte, comme un coquelicot. Grégoire se précipite pour le réconforter. De son côté, Gabriel est prostré. Louise et Lucie restent muettes. Martin désormais regarde ses pieds. Les gestes parasites se multiplient, qui signent le malaise croissant ; la classe apparaît par instants tel un automate déglingué dont le mécanisme s'emballe. Les pauvres ! Claire ne leur demande aucun effort. Elle mise sur l'apaisement qu'apporte la littérature, elle lit.

Le Petit Prince fait l'effet d'un baume. L'aiguilleur et le marchand font sourire, Louise et Lucie partent même dans un fou rire qui se répand. La tendresse revient par le truchement du texte. Victoire ! pense Claire. Elle jette un regard vers les sbires du fond de la salle. Aussitôt, les élèves se retournent vers les deux surveillants. Un souci ? demande le psychologue. Aucun, dit Claire. Elle contient une rage sourde, qui se mêle à une joie inattendue. Sa classe l'éblouit. Ce petit groupe uni autour d'elle, loin du monde, hors des normes, ils ont suivi son regard ! Ils sont plus attentifs que bien des lycéens. Chapitre XXIV, annonce-t-elle pour les récupérer. "C'est bien d'avoir eu un ami, même si l'on va mourir", lit-elle. Elle ne voit pas le regard fixe et perçant de Gabriel. Les jeunes sont suspendus à la voix de leur professeur. Lorsqu'il s'agit de mourir de soif et de chercher un puits, ils semblent se concentrer encore davantage. Le *mystérieux rayonnement du sable* les intrigue. Aucun d'eux n'a jamais contemplé le désert. Ils ne connaissent que la plage. Ce n'est pas le même sable, affirme Arthur. S'il ne rayonne pas, c'est parce qu'il est sale, suggère Alicia. Louise confirme, avec ses parents elle a participé au nettoyage du littoral méditerranéen, elle se dit écolo, elle raconte. Le cours est sauvé.

Comme toujours vous êtes pleins d'idées, conclut Claire en s'efforçant de sourire. Nous continuerons lundi. Je suis contente que vous aimiez ce beau livre. On peut le relire toute sa vie, vous verrez, chaque fois il vous apporte quelque chose de différent. C'est magique, dit Louise. Claire acquiesce. Je vous dis à la semaine prochaine ? Passez un bon week-end, murmure-t-elle. Elle ramasse son sac, y range son livre et son agenda. Sans marquer le moindre arrêt, elle passe devant Gabriel déjà debout pour l'étreinte réconfortante. Elle voit la jeune bouche tomber sous le coup de la déception. Elle sort sans se retourner. Elle ne sait plus qui elle est.

Malgré moi, je les abandonne, dit-elle le soir à son mari. Je m'éloigne. Elle est si désolée qu'il nie. Mais non ! Ils te voient, ils t'écoutent, tu es avec eux, ils ont confiance en toi, je suis sûr qu'ils retiennent tout ce que tu leur dis.

8

Sa vie privée est maintenant l'affaire des experts. À la différence de Jacques Moutin, plutôt que d'attaquer par les faits, le Dr François commence par l'examen de la personnalité. Il veut faire connaissance avec Claire, il veut connaître sa vie, il souhaite qu'elle se décrive elle-même. Est-ce pour atteindre cet objectif ? Il se montre moins glaçant que ne le fut son collègue la semaine précédente (ce qu'il ignore bien sûr, les deux expertises sont indépendantes). Il explique la démarche d'une façon décontractée, comme s'il s'agissait d'une conversation agréable, il propose de commencer sans perdre de temps. Ne soyez pas surprise, dit-il, la procédure comporte quelques questions d'ordre physique. Il paraît s'amuser de suivre le protocole, malgré l'incongruité pour Claire des premiers items. Votre taille ? demande-t-il, rieur à la recherche d'une connivence. Un mètre soixante-dix. Votre poids ? Je ne sais pas. À peu près ? Aucune idée, répète Claire. Le praticien l'observe en souriant à nouveau. C'est rare chez les femmes, plaisante-t-il. Je n'ai pas de pèse-personne, explique Claire sans relever le propos généralisateur qui pourrait l'agacer si elle n'avait de plus graves préoccupations. Des maladies à déclarer ? Aucune. Fumeuse ? Jamais. Alcool, drogues ?

Non. Qualité du sommeil. Bonne. Vous avez de l'appétit ? Normalement.

Elle a l'impression d'être chez le médecin, mais ça ne dure pas, c'est déjà fini, les questions prennent un tour biographique. Quel âge avez-vous ? Cinquante et un ans. Où êtes-vous née ? À Paris. Avez-vous des frères et sœurs ? Un frère aîné. Quelle différence d'âge ? Quatre ans. Que faisaient vos parents ? Pour la première fois, elle se cabre. Ceux qu'elle aime lui appartiennent et ne sont pas mêlés à cette histoire, elle n'en fera pas mention. Elle exprime sa réticence. Je souhaiterais ne pas avoir à parler de mes proches. Je crains qu'il ne nous soit impossible de l'éviter, déclare l'expert. Il me faut savoir dans quel genre de famille vous avez grandi, je dois être en mesure d'établir votre parcours, vos parents sont un élément important bien entendu. Je dois… Il y a là quelque chose d'intraitable que Claire ne discute pas. Mon père était dentiste, ma mère femme au foyer, dit-elle d'une voix volontairement atone. Sont-ils encore en vie ? Absolument. Légèrement penché au-dessus de son bureau, le Dr François prend des notes, Claire contemple le haut de son front et la ligne de cheveux qui recule, creusée près des tempes. Un homme comme les autres. Comment peut-il faire ce qu'il fait ? pense-t-elle. Pourquoi ne perçoit-il pas immédiatement qu'il perd son temps, que cette expertise n'a pas lieu d'être ? Pourquoi ne se pose-t-il même pas la question ? A-t-il devant lui une enseignante déviante ou dangereuse ? Si Claire partageait cet étonnement, sans doute le psychiatre sortirait-il d'un tiroir une ou deux photographies : Celui-là ? Sympathique, non ? Un père incestueux. Celle-là ? Charmante, n'est-ce pas ? Une mère qui prostituait sa fille aînée. Claire n'a pas idée de ce monde où les coupables bien camouflés ressemblent en tout point aux innocents. Elle ne vit pas dans le soupçon. Elle ne peut se mettre à la place de celui qui la rencontre pour la première fois. D'ailleurs, elle prête à l'expert un pouvoir de divination et c'est pourquoi elle s'étonne. Ne lit-il pas l'innocence en elle ? Qu'espère-t-il déceler ? Une culpabilité, un risque de passage à l'acte, un risque de récidive ? C'est une mascarade ridicule. Annick Joyeux est à l'origine de tout ce cirque, pense Claire. Qu'a-t-elle raconté ? Son enseignante l'ignore. Elle se tait, se contracte, se retire. Parlons de vous, murmure le docteur. Jusqu'à quel âge êtes-vous restée chez vos parents ?

C'est trop ! Elle n'accepte pas ces questions qui fouillent dans son passé. Qu'ont-elles à voir avec Gabriel et le délire de Mme Noblet ? Strictement rien, pense Claire. Sa jeunesse et cette affaire, elle ne voit pas le rapport. Elle ne répondra pas. Avant cela, elle n'a jamais songé à la valeur de l'intimité, à l'importance du respect de la vie privée et des fameuses données personnelles. Elle n'a jamais été conduite à parler d'elle et de sa vie, elle n'a aucune envie de commencer. Bien sûr le secret professionnel protégera ses propos, mais elle refuse de renseigner Annick Joyeux. La seule idée que cette peste malfaisante reçoive un rapport scelle les lèvres de Claire, déjà tellement médusée. Sa vie familiale, sa vie personnelle ne regardent personne. Ce sont des objets de silence. Pourquoi parlerais-je avec vous, je sais que vous n'êtes pas là pour me faire du bien, lance-t-elle avec un peu de maladresse. Comment ça ? s'exclame le psychiatre, faussement bon enfant. Vous comprenez très bien ce que je veux dire, marmonne Claire, je ne suis pas là pour aller mieux ou pour me connaître davantage. Je suis là de force, pour être expertisée en tant que harceleuse, suspectée de tripoter ses élèves ! Je ne vois pas pourquoi je coopérerais. Pour votre bien précisément. Claire Bodin fait une moue dubitative. Elle préférerait qu'il ait dit : Pour être lavée de tout soupçon. Ne soyez pas pessimiste, dit le médecin.

Il est habile et souple. Si cette question l'a braquée, il l'abandonne. Il se rappellera qu'elle ne veut pas dire à quel âge elle a pris son indépendance. Parlez-moi de votre activité à L'Embellie, dit-il. Le couplet composé la semaine précédente se reforme spontanément dans la bouche de Claire. L'engagement, le sentiment d'être utile, le bon contact (le mot, à nouveau), les gratifications venues des parents heureux. Le Dr François note ce qu'elle dit. Vous êtes donc contente globalement dans cet établissement ? Très contente, dit Claire. Contente de vous ? Contente de ce que je fais avec les élèves, rectifie Claire, et heureuse quand ils en sont heureux. Elle n'a pas été élevée par une famille où l'on avait l'habitude d'être "content de soi", c'était même le contraire à vrai dire, une exigence critique inlassable qui ne l'a pas aidée. Elle n'en souffle mot, à dessein cache sa faille. Mais il semble que tout y mène. Cette matrice de l'enfance est l'objet de toute la curiosité des psys, Claire ne l'ignore pas, elle en fait l'expérience. Quelles études avez-vous faites ? Avez-vous auparavant exercé un autre métier ? demande le Dr François tout en continuant d'écrire. Il n'a pas idée bien sûr à quel point le sujet est délicat : se remémorer le temps de ses études est une souffrance pour Claire. J'étais nulle ! s'amuse-t-elle souvent, dans un geste à la Cyrano, préférant le dire elle-même. La plaisanterie masque le malaise. Elle a honte, son sentiment d'échec reste vivace, il est la source cruciale de son manque d'estime de soi. Cette fois, Claire dissimule sa réticence. J'ai fait des études de secrétariat et j'ai été assistante de direction pendant presque dix ans, dit-elle sans plus de détail. Et ensuite ? Claire soupire. Les questions ne s'arrêteront donc jamais ? Je me suis mariée et j'ai cessé de travailler pendant six ans après la naissance de mon fils. Un enfant et vous arrêtez de travailler ! note le médecin. Il n'a pas été suffisamment attentif pour déceler le point de douleur. Et pourquoi pas ? dit Claire, blessée. Pourquoi pas en effet ! répète le Dr François. Claire se rebiffe. Je vous amuse ? Pas du tout, dit-il, excusez-moi.

Sans doute pense-t-il que la femme assise devant lui est "à fleur de peau", "écorchée", "susceptible", "sur la défensive", "tendue". Et elle l'est, elle l'est *dans* cette affaire. Cela ne veut pas dire qu'elle l'est dans la vie, quand on lui fiche la paix, quand elle n'est pas harcelée et scrutée par des gens soupçonneux. Qu'écrira-t-il dans son rapport ? Sa plaisanterie sur le travail n'augure pas chez lui d'une grande finesse. Il ignore encore beaucoup de choses et déjà s'autorise des commentaires. Son interlocutrice pourrait avoir eu beaucoup de mal à avoir un enfant, elle pourrait en avoir perdu un, elle pourrait avoir fait une dépression postnatale, et il écraserait ses blagues sur ces chagrins ! De quoi la traite-t-on ? De tire-au-flanc ? De paresseuse ? D'une étrange façon, parce que Claire Bodin pense qu'elle n'a jamais été un bourreau de travail, elle est abattue de se l'entendre dire.

Mais il faut continuer, revenir sur le parcours. Les dispositions de sa personnalité doivent être analysées dans les registres de l'intelligence, de l'affectivité, de la socialité, afin que soit appréciée leur éventuelle dimension pathologique ! Elle n'en a pas la moindre idée. Elle ne voit que se succéder les questions. À quel âge avez-vous eu ce premier enfant ? J'avais presque trente-neuf ans. Et vous arrêtez donc de travailler à sa naissance ? Claire ne prend pas la peine d'acquiescer. Pour quelle raison ? demande le Dr François. J'avais envie de faire une pause. Vous n'aimiez pas votre travail ? Oui et non, dit Claire. J'en avais assez d'aller à la pharmacie avec les ordonnances d'antidépresseurs de mes patrons, dit-elle avec un sourire moqueur. Pourquoi ça ? Vous étiez utile là aussi ! dit le docteur. J'étais utile à des gens qui d'après moi se trompaient de priorités, dit Claire avec sévérité. Oh oh ! murmure l'expert. Ils avaient des vies que je trouvais peu enviables et je ne souhaitais pas me laisser avaler par leur rythme ! ajoute-t-elle, je voulais profiter de mon fils. Profiter, c'est le mot ? demande son interlocuteur. Ce n'est pas drôle, pense Claire, douchée. Elle ne sait pas ce qu'elle déteste le plus entre la froideur de Jacques Moutin et l'humour déplacé de celui-là. Elle n'est en situation d'apprécier ni l'un ni l'autre. Elle soupire et lève les yeux au ciel. Vous voyez ce que je veux dire, souffle-t-elle.

Je vois surtout que vous êtes lassée, arrêtons-nous là pour aujourd'hui, propose le praticien. Ouvrant son agenda, il dit : le 7 décembre, à la même heure.

9

Le sentiment d'intrusion est si fort que le mot *viol* lui vient à l'esprit. Elle se sent contrainte, agressée, humiliée, salie. Elle n'est plus épouvantée, elle est dégoûtée. Ces types qui se prévalent d'être psychiatres sont juste tordus et, en l'occurrence, se laissent manipuler comme des crétins par une petite directrice d'école. Claire tombe de haut. Elle a souvent rêvé d'entreprendre une analyse, comme l'a fait Jean à une époque difficile de sa vie. Le coût l'en a toujours empêchée. C'était trop cher, tout simplement. Quelle ironie, pense-t-elle maintenant. Elle consulte mais pas comme elle le voulait, ça n'a rien à voir. Pourquoi la font-ils parler ? Pour déceler dans ses propos les signes d'une faiblesse, d'une frustration, d'une perversion éventuelle, sexuelle évidemment ! Ils sont des adversaires et les ennemis de la vérité. Cette idée la révolte.

Le lendemain de la séance chez l'expert, c'est samedi, elle n'a la force de rien. On glande, dit-elle à Astrid qui téléphone. Les gilets jaunes font du chambard. On répète qu'ils mettent Paris à feu et à sang. Les gilets jaunes ou la politique du gouvernement ? dit Marc, en s'asseyant devant BFM-TV où passent en boucle les images de la capitale révolutionnée. Claire se vautre à côté de son mari sur le canapé défoncé. Elle comprend ces gens. Ces mères célibataires sur les ronds-points, comment pourraient-elles s'en sortir ? Ces familles dont la seule fête mensuelle est une excursion au MacDo ? C'est poignant. Et l'élite se préoccupe de capital culturel. Comment l'acquérir quand le 12 du mois le compte en banque passe au rouge ? Et les journalistes qui habitent le Marais, Pigalle, Montmartre ou le très bobo 9e arrondissement condamnent cette violence ! Où est la violence ? La violence n'est pas indigne quand elle est le seul moyen pour se faire entendre, pense Claire de façon viscérale, sans avoir envie d'y réfléchir. Elle aussi pourrait hurler. Dire la vérité et ne pas être crue, travailler et ne pas avoir à manger, faire quelque chose de bien et être suspectée du pire : même combat. Comme les manifestants, elle a la rage.

Sa gaieté n'y résiste pas. Forcément, ses élèves le perçoivent, sans savoir ce qui se déroule sous leurs yeux innocents. En classe, l'ambiance est saccagée. Le lundi – le 26 novembre – est un gâchis incroyable. *Le Petit Prince* n'apporte aucune embellie. Les sbires tapotent sans relâche. Qu'est-ce qu'ils peuvent bien écrire ? C'est démentiel ! pense Claire. Gabriel est perturbé et malheureux. Claire en prend la mesure, s'en désole et s'en effraie, sans oser lui parler. Chaque fois qu'elle voudrait le réconforter, les quatre yeux au fond de la classe la dissuadent, lui enlèvent toute sa détermination, et sa certitude même. Il faudrait prendre à part le garçon et lui expliquer quelque chose. Quoi ? Que les câlins ne sont pas appropriés en classe ? Que sa mère est inquiète ? Qu'il ne doit pas se faire des idées, que les professeurs ne sont pas des amis ? Non, ce n'est pas une bonne idée. Je ne peux pas lui parler ! déplore l'enseignante. Le pauvre ! Ses parents ont probablement confisqué son téléphone, Claire ne reçoit plus de SMS. Elle s'interdit d'en envoyer. C'est dommage, pense-t-elle, inconsciente. Elle pourrait le rassurer, lui dire qu'elle est présente, qu'il compte, qu'il est capable de réussir à faire ce qu'il veut, qu'elle l'aime comme elle aime chacun de ses élèves, qu'elle veut le meilleur pour lui. C'est justement ce qu'elle n'a pas le droit d'exprimer. Les sbires, la directrice, la mère, aucun ne comprendrait. Tous lui tomberaient sur le dos.

Elle n'a pas le dos assez solide. Elle abandonne le jeune homme à la situation. Il paraît si triste, si égaré, qu'elle fuit même son regard. Elle obéit aux esprits secs : ferme ses bras, endigue son élan naturel, ne se donne plus à la relation humaine. Elle est navrée mais matée. Pour Gabriel, ce retrait et ce silence sont vécus comme un désastre. Le voilà d'un seul coup privé de ce qui le rendait heureux, une relation extérieure réconfortante. Il est à nouveau l'idiot, celui qui est restreint à lui-même. Son désir d'apprendre s'étiole, qui n'est plus ni canalisé ni fixé. Le garçon, c'est visible, est complètement désemparé, perdu, éperdu. Il n'est pas fou, il sait faire la différence entre quelqu'un qui est là et quelqu'un qui refuse le contact. Mme Bodin n'est plus la même, elle est devenue lointaine et inaccessible, elle ne voit plus son élève. Exister, c'est être regardé, il l'éprouve jusqu'à la destruction. Il a perdu un objet d'attachement, il perd sa force. Une grande tristesse l'abat.

Claire voudrait tant qu'il exprime son désarroi et réclame le retour à la liberté antérieure ! Elle espère qu'il va réagir ! Il faudrait qu'il rassure sa mère – il l'aime, elle a tout son amour, personne ne la détrône. Claire Bodin voudrait que Gabriel fasse ce dont on ne le croit pas capable. Elle se sent seule à entretenir des espoirs. La plainte de certains élèves prend tout son sens. Leur rêve d'autonomie et de liberté, voilà qu'elle le comprend. Gabriel est au centre du jeu sans le mener, pense Claire. Il subit. Il n'a pas la parole. Il ne sera pas écouté. Il ne peut visiblement ni contester le diagnostic, ni refuser le remède. Ni se plaindre, ni convaincre. On l'a réduit à l'impuissance alors qu'il savait vivre mieux. Dire qu'on l'abîme pour rien, à cause des fables que se raconte une mère ! peste Claire. Il suffirait d'un geste, une simple accolade pudique et affectueuse, il renaîtrait, reprendrait goût à lui-même. Mais les sbires tapoteraient frénétiquement un compte rendu odieux ! L'enseignante se les figure déjà. Et les deux harpies à la manœuvre se récrieraient : il n'en est pas question ! Extirpez-vous de l'esprit ces méthodes pédagogiques ! L'affection d'un enseignant n'existe pas, c'est une illusion, un mirage dangereux. La preuve, vous avez déjà détruit mon fils ! dirait peut-être Geneviève Noblet, persuadée d'être arrivée à temps pour défaire une relation toxique. Claire la soupçonne de penser ainsi. À la mère, elle pardonne, pas à Annick Joyeux. Une institution n'a pas le droit de se tromper à ce point : voir le mal là où est le bien, faire le mal pour rétablir le bien. Et manquer à ce point d'empathie, d'intelligence relationnelle, ne pas se montrer attentif aux répercussions des décisions qu'on a prises.

Le jeudi suivant, le 29 novembre, Gabriel est absent. Ce doit être grave car Annick Joyeux en parle à Claire : Mme Noblet me dit que ça ne va pas bien du tout. On ne peut vraiment rien faire ? proteste Claire, prête à tout. La directrice est formelle : Ne vous en mêlez surtout pas, il est important que vous restiez en retrait. Important pour qui ? pense Claire Bodin qui n'a d'autre choix qu'obéir. Je n'ai jamais vu un élève être aussi malheureux, confie-t-elle à son mari, et personne ne fait le lien avec les nouvelles dispositions. Marc Bodin compatit. Pauvre gosse ! Et je ne peux rien faire, dit Claire, je suis fliquée comme si j'étais Mesrine.

Le 30 novembre, Claire retrouve le froid Dr Moutin. Le sentiment d'intrusion est immédiat. Lorsqu'il résume leur précédente séance, elle perçoit qu'il déforme les choses. Vous n'avez pas nié avoir une relation affectueuse avec vos élèves, dit-il. Elle rectifie : elle estime que toute relation entre un maître et un élève se doit d'intégrer une dimension affective. On ne transmet pas sèchement des connaissances ou des savoir-faire, dit-elle, il faut s'y prendre avec cœur. Bien ! dit Jacques Moutin. C'est son tic, pense Claire Bodin. Elle a le sentiment de lui avoir pour une fois cloué le bec. Vous voulez dire que la séduction fait partie de la relation pédagogique ? Non, elle ne lui a rien cloué du tout et il trouve encore le moyen de lui tendre un piège. Je ne vais pas vous répondre oui, Dieu sait ce que vous en concluriez, dit-elle, sans penser à faire remarquer que l'affection et la séduction sont deux choses différentes. Vous êtes malicieuse aujourd'hui ! Je me méfie, c'est tout, dit Claire.

De quoi avez-vous peur ? Je n'ai pas peur, je me méfie de ce que vous pourriez inventer. Je constate que les gens inventent n'importe quoi. C'est ce que vous croyez ? C'est ce que je découvre en tout cas. Ah bon ? Mais vous m'avez bien dit que vous aimiez beaucoup ce garçon, Gabriel ? Je ne vous ai jamais dit ça, je l'ai dit mais pas à vous. Je l'ai dit aux parents Noblet, c'est avec eux que j'ai fait l'erreur d'être sincère et sans détour. Elle se le rappelle parfaitement. Vous l'avez sans doute lu dans le dossier transmis par Mme Joyeux, dit-elle. On vous l'a fourré dans la tête ! Votre jugement est biaisé. Je ne juge pas, j'évalue, corrige Jacques Moutin. Dans ce cas vous évaluez sur des bases fausses, répète Claire Bodin. Elle est très remontée tout à coup. Essayons alors d'améliorer ces bases, propose l'expert. Parlons de votre parcours, ouvrons quelques tiroirs. Claire soupire. Ne soyez pas inquiète, dit le psychiatre. Et la mise à nu recommence.

III

LA LOI

1

Lundi 3 décembre, deux mois jour pour jour après le matin de la rentrée scolaire, le sol s'ouvre sous les pieds de Claire Bodin, elle passe à la trappe, elle est littéralement éjectée. À peine franchi le portail bleu, elle aperçoit la silhouette menue de la directrice qui l'attend, toute de noir vêtue, à l'entrée du bâtiment. Oiseau de mauvais augure, pense aussitôt l'enseignante. La dernière fois qu'Annick Joyeux l'a interceptée de cette façon, c'était pour lui annoncer la présence des sbires dans sa classe. Qu'est-ce que ce sera aujourd'hui ?

Bonjour Claire, voulez-vous me suivre dans mon bureau, dit Annick Joyeux. Le ton, sec et ferme, est celui de l'inspecteur de police qui interpelle un suspect. Une arrestation ! La petite dame semble s'y croire, elle a forgé son idée en tout cas. Asseyez-vous, dit-elle à Claire, ce que j'ai à vous dire n'est pas agréable à entendre. Ce sera la seule introduction à l'effrayante nouvelle. La directrice de L'Embellie succombe ou s'accorde à la pression, elle ne prend pas de précautions, pourquoi en prendrait-elle, elle a reçu un choc elle transmet un choc, elle cogne sur le bouc émissaire déjà désigné, la responsable de toute l'affaire, cette enseignante INCONTRÔLABLE (tel est le qualificatif que dorénavant adoptera la chef d'établissement). Claire n'a qu'une seconde pour reprendre et rassembler ses esprits, son cou et son décolleté ont pris une teinte rouge grenat, elle sent qu'elle transpire, son corps devine un drame. Dans l'espoir de se détendre, elle inspire une bouffée qu'elle expire aussitôt, comme quelqu'un d'agacé qui soupirerait. Déjà les informations et les commandements affluent. Annick Joyeux parle : Mme Noblet m'a appelée tard hier soir. Gabriel est mort. Il s'est *donné* la mort.

On dirait que le O s'ouvre à l'infini. MOOOOR. Le pouvoir d'effroi de ce mot et l'affliction qu'il répand se déploient. L'énormité de l'événement s'installe dans le silence. D'abord l'incrédulité se propose (comment est-ce possible ?), puis une vérité la balaie : le pauvre garçon était malheureux (voilà que la preuve est faite), il a lâché prise et péri. Le fait s'abat sur Claire. Elle savait et n'a rien pu empêcher ! Elle voyait bien qu'il allait mal, elle n'a rien dit, rien imaginé, et c'est trop tard. Tristesse et pitié la submergent. Qu'a-t-il fait ? murmure-t-elle. Il s'est défenestré, déclare Annick Joyeux comme si, fâchée, elle adressait à Claire un reproche. Comme si elle lui damait le pion, comme s'il y avait lieu de le faire. Mon Dieu ! dit Claire dans un souffle. La soudaineté du geste l'effare et l'emplit d'un regret : il n'y aura pas eu de cri d'alerte, aucun appel au secours, aucune tentative manquée. Gabriel a choisi la voie radicale, instantanée, il ne s'est pas raté. Nous n'aurons eu aucune chance de l'aider, dit-elle. Taisez-vous ! Ne parlez pas pour les autres.

Dans ce nouveau monde sans Gabriel, la directrice ordonne encore. Elle, qui a tout orchestré de travers, pense Claire Bodin.

Le buste droit, à l'abri derrière son bureau, Annick Joyeux déplace un dossier (un geste sans autre utilité que l'installer dans sa supériorité hiérarchique, la rassurer et lui donner une contenance), puis lève les yeux vers son interlocutrice. Je n'ai pas à vous en dire davantage. Peut-être pense-t-elle au secret qu'elle a caché et dont bientôt elle prétendra l'avoir utilement partagé avec Claire. Je pense qu'il est préférable à tous égards que notre collaboration s'arrête là. Je vous demande de vider votre casier et de rassembler vos affaires pour quitter sur-le-champ l'établissement. Je vous informe de votre mise à pied. Cette décision prend effet immédiatement. Vous avez interdiction de voir vos élèves ou d'entrer en contact avec eux. Il va de soi que vous n'êtes pas la bienvenue aux obsèques de Gabriel. Je vous prie de ne pas tenter d'y assister. Vous serez tenue au courant de la suite qu'il conviendra de donner à cette affaire. La police judiciaire vous contactera, comme nous tous, pour recevoir votre déposition dans le cadre d'une enquête automatique en pareil cas. La police judiciaire, les obsèques, les jeunes ! Ses élèves ! C'est à eux que pense Claire immédiatement. Puis-je au moins dire au revoir à ma classe ? Certainement pas. Lentement, le temps d'une prise de conscience complète, Claire Bodin porte sa main à la bouche, ravalant toute parole, se caressant le visage, affrontant le désastre. Sa paume enferme ses lèvres muettes. L'extrémité de ses doigts effleure la douceur de ses joues. Elle se sent toute molle, son corps est désagrégé sur sa chaise, l'énergie le déserte. Elle serait incapable de dire un mot, chagrin et colère en elle se neutralisent. La sidération abolit le temps, absorbe la réalité, lui substitue le travail des pensées qui réajuste le monde à l'événement.

L'entretien est terminé, il faut quitter la pièce, et l'école, et les classes. Bonne chance, dit Annick Joyeux en se levant. Et comme son enseignante demeure aussi figée que muette, la directrice contourne le coin de son bureau, passe derrière Claire – qui tourne le dos à l'issue – et ouvre grande la porte. Du balai ! Ce geste ne signifie pas autre chose. Du balai, je ne veux plus vous voir ici. Du balai, vous n'êtes plus rien. Claire se retourne enfin et comprend l'idée. Les bras lui en tombent, la main quitte la bouche. Vous me chassez comme une malpropre, dit-elle tout bas. Et elle s'efforce de rire, d'un pauvre rire blessé qui s'interrompt. Pensez ce que vous voulez, dit la directrice. Je ne pense pas, je constate, dit Claire. Vous y réfléchirez chez vous, à tête reposée, je crois que vous saisirez mes raisons. Je n'ai pas besoin d'y réfléchir, Annick, rétorque Claire, tout à coup moqueuse, ravie d'exprimer son mépris par une familiarité inhabituelle.

Dans la perspective où ce suicide aurait des suites judiciaires, l'école serait censée proposer à Mme Bodin les conseils d'un avocat. Mais la directrice d'établissement déjà se protège, ni elle ni l'institution ne seront solidaires. Et pour que ce soit d'emblée aussi logique que clair, elle a décidé de mettre son enseignante dehors. C'est l'avantage des vacataires, on se débarrasse d'eux comme on veut, elle l'a souvent dit aux membres du conseil d'administration – avec d'autres mots bien sûr, flexibilité, réactivité, souplesse par exemple. Sans doute Claire Bodin apparaît-elle comme la coupable idéale, ou, avec un peu de malhonnêteté et de déni, la coupable tout court. S'il y a un chapeau à porter, Mme Joyeux fera en sorte qu'il retombe sur la tête de Claire. L'intéressée n'a pas idée de l'avenir qu'on lui réserve. Elle ne connaît pas ses droits. Elle ne songe pas qu'une mise à pied est normalement le résultat d'une faute grave. Elle ne se demande pas laquelle on lui reproche. Elle ne devine pas qu'elle aura bientôt deux adversaires : l'école et les parents. Sans comprendre ni les tenants ni les aboutissants, trop peinée pour combattre, elle obtempère, ramasse son sac et disparaît sans dire au revoir. Elle, si bien élevée, au moins pour cette fois se l'interdit.

Elle rentre chez elle comme elle est venue, à vélo, mais hors d'elle, bouleversée. Elle pédale à fond, à grande vitesse, sans rien regarder sans rien voir, ni le ciel, ni la rue. C'est tout juste si elle s'arrête aux feux rouges, la folle, dans un état second. Elle pourrait se faire renverser par une voiture, comme elle l'est déjà par l'effroi et le regret – culbutée, catapultée dans l'espace d'un anéantissement. Mais enfin pourquoi n'a-t-elle pas parlé à Gabriel ? Pourquoi n'a-t-elle pas rassuré son désarroi ? Elle se désole. Elle n'a pas été assez forte face au conflit, elle a renoncé à ses idées, elle s'est trahie. Ce sont les pensées qui la taraudent. Le peu qu'elle savait, ce dont elle était certaine, la force de la charité, la puissance des gestes, elle ne s'y est pas tenue ! Elle s'en veut, elle s'en voudra toute sa vie ! Car il est trop tard désormais. En mourant, Gabriel lui enlève l'espoir de le consoler et la force qu'elle partageait.

Affreusement choquée par la mort de son élève, Claire Bodin l'est moins par la façon dont Annick Joyeux vient de la licencier. Elle pleure davantage Gabriel. Sa volonté de mourir, ce désespoir qu'elle a vu monter jusqu'à la submersion. Pauvre garçon ! Voilà qu'elle l'a devant les yeux, comme s'il était encore assis dans sa classe. L'épais visage, le regard suppliant, ces yeux qu'elle avait réussi à relever, car l'accolade est un accueil. Elle avait gagné, elle l'avait mis à l'aise. On a sali ce succès. Harpies malfaisantes, incapables, aveugles, pense Claire. Elles ont glissé un ver dans un fruit sain, elles ont cassé la joie d'un innocent, ouvert une brèche d'ombre dans ce qui était bienfaisant. Elles n'ont pas réalisé ce qu'elles détruisaient. Gabriel a perdu confiance en la vie. Et l'irrémédiable est arrivé. Le mal est fait ! En faisant bêtement souffrir son fils, Geneviève Noblet l'a tué. Au lieu d'apaiser cette mère inquiète, Annick Joyeux a collaboré à sa perte. Cette certitude déchire Claire. Quelle horreur ! Elle se met à la place de la mère désespérée, qui a été mal conseillée, trompée. Elle l'imagine désormais seule à côté de son mari mutique, en deuil de son fils, ce deuil qui n'a pas de nom. Toute sa vie, Geneviève Noblet sera cette mère dont le fils s'est défenestré, préférant la mort à l'existence auprès de ses parents. Claire en est sûre : il n'y a pas de vie après ça. Comment se remettrait-on d'un tel drame ? Au sein de la famille Noblet, Geneviève a pris la place de Gabriel : à l'écart, sur le bord de la route. Victime coupable, ça existe. Cette intrication des rôles antinomiques est ce qui vient à l'esprit de l'enseignante. Elle éprouve une pitié sororale, une solidarité maternelle. Jamais elle ne pourra en vouloir à Geneviève Noblet. Quoi qu'il arrive, cette pauvre âme restera la plus punie, la plus irrémédiablement malheureuse. Et tandis qu'elle monte l'escalier vers chez elle, les moyens manquent à Claire Bodin pour dessiner l'avenir et cette perspective qu'elle considérerait avec dégoût, sans y croire : accuser quelqu'un d'autre sera vital pour cette mère blessée.

Derrière la porte d'entrée, Asperge aboie. Tu es surprise, je rentre tôt aujourd'hui, dit Claire. Le vieux chien tortille son arrière-train. Allez, viens ! dit sa maîtresse, on va faire un tour toutes les deux. Asperge s'enfuit, la queue basse, et se love dans son panier. Ah ! Ah ! Tu es paresseuse ce matin. Claire s'agenouille et caresse le ventre du teckel qui la regarde avec adoration. Ce regard insondable, ce mystère des êtres sans mots, cette confiance, l'amour qui s'exprime, rien n'émeut davantage et Claire Bodin éclate en sanglots. Elle est incapable de penser à autre chose qu'à son élève disparu. Il comptait sur elle, elle n'est pas parvenue à être là pour lui, à *rester*. Elle s'est laissé écarter. Elle est restée mais à trop grande distance. Et il a cédé au désespoir, l'a embrassé et la mort avec lui.

Il s'est jeté dans le vide ! La scène est de celles qui harcèlent l'imagination. Sa violence inouïe, sa soudaineté – était-elle préméditée ou spontanée, nul ne sait. Il suffit d'une seconde. Se foutre par la fenêtre, qui n'y a jamais pensé ? Claire imagine l'élan qu'a pris Gabriel, son cri de malheur. Elle le voit dans sa chambre, il court en rond comme un chien fou, il écarte les bras comme un oiseau, il est un bolide incontrôlable. Il sait qu'il ne vole pas. Le poids, la masse, la gravitation, il n'a pas appris cela au lycée, personne n'a cru possible de le lui enseigner, il n'y a pas eu de lycée, mais il sait que par la fenêtre, s'il court encore, se précipite, se jette, il tombera, il sera délivré. Il sera comme les autres, il sera mort et pleuré. Et il se précipite. Le corps s'échappe et se fracasse, démantelé, sanglant. Avait-il songé à ce désastre ? Sa grosse tête lourde, ouverte, éclatée. Claire Bodin en frémit. Et pour ceux qui restent, l'horreur et la douleur, l'inconcevable. La mère hurle, court, retenue par les bras du père effaré – qu'elle n'aille pas suivre son fils dans le vide. Ou la mère évanouie peut-être, médusée. Appelés, suppliés, les pompiers rejoignent le théâtre de la mort, en affrontent la réalité, constatent le décès. Maintenant ils montent, ils doivent voir la famille ; la mère entend l'ascenseur, le père ouvre la porte. Notre fils, dit-il. Cela suffit, comme suffisent le regard et le geste, retirer son casque, marquer le respect dû aux défunts. Geneviève Noblet est en marbre, toute en silence et immobilité tandis que son ventre hurle et se tord, écroulée sur une chaise, elle restera prostrée. C'est ainsi que Claire la voit. Évidence, projection ? Tout s'est sûrement passé autrement. Personne ne sait rien. Et le tourbillon des images se relance. Et si le jeune homme était seul dans sa chambre ? Perdu, désespéré. Sans bruit, il enjambe la rambarde et se laisse choir, voler quelques instants avant de frapper le sol. Des cris au-dehors ? Une angoisse brutale ? Les parents trouvent la chambre vide et la fenêtre ouverte. A-t-il agi seul ? Les a-t-il pris à témoin de son malheur ? La vérité a besoin du récit exact de ces instants, il faudrait connaître les faits au lieu de les imaginer. Que s'est-il passé pour en arriver là ? C'était le samedi ou le dimanche, Gabriel était seul avec ses parents – leur enfant unique. Qu'est-ce qui s'est dit ? Quels mots désespérants, quel interdit invalidant ? A-t-on frappé, boudé, grondé ? A-t-on parlé de Mme Bodin ? Chaleureuse, envahissante, collante, perverse ? Qu'en a-t-on dit ? Qu'est-ce qui s'est joué jusqu'à la tragédie ? Quelle parole, quel geste a déclenché l'impulsion fatale ? Qui a tué cet enfant qui s'est donné la mort ? Claire voudrait savoir qui est le meurtrier. Ce n'est pas Gabriel.

2

Quand le mal est fait, que reste-t-il ? D'abord la prière. Je-vous-salue-Marie-pleine-de-grâce-le-Seigneur-est-avec-vous-vous-êtes-bénie-entre-toutes-les-femmes-et-Jésus-le-fruit-de-vos-entrailles-est-béni-Sainte-Marie-mère-de-Dieu-priez-pour-nous-pauvres-pécheurs-maintenant-et-à-l'heure-de-notre mort. Elle peut répéter ces mots sans finir. La grâce, la bénédiction, l'intercession, elle en veut. Sans cela, elle est perdue. Pour Gabriel, elle récite des dizaines et des dizaines. La prière concentre et distrait, chasse les images, rend une part de paix. Tel est son premier rôle, pense Claire. Parfois, elle plaisante : La Vierge entend et ne répète pas. On peut tout dire à la Sainte Vierge. Elle a souvent murmuré cela à son fils. Son enfant chéri qui maintenant perçoit le trouble de sa mère et se montre affectueux, encore plus démonstratif qu'il ne l'est d'habitude. Ne sois pas triste maman, souffle-t-il, en serrant de toutes ses forces Claire contre lui. Marc Bodin les rejoint, les encercle avec ses bras. Claire penche la tête et embrasse les cheveux de son fils, puis la bouche de son mari. La famille est la source de sa force, sa racine dans le courage. Elle en a grand besoin.

Du jour au lendemain, la voilà bannie de son lieu de travail, sans emploi, sans revenu, privée de son poste et de ses élèves. Quels seraient ses droits ? Que prévoit son contrat ? Elle ne se pose pas la question. Une chose est sûre : elle n'a aucune envie de remettre les pieds là-bas. Elle n'imagine pas reprendre ses cours et retrouver Annick Joyeux. Elle sait que l'épisode Embellie est terminé, il faut tourner la page. La directrice n'a pas donné signe de vie. Pas de nouvelles, bonnes nouvelles, dit Marc. Dans le cas présent, ce n'est pas faux. Mais c'est bizarre. Aucune nouvelle ! s'exclame Claire de temps en temps. Tout se passe comme si ses six années d'enseignement n'avaient pas existé ! Son employeur n'envoie aucune attestation. Sans ce document qui consigne les conditions de rémunération et le temps pendant lequel elle a travaillé, Claire Bodin ne peut s'inscrire à Pôle Emploi. Elle ne songe même pas à cette démarche élémentaire – au fond elle se pense comme femme au foyer plutôt qu'au chômage. Un jour tout de même, son mari évoque le sujet. Tu toucherais une indemnité et peut-être tu aurais accès à des formations, suggère-t-il. J'ai un statut de vacataire, que veux-tu que je demande ? lui dit-elle. Marc n'insiste pas, comment ennuyer sa femme avec des questions matérielles ? Claire se retrouve donc seule chez elle, libre toute la journée : privée de son activité, séparée de ses élèves, rendue à elle-même, livrée à ses regrets.

La première semaine, elle pleure, elle dort, et elle prie. Elle pleure le jeune innocent, le gentil garçon qui s'est tué. Elle se repasse l'engrenage des faits : on l'a désespéré. Chaque soir, à table, au lit avant de s'endormir, LE sujet envahit la conversation familiale et conjugale. Gabriel, Geneviève Noblet, Annick Joyeux, ce trio funeste emplit Claire de désolation, de colère, d'impuissance. Quel gâchis ! Quelle bêtise ! Quelle honte ! C'est selon. Il arrive qu'elle parle toute seule, qu'elle se parle à elle-même, qu'elle se raconte – raconter, c'est contrôler, prendre le pouvoir, dominer même. Gabriel était émouvant, quelque chose en lui naissait et s'épanouissait, un bonheur simple d'exister, un début de volition, une confiance. Sa mère l'a soufflé comme une flamme ! Dans quel cocon de noirceur a-t-elle enveloppé ce fils unique pour qu'il préfère mourir ? À deux, elles l'ont totalement déprimé, résume Marc Bodin. Claire acquiesce. La limitation des échanges affectifs au sein de la classe a fait l'effet d'un sevrage dévastateur, voilà ce dont elle est convaincue. Les enfants comme Gabriel ont besoin de sécurité, d'approbation et de douceur, à force de pessimisme prudent et de lucidité glaçante, on ne réussit qu'à les tourmenter ! Des scènes se rejouent indéfiniment dans son esprit. La rentrée scolaire, certains cours mémorables, la convocation avec les parents de Gabriel, le plaidoyer qu'elle a sorti de ses tripes, l'arrivée des sbires, le délitement de l'ambiance… Et la scène qu'elle n'a pas vécue. Le grand saut dans le vide et l'inconnu. Tout s'est passé tellement vite. En moins de deux mois, le drame était joué et imparable. Elle a l'image d'écrous énormes qui broient Gabriel. Alors elle répète : Il était gentil ! Et ces mots lui mettent les larmes aux yeux. Penser à lui la fait instantanément pleurer.

Ils étaient tous gentils. Pas une once de méchanceté, des cœurs de cristal. Sarah, Lucie, Louise, Martin, Grégoire… Leur professeur pense à eux. Où en sont-ils dans cette tourmente ? Que leur a-t-on dit ? Savent-ils la mort de leur camarade ou Mme Joyeux les a-t-elle estimés trop émotifs et vulnérables pour en être informés ? Qui de l'école ira aux obsèques ? La classe ? pense Claire. La classe lui manque. Elle ne se demande pas si l'inverse est vrai, si les jeunes pensent à elle et regrettent ses cours. Peut-être regrettent-ils *Le Petit Prince*. Un instinct la retient de se représenter sa propre absence. Je ne peux pas les abandonner ! disait-elle, et voilà qu'on l'a contrainte à le faire. Qu'a-t-elle pu leur laisser ? Quel souvenir ? Quelle empreinte bénéfique ? Elle ne cherche pas, pour elle c'est évident. Une seule chose, un seul élan suffit à vous justifier dans votre qualité d'enseignant. Un jeune qui lit, une autre qui écrit, Grégoire qui ose peindre, c'est assez pour se sentir heureux et récompensé.

Voilà exactement ce que répète Claire à l'officier de police judiciaire qui demande à l'entendre, au commissariat, dans un entretien à la fois informel et précis (ceci n'est pas une enquête, lui dit-il) : J'aimais tous mes élèves, mes cours étaient aussi joyeux qu'utiles, je n'ai jamais eu de problèmes avec les jeunes. Bien sûr ces déclarations ne sauraient suffire et il faut répondre aux questions.

— Depuis combien de temps enseignez-vous à L'Embellie ?

— Depuis six ans.

— Quelle qualification avez-vous ?

— J'ai suivi une formation de six mois à l'initiative de l'établissement.

— Quelle matière enseignez-vous ?

— Secrétariat et administration.

— Combien d'élèves avez-vous ?

— J'ai deux classes d'une dizaine d'élèves, que je vois chacune deux fois par semaine.

— Parmi vos élèves, comptiez-vous M. Gabriel Noblet ?

— Oui.

— Depuis combien de temps ?

— Depuis la rentrée de septembre cette année.

— Diriez-vous que tout se passait bien avec lui ?

— Tout se passait très bien jusqu'à ce que sa mère et la directrice interviennent.

— Vous estimez qu'elles ont eu tort de s'inquiéter ?

— C'est Gabriel qu'elles ont inquiété ! Et ce fut une grave erreur. Je suis triste de le dire mais Mme Noblet est victime d'elle-même, une victime coupable (l'expression lui revient à l'esprit).

L'officier de police ne semble pas ému par cette assertion audacieuse, il ouvre un tiroir et sort un téléphone portable.

— Confirmez-vous être l'auteur de ces SMS ?

— Oui, murmure Claire, après un coup d'œil stupéfait à l'écran où s'affichent, sur un fond orange, ses échanges avec Gabriel.

Le garçon est mort mais les mots demeurent. Est-ce que je suis important pour toi ? Est-ce que tu seras toujours là pour moi ? Les larmes envahissent l'enseignante.

— Avez-vous pensé qu'il pouvait en venir au pire ? A-t-il dit qu'il voulait mourir ?

— J'ai vu qu'il n'allait pas bien mais je n'ai pas pensé au suicide, Gabriel n'a jamais rien dit qui pouvait alerter.

— Ce sera tout, je vous remercie.

L'angoisse de l'interrogatoire se fait sentir après coup. Elle ne s'est pas jugée maltraitée, le ton de l'officier était réellement neutre, mais Claire repense à ses réponses. A-t-elle trop parlé ? C'est toujours l'erreur qu'on commet, elle l'a déjà entendu : en dire trop et voir ses propos détournés. Non, pense-t-elle, elle n'a dit que la vérité, elle s'est contentée de répondre aux questions, sans broder, elle ne pouvait pas en dire moins. Aurait-elle dû se faire accompagner d'un avocat ? Un avocat n'aurait rien changé. Les ennuis viendront des SMS, aucune défense ne les effacera. C'était stupide de ne pas réfléchir à l'usage qu'en ferait un esprit suspicieux. Encore un reproche qu'elle s'adresse. Elle s'en veut d'avoir été si naïve et confiante. Quelle idée d'avoir envoyé ces messages ! Elle n'aurait jamais dû les écrire. Ils constituent une trace. Ils donneront une réalité à la plainte, ils conduiront l'enquête sur une mauvaise piste. Dans le récit qu'elle rapporte à Marc, pour ne pas l'inquiéter, elle n'en fait pas mention, elle dissimule la preuve qui joue contre elle.

3

Le 7 décembre, se déroulent les obsèques de Gabriel Noblet. Il est enterré vendredi, murmure un professeur sur qui Claire tombe nez à nez dans la rue. Je me passerais volontiers d'y aller, dit-il. Il ne faut pas se forcer, ça n'aurait aucun sens, répond-elle. Mme Joyeux insiste pour que l'école soit bien représentée, dit le collègue. Cette réponse est un coup de fouet à l'âme. Claire Bodin baisse la tête, de la même manière que ses élèves timides, elle regarde ses pieds. De toute évidence, l'autre ignore qu'elle a été priée de rester chez elle. Annick n'est pas fière d'elle, pense Claire, qui néanmoins se sent exclue comme une misérable. Je suis content de ne pas avoir eu ce garçon dans ma classe, murmure le collègue. Cette fois, c'est lui qui baisse la tête, gêné par cet aveu. Oui, vous avez de la chance, confirme Claire. Elle tend sa main pour prendre congé. Au revoir, je suis désolée, je suis un peu pressée. Pressée par le chagrin, oui. À peine seule, elle pleure toutes les larmes de son corps. Elle pleure Gabriel, cette pauvre vie perdue, elle pense ce que tout le monde pense – il n'a pas eu de chance ! –, elle pleure la mort en général – cette fin inévitable qui devance trop souvent notre acceptation –, elle pleure la mort emmêlée à sa vie et qui l'entraîne dans la souffrance comme une charge trop lourde le nageur vers l'abysse.

En début d'après-midi, ce vendredi de deuil, Claire se rend une deuxième et dernière fois chez le Dr François. Elle n'a pas annulé le rendez-vous. D'abord elle n'y a pas pensé, ensuite elle n'a pas eu le courage de téléphoner – il aurait fallu donner une raison –, enfin elle a vu le bon côté de la chose : elle pourra parler à quelqu'un qui ne la connaît pas et qui sera tenu par le secret professionnel, elle ne restera pas seule chez elle pendant la cérémonie des adieux. Sa solitude lui fait oublier qu'elle est l'objet d'une expertise, qu'elle n'est pas seulement écoutée mais observée et interprétée. Suspectée.

Asseyez-vous, dit le psychiatre, qui a replacé bien en face de lui le fauteuil réservé au patient. Depuis la dernière fois, sa voix s'est adoucie. Merci, dit Claire qui l'a remarqué. Elle enlève son manteau, l'arrange sur le dossier, fouille dans son sac, trouve son téléphone et le met en mode silencieux. Elle veut être tranquille pour parler, rien ne doit la distraire ou l'interrompre. Je me demandais si vous viendriez, dit le praticien, je n'en étais pas certain. Pour quelle raison ? s'étonne Claire. Il fait un geste avec la main, l'air de dire : il s'est passé des choses ! À ce moment, elle ne réalise pas à quoi renvoie cette main. Elle cherche comment entrer dans son récit des événements. Mais voilà que c'est inutile, elle n'a pas besoin de raconter. Comment supportez-vous ce drame ? demande le Dr François. L'école a prévenu. Claire se trouve bête. Mais bien sûr ! Comment n'y a-t-elle pas pensé, Annick Joyeux a informé ses experts ! Le médecin perçoit sa surprise. Votre directrice m'a écrit pour m'avertir du décès de votre élève, dit-il. Il n'était pas *mon* élève, corrige Claire, ni surtout mon seul élève, et il avait d'autres professeurs. C'est vrai, mais tous ne se trouvent pas dans votre situation, dit le psychiatre.

Elle pourrait se montrer candide, faire l'imbécile, demander dans quelle situation ? Elle ignore si sa mise à pied est officielle et connue de son interlocuteur. Mais elle se tait, dépossédée de la narration, renvoyée à l'affaire, déjà plus abattue qu'au moment où elle s'est assise. Je pense que vous êtes venue pour en parler, murmure le Dr François. Le silence est un acquiescement. Vous devinez ce qui va se passer, n'est-ce pas ? Non, je ne sais pas, avoue Claire. Elle ne peut dire autre chose, car non, elle n'en a pas idée, elle n'imagine pas, elle ne sait plus ce qu'elle sait, elle ne veut pas imaginer. Vous voulez mon avis ? demande l'expert. Bien sûr qu'elle veut son avis. Vous serez tenue pour responsable, vous risquez d'être accusée d'homicide involontaire. Quoi ! s'écrie Claire. Mais par qui ? Comment ? Le mot *homicide* la précipite dans une sidération consternée. Il y aura une plainte des parents, soit contre l'école soit contre vous directement, l'école peut se retourner contre vous, tout est possible, explique Hubert François. Il a parlé très doucement, d'une voix basse. Tout est possible ! répète Claire mécaniquement. J'ai eu rendez-vous au commissariat il y a quelques jours, un officier de police m'a posé des questions sur Gabriel, dit-elle, faisant d'un seul coup le lien. Alors la plainte a été déposée, dit l'expert, et le ministère public s'assure de la réalité de l'infraction. En fonction des éléments de délit et des preuves disponibles, il décidera de lancer une enquête ou de classer l'affaire sans suite. J'ai compris, dit Claire. Elle aurait envie de rire, il faudrait rire de cette aberration, mais elle pleure. Les larmes jaillissent, réponses à la mort, au chagrin de ce qui est perdu, à l'irrémédiable, au chamboulement. Elle est frappée en plein deuil, victime d'une double peine.

Excusez-moi, murmure-t-elle. Le Dr François lui tend un mouchoir en papier. Elle s'essuie le nez avec le mouchoir et le bord des yeux avec l'index. Je n'arrive pas à y croire, dit-elle. Ces simples mots qui traînent après eux l'objet de l'incrédulité aussitôt ravivent la peine, elle sent déjà un nouvel assaut des larmes. C'est de la mort qu'elle parle, pas de la plainte, comme le croit l'expert. Il la laisse pleurer, il attend que l'émotion redescende des sommets où elle grimpe. Comment vous êtes-vous fourrée dans un guêpier pareil, c'est cela que vous vous demandez ? dit-il, alors qu'elle s'apaise. Pas du tout, dit Claire, je me demande ce qui amène un garçon de dix-sept ans à se jeter par la fenêtre ! À cette idée, elle pleure encore. Ah ! fait l'expert. Et quelle réponse avez-vous ? On l'a sevré d'un élément vital, souffle Claire entre ses larmes.

— C'est ainsi que vous voyez les choses ? Qu'est-ce qui était vital ?

— L'affection, l'estime, la confiance.

— Ce que vous donniez à Gabriel ?

— Je le crois, dit-elle.

Son regard s'est relevé pour dire sa réussite et Claire Bodin regarde son interlocuteur dans les yeux.

— Mme Joyeux m'a dit que vous étiez très sûre de vous, dit-il.

— Quelle idiotie ! Au contraire, c'est justement parce que je ne le suis pas, que je sais l'importance de ce qui aide. Mme Joyeux dit n'importe quoi.

— Apparemment, vous ne l'aimez pas.
— C'est réciproque, n'en doutez pas. Ce qui m'attriste, c'est que cette inimitié vient de faire une victime.
— Gabriel ?
— Qui d'autre ? s'exclame Claire. Pas moi, je me moque bien d'Annick Joyeux.
— C'est une erreur, elle peut grandement vous nuire.
— Mon mari me dit la même chose.
— Il a raison.
— Tant pis, dit Claire, j'ai ma conscience pour moi et je sais ce qui s'est passé.
— Voulez-vous que nous reprenions tout à zéro ?
— Tout quoi ? Pour quoi faire ? Qu'est-ce que ça changera !
— Tout ce qui s'est passé, murmure le psychiatre, pour nommer les événements.
— Je sais ce qui s'est passé. Les faits parlent d'eux-mêmes. Une mère inquiète et une directrice d'établissement mal disposée ont pris des mesures qui ont désespéré un jeune homme.
— Un jeune homme qui n'aurait pas dû tomber amoureux de son professeur.

Hubert François a proféré cette phrase d'une façon docte, avec une autorité tranquille. C'est placer l'enseignante devant ce qui constituera le nœud de l'histoire. Claire Bodin est-elle responsable des sentiments qu'elle a suscités ? Les a-t-elle attisés ? A-t-elle imprudemment outrepassé son rôle ? Ce sera bientôt une question essentielle. En tant qu'expert, Hubert François le sait déjà.

— J'ai eu cette inquiétude, c'est vrai, mais j'y ai réfléchi depuis, dit Claire.

Le psychiatre attend la conclusion de cette réflexion, sans la presser. Claire y vient :

— Personne ne connaît les sentiments de Gabriel, dit-elle. Amoureux n'est peut-être pas le bon mot.

— Quel serait le bon mot d'après vous ?

— Heureux. Réconforté. Confiant. Encouragé par un maître qui a de l'affection pour ses élèves, s'exclame Claire avec passion – parler de ce qu'elle croit a sur elle un effet roboratif.

— En somme, vous n'auriez fait que du bien et les autres du mal ?

— Vous le dites d'une façon trop simpliste mais oui ! En doutant de la relation pédagogique, Mme Noblet a donné un grand coup de pied dans l'équilibre de son fils.

— Pourquoi a-t-elle fait cela, à votre avis ?

— Je ne sais pas, dit Claire. Il y a des parents qui n'acceptent pas qu'un professeur transforme leur enfant. Il y a des mères jalouses.

— Vous croyez que c'était le cas de Mme Noblet ? Et Annick Joyeux, jalouse elle aussi ?

— Je me suis posé la question concernant Mme Noblet. Elle était peut-être exclusive, suspicieuse, pessimiste, déprimée qui sait.

— Elle aurait des raisons de l'être selon vous ?

— Certainement ! Elle a dû souffrir, être inquiète, se sentir coupable, jamais à la hauteur. On se moque beaucoup de ces enfants-là ! Les parents finissent par douter de ceux qui les aiment. Elle a pu croire à de mauvaises intentions. Elle a pu se sentir vexée que je sache m'y prendre avec son fils. Voulant être une mère sublime, elle est devenue une mère féroce ! Elle en veut peut-être à la terre entière. Il faudrait que vous l'expertisiez !

— Ah ah ! Et la directrice aussi ?

— Pour elle, c'est autre chose. Elle ne veut pas entendre parler d'affection à l'école. Nous sommes en désaccord depuis longtemps sur ce sujet. Elle me trouve trop expansive.

— Et vous, diriez-vous que vous l'êtes ?

— Dans la vie, je suis *expressive*, oui ! Je trouve que c'est une qualité.

— Et en classe ?

— Moins, mais un peu quand même. Le cours doit être vivant.

— Vous vous montrez affectueuse ?

La trame serrée de cette conversation ne trompe pas Claire. Chacun de ses dires est enfermé et repris dans une autre question. Elle sent bien qu'elle est suivie, traquée : on tente de la ferrer, comme un poisson. L'agacement la pousse à l'affirmation bravache plus qu'à la prudence.

— Je crois qu'un professeur ne fait que son devoir en aimant ses élèves, en les rendant heureux et en leur donnant plus de chances de découvrir qui ils sont.

— Ah ! voilà !

Claire sursaute. Voilà quoi ? Voilà l'erreur ? Le problème ? La faute ? Le Dr François reprend ses manières : il semble s'amuser comme la première fois qu'il a observé l'enseignante envoyée par Mme Joyeux. Il sourit. Sans doute parce qu'il a compris comment elle s'est fourrée dans le guêpier où il la voit. Il la regarde attentivement. Êtes-vous têtue ? demande-t-il, écoutez-vous les conseils lorsqu'on vous en donne ? Claire rougit – toute sa famille répète qu'elle est têtue et qu'elle n'écoute rien. Je ne sais pas, répond-elle prudemment. Elle s'est tout à coup rappelé que son interlocuteur rédigera un rapport qui aura valeur d'expertise. Vous avez des convictions en somme, résume le psychiatre. On peut le dire comme ça, dit Claire. L'un et l'autre avancent sur des œufs. Il voudrait bien cerner cette femme "têtue" et "défendue" ; elle s'inquiète de la femme qu'il pourrait voir en elle. Vous ne m'avez pas beaucoup parlé de vous, remarque Hubert François. Je n'ai pas été habituée à ça. Comment avez-vous été élevée ? J'ai été bien élevée ! plaisante Claire. C'est-à-dire ? Elle s'aperçoit qu'elle ne sait pas répondre. Elle hésite, pense à ses parents. Son père, un homme foncièrement gentil, un peu lâche devant son épouse, passant derrière elle pour consoler sa progéniture mais ne l'empêchant pas d'attrister ses enfants. Sa mère, une personnalité puissante, émotive et exigeante, annihilant l'angoisse dans l'activité, sévère avec violence parfois. Qui ne la craignait pas ? Personne ! Jean ne dirait pas le contraire, tous deux ont eu cette mère effrayante. De tout cela, Claire Bodin ne souffle mot. C'est trop lourd, c'est personnel, elle ignore comment ce pourrait être interprété. Elle opte pour la généralité la plus banale : Mes parents s'occupaient de moi, j'étais dans une bonne école, j'avais des activités qui me plaisaient, ma famille était heureuse, dit-elle. Une enfance sans difficultés, reprend le psychiatre, autant que cela est possible. Et vous êtes mariée maintenant. Depuis combien de temps ? Claire a acquiescé. Depuis dix-neuf ans, dit-elle. Heureuse en amour, résume Hubert François. Et sexuellement, c'est bien aussi ?

Jamais personne n'a posé pareille question à Claire Bodin, jamais elle n'aborde ce sujet. C'est une vieille pudeur qu'elle a, une pruderie anachronique. La sexualité est un territoire secret – et sacré. C'est très bien, répond-elle, pincée. Vous n'aimez pas trop parler de ça, remarque l'expert. Je n'en parle pas, dit Claire. Hubert François n'insiste pas. On n'entre pas inutilement en terrain miné. Et combien avez-vous d'enfants ? demande-t-il. J'ai un fils de douze ans, dit Claire. Premier et dernier ? Vous ne vouliez qu'un seul enfant ? Il ignore qu'il aborde un point névralgique. Il fait sursauter son interlocutrice dont la tête s'agite en signe de refus, incrédule. Cela ne vous regarde pas, dit-elle. Elle s'indigne intérieurement : C'est pas vrai, je n'y crois pas, je rêve ! Et elle ajoute : Je ne vois pas ce que ma réponse apportera à notre problème. Quel est *notre* problème ? demande le praticien l'air à nouveau amusé. Il sent Claire sur la défensive, outrée et inquiète, qui se maîtrise avec difficulté. Mais elle y parvient et n'a pas peur des mots pour se rebeller contre la narquoiserie qu'elle croit percevoir, cette aisance qu'elle déteste quand s'allient contre elle l'intelligence et la lucidité. La mort d'un jeune homme et ma responsabilité, dit-elle, voilà le problème qui nous rassemble. Ne jouez pas, c'est grave, vous le savez très bien, vous venez de dire que je serai accusée. J'ai dit que c'était probable, dit Hubert François, c'est un avis d'expert habitué à ce genre de situation. Claire se remet à pleurer. Cette histoire vous affecte beaucoup, murmure le médecin.

— Cela vous étonne ? s'exclame-t-elle.

— Vous sentez-vous coupable ?

Elle est trop dégoûtée pour l'exprimer.

— Je me sens concernée, un de mes élèves est mort, vous comprenez ! Vous trouveriez normal que je m'en fiche ? Vous préféreriez ?

— Préférer n'est pas mon rôle.

— Quel est votre rôle alors ?

— Écouter ce qui ne se dit pas.

— Écouter ou inventer ? s'emporte Claire en se levant.

Elle est debout, en colère, effarée de l'être, ne sachant plus se reprendre.

— Je ne sais pas pourquoi je suis venue ! Vous n'êtes pas là pour m'aider, vous êtes sollicité par quelqu'un qui m'adresse des reproches et vous ne vous êtes pas demandé s'ils étaient légitimes !

— Ne croyez pas cela, dit Hubert François.

— Est-ce que vous me voulez du bien ? insiste Claire Bodin, est-ce que vous voulez faire apparaître la vérité ?

— Je veux la faire apparaître avec vous.

— Non ! dit-elle, vous avez déjà une idée en tête et vous n'en démordrez pas.

— Si vous le dites !

— Rendez votre rapport à votre cliente, je m'en fous, je ne peux pas l'empêcher, mais je m'en vais.

— Au revoir, dit le Dr François.

4

À peine partie, elle regrette son emportement. C'est une faiblesse qu'elle a, elle se montre toujours trop impulsive, et cette fois, pense-t-elle, ce n'est pas malin. Je suis bête ! Je fais n'importe quoi ! À voix haute, elle s'adresse ces reproches. Elle sent bien qu'elle est déboussolée, pas du tout préparée et inapte à ce genre de situation. La place de la honte grandit, honte de se trouver au centre d'une histoire moche – dégueulasse, c'est le mot le plus juste –, honte de la suspicion qui la souille et du bannissement dont elle est l'objet. Quelle différence y a-t-il entre une coupable et l'accusée présumée innocente qu'elle est censée être ? Elle n'en voit aucune. La présomption d'innocence est un leurre parce que la parole de l'accusation pèse trop lourd. Claire le découvre et le déplore. Il faudrait être tellement plus malin qu'elle ne l'est ! Son manque d'estime personnelle se ravive : elle ne sait pas se montrer habile, elle vit à cœur ouvert, elle parle à tort et à travers, n'importe qui lit en elle à l'œil nu. Et elle ne se contrôle pas ! Quelle idée de s'emporter chez l'expert ! Qu'écrira-t-il ? Quelle femme peindra-t-il ? Et quelles seront les conséquences sur la suite des événements ? L'expertise pourrait-elle pousser à la plainte ? Non, la plainte est déposée. Pousser aux poursuites, décourager un classement sans suite ? L'inquiétude s'additionne à la honte. Claire n'en fait part à personne. Elle se comporte exactement comme si elle avait commis un crime, celui qu'on lui reproche. Ne dit-on pas qu'il n'y a pas de fumée sans feu ? La plupart des gens le pensent, se dit-elle. Si elle est accusée, on la croira coupable. L'est-elle ? Elle a l'honnêteté de se poser la question. Elle savait mieux que quiconque qu'elle était innocente, elle a maintenant l'impression d'en douter.

Elle ment à toutes ses amies, elle mentira à ses proches – c'est décidé. Un mensonge par omission. Elle ne racontera pas ce qui lui arrive. La honte est trop forte. Hormis Marc, personne ne sait qu'elle ne travaille plus, qu'elle a interdiction d'entrer en contact avec ses élèves, qu'elle est libre de son temps. Prétextant un cours annulé, elle en profite pour passer un moment chez ses parents à Paris, puis déjeune avec son frère. Elle se montre excessivement joyeuse, exubérante, sa mère est ravie de la voir si en forme, l'énergie de sa fille l'étonne toujours – elle n'en perçoit ni le caractère surjoué ni le rôle qui est de masquer l'angoisse. Claire tait son affaire, dans cette situation difficile sa véritable famille s'avère plus nucléaire qu'élargie. Au déjeuner, la conversation roule sur d'autres sujets, mais lorsque Jean bouscule un peu sa sœur, déplore son manque d'ambition et de revenus, regrette qu'elle s'entête à L'Embellie, imprévue, inopportune, l'émotion resurgit. Claire frémit, rougit. La force lui manque pour entendre encore des reproches, l'entêtement dont Jean lui fait grief la renvoie à la déplorable séance chez le psychiatre, elle ne veut pas penser qu'elle aurait dû écouter les conseils et quitter cet établissement au fonctionnement douteux. Un apitoiement sur soi la submerge, ses yeux s'emplissent de larmes (elle pleure tellement ces temps-ci que ses paupières restent gonflées). Je sais, je suis une conne ! lâche-t-elle. Je n'ai pas dit ça ! proteste Jean, interdit. Moi je le dis ! poursuit Claire. Je donne mon temps, mon énergie, mon travail, et pour quoi ? Pour être remerciée comme une criminelle ! Jean a bien sûr besoin qu'on l'éclaire. Ses yeux écarquillés la fixent, attendent de comprendre. Il m'arrive quelque chose de lourd, lui dit-elle en se tortillant sur sa chaise – même devant son frère, elle répugne à raconter, être suspectée lui fait horreur. L'émotion l'interrompt :

elle doit se taire pour se ressaisir. Qu'est-ce qui se passe ? demande Jean, inquiet, pressé de savoir, c'est grave ? Le signe que fait Claire est sans ambiguïté, oui c'est grave. Les larmes font briller ses yeux et trembler ses lèvres. Jean se sent misérable d'avoir eu des propos dérisoires dans un moment dont il ignorait l'extraordinaire. Il parlait d'argent et de réussite professionnelle ! Maintenant il ne dit plus rien.

À ce frère dont elle sait la sollicitude, Claire Bodin narre toute l'histoire : depuis le jour de la rentrée, Gabriel et la classe, Annick Joyeux et Geneviève Noblet, le trio. Chaque fois que Jean sursaute et s'indigne, Claire l'interrompt et le fait taire. Attends !! Écoute la suite ! Et ainsi arrive-t-elle à la mort. Il s'est défenestré, souffle-t-elle. Comme sa sœur l'a fait devant Annick Joyeux, Jean porte sa main à la bouche, puis les deux. Il a les coudes sur la table, le menton dans les paumes, les index sur l'arête du nez. Ce n'est pas fini, répète Claire avant que s'exprime l'effroi fraternel. Elle enchaîne la série des brimades. Je n'ai pas eu le droit d'aller à ses obsèques. Je suis mise à pied. L'expert-psychiatre pense que je risque d'être accusée d'homicide involontaire. Devant cette énormité, son visage grave se détend dans un pauvre sourire. Jean est horrifié autant qu'effaré par ce qu'il vient d'entendre. Qui imaginerait un tel drame ? Il est vital pour la mère que tu sois coupable, dit-il, et c'est le rêve pour ta directrice. Le dépôt de plainte paraît certain. Il regarde sa sœur, tellement malchanceuse, pense-t-il, et décidément dissimulatrice. Elle ne lui a rien dit, elle n'a pas demandé conseil, pourquoi ?! Il ne lui en veut pas, il comprend qu'elle se soit recroquevillée, mais le regrette. Il pressent qu'elle a déjà fait des erreurs. Elle n'aurait pas dû accepter les expertises. C'était mettre la charrue avant les bœufs. Les experts interviennent sur ordonnance d'un juge, pas à la demande d'une des parties. Cela signifie que Claire a déjà deux adversaires, les parents et l'école. Tu ne pourras pas compter sur l'aide de la directrice, dit-il.

Dans ce désastre, Jean Mouret aimerait glisser une note positive. C'est peut-être une chance de réfléchir à ce que tu veux maintenant, dit-il. Pleine de bonne volonté pour s'enthousiasmer, Claire évoque ses idées. Elle adorerait travailler dans une librairie, ou chez le fleuriste de son quartier, ou dans la boutique de décoration qu'elle affectionne pour ses cadeaux de Noël. Les métiers du commerce l'attirent. Le contact humain est à la fois son plaisir et son talent. Elle serait aussi partante pour être serveuse à mi-temps au Cosmos. Tu sais, le bistrot où tu es venu déjeuner plusieurs fois, dit-elle. À mi-temps, ce serait parfait ! Jean l'encourage. Va les voir, propose-leur tes services. Il néglige la honte et la réticence qui s'ensuit à faire savoir qu'on cherche du travail. Claire ne dira rien à personne ! Il parle aussi plus sérieusement. Inscris-toi à Pôle Emploi, regarde les formations qu'ils proposent, rédige ton CV. J'ai du pain sur la planche, confirme Claire, soulagée de cette diversion. Mais Jean revient tout de même à sa colère : ce qui s'est passé lui semble inacceptable, sa sœur de toute évidence est un bouc émissaire. Il la scrute, admiratif. Comment as-tu réussi à faire tes cours devant les sbires ?! Puis se mobilise. Il faut les attaquer pour harcèlement moral, dit-il. Et pour plainte abusive, dans le cas où ils t'accuseraient. Il a toujours été plus actif et efficace que sa cadette, facilement nonchalante, qui sait se laisser vivre. Il voudrait d'ores et déjà demander conseil à un de ses amis avocats. N'en parle pas trop, supplie Claire, je ne veux pas que tout le monde soit au courant. Évidemment, dit Jean. À mon avis, ne rien raconter à papa et maman est préférable, ça ne servirait qu'à les inquiéter, ajoute Claire. La honte réclame le secret. Jean promet le silence, cet abri. Attendons de voir s'il y a une plainte, dit-elle.

5

Elle n'attend pas longtemps. Une semaine après les obsèques, la plainte déposée n'est pas classée sans suite, une enquête est ouverte, il y aura bel et bien des poursuites. Mme Joyeux téléphone à son ancienne enseignante pour l'en avertir avant le déclenchement effectif de la procédure. Je me permets de vous appeler, je crois plus correct de vous prévenir, Mme Noblet a porté plainte, dit Annick Joyeux. Contre qui ? demande Claire. Contre l'école et contre vous, répond avec aplomb la directrice, qui sait fort bien que c'est un mensonge (sa manigance a réussi, l'école aura le statut de témoin). Claire Bodin met fin à la conversation. Je vous remercie de m'avoir appelée, au revoir. Elle est sous le choc, s'aperçoit qu'elle n'y croyait pas vraiment. Elle espérait qu'il ne se passerait rien. À la place de la mère en deuil, elle chercherait la paix et pas le combat, elle n'accuserait personne. En agissant de cette façon, Geneviève Noblet étend le malheur, pense Claire. Il ne reste plus qu'à attendre l'imprimé recommandé et, dans ce temps d'attente, l'abattement domine. Ce que l'on redoutait est advenu, il faut le considérer et l'admettre. Il faut commencer de le supporter, dans l'incertitude la plus totale sur les faits qui vous sont reprochés.

Soulagée de tenir la responsable idéale, la directrice a naturellement poussé Geneviève Noblet à se retourner contre l'enseignante plutôt que contre l'école. La mère était déterminée à mener une action en justice et Joyeux l'a orientée, dit Claire à son mari. Marc Bodin soupire. Elles n'ont pas perdu de temps, dit-il. Ensemble, les époux lisent et relisent le courrier officiel. L'avocat de la victime est compétent, le langage juridique précis, chaque mot, mesuré, frappe comme il convient. Les qualifications légales retenues par le procureur fondent sur Claire comme un rapace dont les griffes sont conçues pour ne pas manquer sa proie. Ajusté ! *"Gestes inappropriés. Manquement à une obligation de prudence, ayant entraîné la mort. Homicide involontaire."* Comme c'est bien dit ! En plein désarroi, Claire ironise. Parfaitement élaboré, efficace, horrible, pense-t-elle. Chaque terme la renvoie à ses souvenirs. Elle prenait Gabriel dans ses bras : geste inapproprié. Elle n'a pas su décourager ses sentiments naissants : manquement à la prudence. Quant à la conclusion : d'après l'enseignante, c'est là que réside le mensonge. Le chef d'accusation est une fiction aux apparences de vérité. Quelle est la cause du décès ? Un sevrage inutile et violent, pense Claire. Tout en elle proteste : ce n'est pas l'affection du professeur qui a entraîné la mort de l'élève, c'est l'acharnement mis à la déraciner ! Cette rage contre la tendresse a tué le cœur qui en était plein ! La privation est la cause du drame. Claire en est tellement certaine qu'elle a mal au ventre dès qu'elle y pense : autant que l'injustice dont elle se sent victime, la peine inutile infligée à Gabriel lui retourne le sang, l'erreur la révolte – une erreur fatale – et maintenant, pour enfouir l'ensemble, la falsification, c'est un comble. Il faudrait quand même ne pas réécrire cette histoire, ne pas oublier l'enchaînement des faits, la chronologie des états d'âme ! Gabriel était heureux en classe jusqu'à ce qu'interviennent sa mère et la directrice. Claire espère qu'en y revenant, au pas à pas de l'enquête, méticuleusement, on se fera une idée plus équitable de sa responsabilité. Car elle refuse de faire amende honorable, elle sait trop qu'elle n'a pas mal agi.

Bien sûr que tu n'as rien fait de mal ! clame Marc Bodin. Il est choqué par ce qui arrive à sa femme. Cette accusation fait écho à toutes celles que répercutent les médias, elle en est comme le dommage collatéral. À force d'entendre parler de harcèlement et d'agressions sexuels, Mme Noblet a imaginé que son fils en était l'objet ! Dans cette atmosphère de suspicion généralisée et délétère, la pauvre femme s'est monté la tête toute seule. L'actualité et le climat ambiant fabriquent ce genre de situation, déplore-t-il. On accuse n'importe qui de n'importe quoi, personne n'est à l'abri. Claire accusée ! C'est du grand n'importe quoi, dit-il. L'émoi le dispute à la rancune. Il n'oublie pas que L'Embellie payait au noir et au lance-pierres. Pourquoi on ne leur colle pas un contrôle Urssaf ? Il peste. On interpelle les gens ordinaires et on laisse les salauds bien tranquilles ! La différence de traitement le stupéfie. Ce ne sont pas des salauds, murmure Claire, ils ont peu de moyens. J'aimerais bien voir ça, dit Marc, sois sûre qu'ils ont un excellent avocat, nous avons été trop naïfs et voilà le résultat ! Je suis écœuré. Il ne nous manque plus qu'un contrôle fiscal, une perquisition, une garde à vue, une détention provisoire pourquoi pas ! s'exclame-t-il sur un ton de récrimination outrée. N'importe quel emmerdement devient possible, il en dresse la liste imaginée. Il faut s'attendre à tout, dit-il.

L'affaire entière le sidère. Parfois Marc Bodin la résume à sa femme pour se persuader une fois encore de son extraordinaire : un garçon dont la vie est difficile se fout en l'air chez ses parents, le week-end, tout seul avec eux. Personne ne sait ce qui s'est passé ce jour-là. Tu n'es pas présente, tu ne l'as plus dans ta classe, tu l'as vu quinze fois dans ta vie, mais on vient te dire que tu es responsable de son suicide. Je ne pourrai jamais comprendre ça. Comment cette plainte est-elle recevable ? D'emblée, Marc Bodin n'a pas confiance dans la justice. L'affaire peut à tout moment être classée, lui explique Claire (qui n'y croit pas mais entretient l'espoir). Elle ne devrait tout simplement pas exister ! s'exclame Marc. Pendant plusieurs jours, le couple ainsi rumine les termes de l'accusation. *Gestes inappropriés*, ça peut vouloir tout dire, à quoi cela renvoie-t-il ? L'expression est à la fois vague et appropriée, c'est fou, s'étonne Claire, comme si elle n'en revenait pas d'être si astucieusement prise en faute. Qu'as-tu fait exactement ? demande Marc à son épouse. Il a besoin de raccorder le soupçon à une réalité. Je l'ai pris dans mes bras, dit Claire. Et voyant que son mari s'assombrit, elle explique et se justifie : Il en avait besoin, il me le demandait. On dirait qu'elle supplie une instance supérieure imaginaire de la comprendre. Bien sûr, murmure Marc avec bonté. Ils salissent tout !

Dans le souci, attentive au moindre détail, Claire a noté l'absence de la mention “à caractère sexuel”. Cela prouve qu'ils reconnaissent ma bonne foi, dit-elle. Encore heureux, dit Marc. Elle le voit bien, son mari est pessimiste. Estime-t-il qu'elle se rassure avec peu ? A-t-il raison ? Elle ne sait plus quoi penser. Mais tout de même, dans les journaux elle a déjà lu d'autres tournures. *Attitudes inappropriées* par exemple. *Attitude*, c'est encore plus large que *geste* ! Elle pense aussi à l'adjectif “déplacé”. Comportement *déplacé*, questions *déplacées*. Comme celles des psychiatres ! pense-t-elle. Est-ce que tout ça relève d'une qualification pénale, elle ne connaît pas suffisamment le droit pour formuler de cette façon la question qu'elle se pose, son intuition s'interroge. *Gestes inappropriés. Manquement à une obligation de prudence, ayant entraîné la mort.* C'est bien fait, juge-t-elle, décryptant l'intervention des hommes de loi. La mère parlait de *main aux fesses* et de *tripotage*, ces mots sales et triviaux ont disparu, avantageusement remplacés. *Gestes inappropriés* est dangereux à souhait, estime Claire Bodin. Comment prouver, quand les autres prétendent le contraire, qu'on n'en a eu aucun ? Comment le prouver quand le principal intéressé, celui à qui s'adressaient ces gestes, s'est donné la mort ? Qui pourra restaurer l'esprit des choses ? Elle y songe brusquement : Gabriel ne pourra pas témoigner. À sa place, on interrogera sa mère, et la directrice, toutes deux fautives envers lui, et qui n'auront en tête qu'une idée : se déculpabiliser. Ce sera parole contre parole.

6

Le plaignant sait-il ce qu'il fait lorsqu'il entre dans le commissariat le plus proche ? Sur la foi de sa déclaration et du préjudice qu'il impute, la machine judiciaire se met en marche. Il faudrait sanctionner les plaintes abusives, on n'accuse pas comme on dit bonjour ! s'emporte Marc Bodin. Dans sa colère panique, il s'étonne. Et pourquoi croit-on systématiquement ceux qui se disent victimes ? Ce serait indigne de ne pas d'abord les croire, dit Claire.

Le dépôt de plainte tire l'oreille d'un monstre. La notification n'est qu'un papier. Elle arrive en courrier recommandé. Son en-tête ne rassure pas mais Claire Bodin la découvre chez elle, frappée évidemment, seule et tranquille cependant avec cette secousse. Elle peut s'asseoir dans un fauteuil et se reprendre. La perquisition, c'est autre chose : l'espace personnel est envahi et profané, la loi s'incarne brutalement jusque dans l'intimité, il n'y a plus aucun abri. À six heures du matin, toute la famille dort. La sonnerie de la porte d'entrée transperce le silence. Qu'est-ce que c'est ? Des inconnus se tiennent sur le seuil, armés d'un mandat qu'à toute objection ils opposent, ils pénètrent le domicile et, autant qu'ils sont, s'y égaillent. C'est ainsi que la procédure pénale se jette sur l'enseignante.

Dans toutes les pièces du logement familial, des mains s'affairent à fouiller les papiers, les placards, les tiroirs, s'approprient des documents et emportent l'ordinateur – ce corps second plein de vous-même, qui parle tout seul. Toute preuve utile à la manifestation de la vérité peut être saisie. La liste des objets confisqués figurera sur le procès-verbal de l'intervention, que signe l'officier de police judiciaire responsable. Claire, Marc, Adrien, en pyjama, surpris et stupéfaits, assistent à la chorégraphie de cette fouille en règle. Marc reste debout dans l'entrée ouverte sur le salon, à la fois abattu et fâché, mais l'abattement domine et le père de famille paraît démuni. Il l'est. Claire fait la costaude, inatteignable et rebelle. Elle s'est assise au fond du canapé (juste sur la croix de scotch brun qui le rapièce), Adrien est lové contre elle, assis sur ses cuisses. Une seule chose importe à Claire : que son fils ne soit pas traumatisé. Pour cette raison, elle se force à rire. Ce n'est pas grave ! assure-t-elle. Que croient-ils découvrir ? Que je fréquente des sites pornographiques ? À cette idée, elle éclate de rire. Ils seront déçus !

Pas de drogue. Pas de tabac. Pas de médicaments. Pas de somnifères. Pas de magazines, hormis *La Vie*, plusieurs numéros en pile sur la table basse. Quelques bonbons. Des centaines de photographies pêle-mêle, la famille, les vacances, tout un bonheur simple, répété d'été en été, dans les mêmes lieux. Des livres. Des DVD. Des petites céramiques. Des bibelots. Des dessins d'Adrien. Les feuilles de préparation à la communion. Quel écart entre ce que l'on cherche et ce que l'on découvre ! Claire s'en amuse. Le stratagème opère : Adrien sourit de voir sa mère goguenarde. Ils vont trouver mes cours de catéchisme, souffle-t-elle à l'oreille du garçon. Ce pourrait être le gage d'une probité morale. Plus aujourd'hui, pense-t-elle, c'est même le contraire. "Catho" est presque devenu une insulte, "tradi" en est une. On perçoit parfois une joie mauvaise à voir tomber ces gens qui firent la Manif pour tous. La famille traditionnelle peut être un nid de guêpes. Telle est l'objection préférée des militants progressistes. Le nid de guêpes discréditerait toute critique émise contre les nouvelles parentalités. Mme Bodin offre l'image d'une épouse heureuse, d'une mère attentive et d'une catholique impliquée dans sa paroisse, cela n'empêche en rien qu'elle soit coupable d'attouchements. Ne fréquente-t-elle pas trop la jeunesse ? Que cache cette prédilection ? Ainsi tourne le monde : des secrets épouvantables, des familles incestueuses, une Église remplie de pédophiles. Claire soupire et embrasse son fils dans le cou, avec l'index elle abaisse l'encolure de son teeshirt. Le garçon rit. Tu me chatouilles ! La perquisition fait d'un innocent un coupable qui se cache bien.

En même temps qu'elle babille avec Adrien, elle suit du regard toute l'opération. Je ne cache rien dans la chambre de mon enfant ! crie-t-elle aux policiers qui se dirigent vers le domaine d'Adrien. Reste là, lui dit-elle en se levant brusquement. C'est ridicule ! proteste-t-elle, appuyée au montant du lit-mezzanine, sans réfréner son indignation. Une policière ouvre un cahier de mathématiques d'où s'échappe une feuille volante. Attention ! dit Claire en se baissant. Laissez ! ordonne la femme en uniforme qui replace la feuille méticuleusement entre deux pages. L'exploration ne dure que quelques minutes, le temps d'appliquer le règlement. Vous êtes contents ? demande Claire, furieuse. Elle se doute que les agents de la police judiciaire sont accoutumés à toutes les révoltes, tous les mensonges, tous les cris : sourds et obstinés, ils remplissent leur mission, elle s'insurge quand même. Ils ont fini. Le commissariat informera Claire dès qu'elle sera autorisée à récupérer son ordinateur. Veuillez signer là. Merci madame. Claire Bodin referme sa porte. C'est terminé.

Après l'intrusion policière, impossible de l'empêcher, le cœur bat très vite. Elle sent sa pulsation forte, elle étouffe de chaleur. Mais selon la formule consacrée, la vie continue, la journée reste à vivre. Il faut enfiler un pantalon et des chaussures pour sortir le chien. Apeuré, le teckel s'est terré dans son panier et n'a pas aboyé. C'est bien, tu es un bon chien, lui dit-elle. Claire rapporte une baguette encore chaude, Marc fait le café. Ils s'assoient à table. Leurs commentaires sont brefs. Ça fait tout drôle, pouffe Claire. Tu peux le dire, gronde Marc, plus sérieux. C'est pas grave maman, dit Adrien, tu n'as rien fait ! Non je n'ai rien fait de mal, murmure la mère à son fils, ne t'inquiète pas. Elle pose sa main sur celle de son mari et, silencieuse, lui sourit – affiche une sérénité qui n'est pas la sienne. Que veux-tu qu'ils trouvent ? confirme Marc, ils en seront pour leurs frais. Claire est moins confiante. Ils ne trouveront rien dans ses affaires, mais que dénicheront-ils à l'école ? Ils solliciteront des témoignages. Qui dira quoi ? Elle s'attend déjà à tout. On l'a vue embrasser Gabriel, elle ne s'est pas cachée. Et ils ont les

SMS. Mais rien ne sert d'inquiéter sa famille. Ils en seront pour leurs frais, pense Marc ? Exactement, lui dit-elle. Le petit-déjeuner est fini. Claire Bodin prend et partage une résolution. On va essayer de penser à autre chose, dit-elle. Ils sont bien d'accord tous les trois. Topez là ! Tope, maman ! dit Adrien. Bon, ce n'est pas tout, j'ai du travail moi, conclut le père sans craindre la caricature. Marc Bodin part au bureau, Adrien à l'école, les embrassades ont beau se prolonger, Claire reste seule dans les vibrations de l'épisode. Qui aurait cru qu'ils vivraient pareille scène ? Une image qui d'ordinaire demeure dans les films s'est invitée dans sa propre existence. Elle ressasse ce nouveau coup du sort. Devant son fils, elle s'est sentie traitée comme une criminelle. Mise à pied, accusée, perquisitionnée. Quelle est l'étape suivante ? Elle l'ignore ! On ne fait pas tous les jours l'objet d'une mise en examen.

7

Elle se sent frappée d'indignité exactement comme si elle était coupable. Le langage judiciaire est si tranchant : elle doit se tenir *à la disposition de la justice, elle est sous contrôle judiciaire*. Quel rabaissement ! Elle n'a pas *le droit d'entrer en contact ni de s'approcher* des plaignants. Elle a *interdiction de quitter le territoire*. De toute façon, je ne le quitte pas ! remarque-t-elle avec une ironie amère. Rien n'est plus coûteux que les voyages, les Bodin n'ont pas les moyens de parcourir la planète. Se le voir interdire rappelle à Claire qu'ils n'ont jamais passé leurs vacances ailleurs qu'en Bretagne, en Bretagne et encore en Bretagne. Objectivement, ces restrictions ne la gênent donc pas. Mais il y a quelque chose de mortifiant et d'irréel à penser qu'elles lui sont adressées. C'est tellement dingue ! répète Marc Bodin. Oui, dit Claire, c'est dingue mais c'est réel. Je suis mise en examen. Elle aurait presque besoin de se le rabâcher pour s'en convaincre. Elle se voit comme une toute petite personne traînée de force sur le terrain des puissants (les caïds, les escrocs, les politiques). Je n'ai même pas les moyens de me payer un avocat ! rit-elle en s'affalant sur la table du dîner. Rire est la réponse de son âme navrée.

Cette situation lui semble si aberrante qu'elle n'arrive pas à prendre au sérieux les injonctions de la loi. En faisant grossièrement fausse route, la loi se déconsidère : dans cette disposition d'esprit, Claire Bodin aura du mal à en respecter les limitations. Elle mesure la gravité de sa situation, elle ploie sous le coup qui lui est asséné, mais dans le même temps, elle se comporte instinctivement en victime (d'une injustice) plus qu'en accusée. J'ai le droit de me défendre, pense-t-elle. Faire surgir la vérité, par tous les moyens, est pour elle plus important qu'obéir aux règles de la procédure. Sous aucun prétexte, elle ne doit se rendre à l'école : voilà qui lui paraît aussi absurde que contre-productif. Que ferait-elle de si mal et quel mal y causerait-elle ? La confrontation est un droit fondamental de la défense, Claire Bodin le ressent : chacun peut demander à être mis en face de celui qui l'accuse. Pour l'instant, elle ne désire rien d'autre. Elle voudrait discuter avec M. et Mme Noblet. Or c'est précisément ce qu'on lui interdit. Parler à la mère de Gabriel lui semble plus nécessaire que répréhensible ! Je pourrais la convaincre, dit-elle à son mari. De quoi ? soupire-t-il. De retirer sa plainte qui est sans fondement, répond-elle. Claire croit encore à ce revirement. Il ne serait, à ses yeux, qu'un retour à la raison et à la vérité. Jamais de la vie ! dit Marc, tu rêves. Mais sa femme insiste : Au fond d'elle, Geneviève Noblet sait que je n'ai pas désespéré Gabriel. Elle le sait mais ne veut pas le savoir ! s'exclame Marc Bodin. Si tu n'es pas responsable de la mort de son fils, alors elle pensera qu'elle l'est. Tu ne lui feras pas croire ça. Pourquoi faudrait-il un responsable ? demande Claire. Jean est d'accord avec son beau-frère : la mère Noblet ne démordra pas de sa version ! Pour elle, il est vital que Claire soit coupable.

Et c'est un fait, avec l'aide de son avocat et bientôt de l'école, Mme Noblet constitue un dossier qui établit et consolide sa version. Très vite, ce dossier est épais, cette version étayée. La mère du défunt ne doute pas de réussir. Maître Gall et Mme Joyeux sont ses alliés dans cette procédure. Il faut réunir des faits, des témoignages, des documents, qui démontrent la thèse de l'accusation : pourtant informée des infortunes passées de son élève (un point encore mystérieux et inconnu de l'accusée), Mme Bodin a imprudemment laissé croître en lui le sentiment amoureux qu'ont suscité des gestes trop marqués, au caractère douteux, qui ont troublé le jeune homme déjà fragilisé. Déstabilisé par ses émotions, inapte à comprendre les impossibles, Gabriel a mis fin à ses jours. L'enseignante croyait bien faire mais son comportement inconsidéré a causé cette mort. Elle n'a pas mesuré la portée de la relation qu'elle instaurait, elle a débordé du cadre et, ce faisant, causé un désastre. Afin de prévenir toute nouvelle catastrophe, il est nécessaire de la poursuivre devant la justice. Elle doit comprendre que l'affection peut être dangereuse.

Jean Mouret a deviné cette histoire. Tout ça se tient, dit-il au téléphone avec son beau-frère et on voit bien que le contexte joue. La reconnaissance des relations d'emprise, la vague MeToo, la multiplication des affaires apportent aux Noblet une approbation diffuse. Il ne faut jamais se taire, il faut avoir recours à la justice, il faut demander réparation. Se lancer dans la procédure constitue un dérivatif à la douleur, Geneviève Noblet s'y jette à corps perdu. Elle a tout à y gagner et elle n'est pas sans atouts, note Jean tandis que Marc Bodin l'écoute, à la fois désolé et écœuré. Ce qui l'a alertée pourrait convaincre un juge : toute dilection d'un adulte référent envers un enfant placé sous sa responsabilité constitue une faute.

Le téléphone portable de Gabriel est la pièce à conviction numéro un. Il donne toute sa réalité à l'infraction. Il renferme la preuve formelle de la tonalité inadéquate du lien entre l'enseignante et son élève. *Bien sûr que tu comptes pour moi. Je t'aime beaucoup. Moi aussi je t'aime. Non, je ne t'abandonnerai jamais.* A-t-on idée de faire pareilles déclarations ? s'insurge Geneviève Noblet en oubliant les questions de son fils, ses sollicitations à la fois innocentes, incongrues et pressantes. Elle parle à son avocat, énergiquement. Il s'agit de lui faire comprendre son point de vue de mère et les principes qui régissent l'école. Quelle que soit la demande de l'élève, l'enseignant doit contrôler sa réponse. *Moi aussi je t'aime !* s'exclame-t-elle. L'absence de l'adverbe *beaucoup* est effectivement un problème, avec lui disparaît la connotation affectueuse de l'énoncé, confirme maître Gall. Je ne vous le fais pas dire, renchérit Mme Noblet. Le pauvre enfant s'est cru vivre une histoire d'amour, dit-elle. Vous êtes sûre de cela ? demande l'homme de loi. Absolument. Elle fait défiler les SMS. Lisez ! Lisez-moi ça ! Je vois, dit maître Gall. Le téléphone portable du jeune défunt donne son assise au dossier : Mme Bodin n'a pas anticipé l'effet de ses messages, son expression était ambiguë, elle n'avait pas à correspondre en dehors de la classe, rien ne justifiait ses mots.

Vous êtes sûr de cela ? Oui, Geneviève Noblet est sûre de ce qu'elle avance. Elle entend encore les paroles de son fils. Cessera-t-elle jamais de les entendre ? Gabriel si heureux après sa rentrée à L'Embellie. Ça marche bien ici pour moi. Il chantonnait. Mon amie Claire ! La jolie Claire ! Je l'aime ! Lorsqu'elle se remémore ces phrases et cette gaieté, la mère en tremble. De chagrin à l'idée de ce bonheur perdu ? De surprise ? De jalousie ? De colère ? D'indignation. On ne fraye pas n'importe comment avec les enfants des autres, rumine-t-elle. Surtout lorsqu'ils sont vulnérables. Elle est déterminée à aller jusqu'au bout. Elle sait qu'elle a raison : ce n'est pas la première fois que les bonnes intentions ont des effets pervers. La pitié dangereuse oui… murmure maître Gall en guise d'acquiescement. Sa cliente approuve, il ne sait pas si elle saisit la référence littéraire, elle poursuit son idée. Son fils se fourvoyait à cause d'une femme qui lui a fait croire qu'elle l'aimait au lieu de l'aimer sans le montrer. Cette pensée fait mal. Son esprit bout de subir le manque. Disparu, enterré le corps du fils. Il se réjouissait, menton levé, fiérot. Elle m'aime bien ! Elle est fière de moi ! Elle est GEN-TILLE avec moi ! TRÈS ZENTILLE ! La lumière dans les yeux disait toute l'illusion, assure la cliente à son avocat. Maître Gall questionne. Gabriel ne s'est-il pas mépris tout seul ? Les jeunes comme lui comprennent à leur façon, dit-il. Ils se fabriquent des paradis, confirme Mme Noblet, voilà pourquoi il ne faut pas nourrir leurs rêves. Était-ce réellement une illusion ? demande maître Gall. Que voulez-vous que ce soit d'autre ? Que serait devenue Mme Bodin pour Gabriel ? Pauvre enfant ! pense maintenant celle qui le pleure.

Il me racontait tout, se félicite-t-elle en se tamponnant les yeux avec un mouchoir. Elle le dit à son avocat et n'aura de cesse de le répéter, à l'officier de la police judiciaire, à la juge d'instruction bientôt chargée du dossier, à l'audience. Voilà la preuve qu'elle sait tout. Elle ne dit pas qu'elle fouille, surveille les draps, les caleçons, et le portable bien sûr, elle dit : Gabriel n'avait pas de secrets pour moi. C'est pourquoi bien sûr il lui a montré les SMS envoyés par son professeur. J'en suis restée médusée, Mme Bodin avait vraiment besoin de se faire soigner ! dit Geneviève Noblet avec fermeté. Au fur et à mesure de son récit, elle devient plus agressive ; se remémorer, c'est revivre, elle revit bel et bien sa colère. Répéter à l'envi des *je t'aime*, à un jeune homme handicapé que l'on vient de rencontrer ! Si ça n'est pas de la folie ! Je ne m'en remets pas, conclut-elle. Je ne m'en remets pas : elle est une victime, son fils est mort, ça ne se discute pas. Maître Gall écoute et prend des notes. Il cerne son dossier.

Je connais mon fils, conclut Geneviève Noblet. Gabriel est un affectif. Si dans un train une jeune fille le regarde, il court l'embrasser ! Ce besoin d'amour, c'est une fragilité. Il faut le protéger de ses élans. Plus il monte haut, plus il tombe bas, dit-elle. C'est pourquoi j'ai réagi très rapidement. Pouvez-vous me redire ce que vous avez fait ? J'ai d'abord questionné gentiment Gabriel. Comment vous y êtes-vous prise exactement ? Je lui ai dit : Parle-moi de Mme Bodin, mon chéri, je sens que tu l'aimes beaucoup. Ce fut comme ouvrir une vanne ! J'ai appris que la dame était très gentille, qu'elle prenait son élève dans les bras, qu'elle était douce, que son visage était beau ! L'éloge était aussi limpide que le bonheur. Malgré son âme puérile, Gabriel a dix-sept ans, il prend évidemment les câlineries pour des étreintes. Harcelé de tendretés, il a grimpé aux rideaux, dit-elle. Je me rappelle qu'il chantait : Elle ne m'abandonnera pas, ma Clairette ! Vous imaginez ? C'était tout ensemble un cri de joie et un défi. L'inquiétude l'a emporté, finit Geneviève Noblet. J'ai aussitôt téléphoné à la directrice et exigé un rendez-vous, en pleines vacances scolaires. J'ai préparé cet entretien. Ce que je voulais savoir, les questions que je poserais. Que se passe-t-il exactement en classe ? Qui est cette enseignante ? Qu'est-ce que c'est que cette façon de câliner ses élèves comme des enfants ? J'ai facilement convaincu mon mari, les règles me donnaient raison. Quoi de plus inacceptable que trop de privautés entre un professeur et son élève ? Il était urgent de rencontrer Mme Joyeux et de lui dire que Gabriel était perturbé.

Nous confions nos enfants à des enseignants que nous voulons au-dessus de tout soupçon, en parfaite maîtrise des échanges qui se jouent. Je ne crois pas que Mme Bodin soit à la hauteur de cette exigence. Il me semble légitime de l'avoir signalé à la direction, conclut Geneviève Noblet. Puis-je vous demander comment a réagi votre fils après votre intervention ? demande maître Gall, à qui sa cliente a raconté les faits plus que les émotions ou les motifs. Il nous a offert quelques crises, dit-elle. Nous les connaissons bien. Il se roule par terre, s'allonge sur le dos et crie, se prend la tête entre les mains, s'arrache les oreilles. C'est très impressionnant lorsqu'on le voit pour la première fois. Il n'y a rien à faire, il faut attendre la fin. Que criait-il ? demande l'avocat. Oh, il répétait en boucle quelque chose qu'il dit souvent : C'est dégueulasse ! Un mot de sa génération, remarque maître Gall, en avez-vous tenu compte ? Impossible, dit Geneviève Noblet d'un ton expert, il fallait protéger Gabriel contre lui-même, ses colères l'engloutissent, il ne s'appartient plus. Il hurle surtout d'être lui-même, prisonnier d'un gène et du regard des autres. D'ordinaire nous parvenons à le remettre en selle, murmure-t-elle, affaiblie par le regret, avant de conclure : Pour cette fois, je crois que la fragilité créée était trop grande. À ces mots, elle est au bord des larmes, son ébranlement est profond. Pas un instant la mère endeuillée ne doute que Claire Bodin soit la cause de cette fragilité. L'affaire est lancée.

8

Il n'est plus temps de croire que l'affaire n'existe pas sous prétexte qu'elle paraît aberrante. Bel et bien réelle, elle a trouvé ses fondements. Quand on a des adversaires, il faut se défendre. Tous les accusés le découvrent : on ne peut pas le faire seul. Force est de se résoudre à prendre un avocat. Claire s'occupe de le trouver et son mari d'être en mesure de le payer. Évaluant les honoraires, Marc Bodin se rend à la banque pour demander un prêt. Emprunter parce que l'on est accusé à tort, voilà qui lui semble un comble – une situation qui mêle tragédie et comédie. Mais il ne rit pas, il est sombre, affecté autant que concerné. En parler crispe sa colère : c'est odieux, point barre. De son côté, Claire se résigne à rompre le silence et raconte ses ennuis à une amie qui a quitté le barreau pour la magistrature et qui, immédiatement, donne les coordonnées de deux pénalistes. Je préfère une femme, dit à nouveau Claire. Ce sera maître Amandine Lavergne, dont Claire ne confiera le nom à personne, pas même à son mari.

Marc Bodin pose peu de questions (il sent que toute curiosité est vécue comme une agression) tandis que Jean Mouret balaie ce scrupule et harcèle sa sœur : le grand frère veut avoir la certitude qu'elle sera bien défendue, il tient au moins à se renseigner sur internet, à se rassurer. Outre qu'elles lui paraissent contre-productives, les cachotteries de Claire l'exaspèrent et le désolent. Elles lui révèlent l'ampleur du manque de confiance dont elle souffre, en elle et en lui. S'il est perçu comme menaçant alors qu'il est bienveillant, c'est que la peur est immense. De quoi Claire a-t-elle peur ? Accusée comme elle l'est, il ne voit pas ce qui pourrait lui arriver de pire sinon être condamnée. Il faut tout faire pour l'éviter, écouter les conseils et accepter les aides. Se renfermer sur soi est idiot, pense-t-il. La cadette surprend l'aîné dans sa tranquillité naturelle, qui l'empêche de comprendre cette façon d'être qu'elle s'obstine à conserver. Il n'a jamais vu de telles barrières psychiques cohabitant avec une personnalité authentiquement ouverte. Il en finit même par craindre le diagnostic des experts-psychiatres. Que diront-ils s'ils perçoivent cette propension chronique à la dissimulation chez quelqu'un dont le charme tient à sa sincérité ? Jean promet à Claire qu'il n'entreprendra rien sans son autorisation. Si c'est ce qui t'inquiète, je n'appellerai pas ton avocat dans ton dos ! assure-t-il, je veux juste savoir qui c'est. Ne te comporte pas en coupable, murmure-t-il, tu n'as rien fait de mal, au contraire. Il caresse le haut du bras, sourit au pauvre sourire. Il voudrait tant restaurer l'estime de soi. Peine perdue. La honte est trop grande et, avec elle, l'inquiétude de ce qui peut être dit, répété, le refus qu'une information, un qualificatif, une remarque blessante transpirent, sortent du cercle restreint et circulent. Et puisque Jean insiste, Claire lui donne le nom du défenseur qu'elle n'a pas retenu. Maître P. Il est très bien, dira

Jean après sa recherche, merci, je suis rassuré. Il n'imagine pas que sa sœur a menti.

Jean Mouret ne se met pas suffisamment à la place de Claire. Ou plutôt, il s'y met en disposant de toute sa force, là où elle a perdu toute la sienne. Il s'y met prêt au combat, là où elle se sent désemparée et démunie. La présomption d'innocence n'y peut rien : le soupçon tache, l'accusation affaiblit l'inculpé en le salissant, en le dépouillant sinon de son innocence du moins de son impeccabilité. Des gens le croient coupables et leurs simples mots sont des coups. Chiquenaudes ou coups de massue ? Si touché soit-il, Jean n'imagine pas assez l'effroi de Claire, plus grand que si elle était coupable puisqu'elle a plus à perdre : la vérité justement. Et parce qu'elle n'a rien fait de mal, elle n'a anticipé aucune défense, ne possède aucune preuve qui la disculperait. Stupéfaite, elle ne sait pas quoi dire, tandis que les autres bouches parlent et que la rumeur se propage. Comment démontrer que l'on n'a rien fait ? C'est à eux de démontrer que tu as mal agi, lui dit Jean. Et s'ils y parviennent ? demande-t-elle, songeant aux SMS que renferme le téléphone. J'ai confiance dans la justice, répète volontiers Jean Mouret, tu ne peux pas être jugée responsable de ce suicide. Elle voudrait le croire, soupire. J'espère ! Mais une fois rentrée chez elle, le discours s'inverse. Marc Bodin n'est pas dans cette disposition favorable. Sa déploration est désespérante. Surchargés de dossiers, les juges travaillent mal, ou alors ce sont des salauds. La justice est aléatoire. De plus en plus, Claire se protège de ce pessimisme.

Elle seule court le risque d'être mal jugée ! Elle mène donc son affaire elle-même. Veux-tu que je t'accompagne chez l'avocat ? demande Jean. Je viens avec toi voir l'avocat, propose Marc. Elle refuse l'un et l'autre. Je préfère y aller seule. Très vite, elle cesse de parler de l'affaire. Envie de parler d'autre chose ! envoie-t-elle en SMS à Jean qui réclame des nouvelles. Moins elle en dira, mieux ce sera, elle en est sûre. S'expliquer, c'est s'exposer. Jamais elle n'entrera dans les détails – les sordides détails : elle ne souhaite alimenter aucune conversation et encore moins devenir un sujet de réflexion. Cette histoire met en jeu sa personnalité, dont elle n'a pas l'intention de discuter. Son caractère est son affaire, surtout si c'est un destin. Je ne veux pas que tu t'inquiètes, répète-t-elle pour justifier sa discrétion. Mais je m'inquiète, objecte Jean Mouret, c'est normal ! Elle comprend qu'il veuille être au courant, pourtant c'est plus fort qu'elle, elle pratique le secret. À côté d'elle, Marc Bodin l'accepte, respecte sa femme d'affronter solitairement l'adversité et ne lui raconte pas les discussions téléphoniques qu'il a avec son beau-frère.

Le SMS, qui d'un côté est un élément d'inculpation, de l'autre préserve à la fois la relation fraternelle et la pudeur de Claire. Désormais, elle le préfère à toute autre forme d'échange. Rien de plus utile et protecteur que ce petit message à distance. On y écrit le minimum. On reste muet. On n'affronte pas en direct l'effet de ses mots. On prend le temps de ses réponses. "Son cabinet est porte Maillot, j'ai rendez-vous la semaine prochaine, il paraît que c'est un bon : dynamique et coriace", annonce-t-elle à son frère quand elle a contacté l'avocate. Le 31 janvier (de la nouvelle année 2019), elle écrira : "Je sors à l'instant. C'était un face-à-face avec la réalité de tout ce qui s'est passé. Il faut se battre et se défendre. On enclenche dès que je donne mon feu vert."

IV

LA JUSTICE

1

Avant de se mettre au travail, maître Lavergne passe deux heures intenses avec Claire Bodin. Les deux femmes sont du même âge mais c'est tout ce qu'elles ont en commun. D'un côté la réussite et l'assurance, de l'autre la difficulté et l'inquiétude. Peut-être la situation veut-elle cela. Quand on est sous surveillance judiciaire, on n'est pas brillant, le sort s'est abattu sur vous, l'inculpation vous accable et vous isole. Claire en a confusément l'idée. Asseyez-vous, dit maître Lavergne. Pour la première fois dans le bureau d'un avocat, et incriminée comme elle l'est, l'enseignante est intimidée. C'est très gentil de me recevoir, dit-elle en rougissant. C'est tout à fait normal, répond Amandine Lavergne en souriant. Différent du sourire de Claire, celui-là appartient au métier, au savoir-faire relationnel, et raconte une forme de réalisation de soi. Contrairement à sa cliente, maître Lavergne a suffisamment confiance en elle pour ne pas sourire à tout bout de champ. Sa vie et son corps semblent sous contrôle. Elle est à la fois à l'aise et élégante. Ses dents parfaitement alignées attirent le regard de son interlocutrice ; ses cheveux lisses et souples, le tailleur-pantalon gris à rayures tennis et un chemisier blanc en soie parachèvent l'image aussi parfaite que normée. Être bien habillée était l'une des obligations qui ennuyaient Claire lorsqu'elle était assistante de direction. Cette interdiction du débraillé dans le monde du travail lui rappelle Mme Joyeux, raide derrière ses dossiers, tirée à quatre épingles, et qui pourtant ne remplissait pas si bien ses fonctions, songe Claire. Ses prêches faussement bienveillants ont mené au pire. Pour causer tant de mal, inutile d'être nickel. Toutes ces femmes résolues, à la fois ornementées et austères, ces divinités travailleuses aux façons si professionnelles, qui trônent on ne sait sur quoi ou sur qui, impressionnent celle qui se veut avant tout affectueuse et sans manières. Dans les entreprises, au cœur de l'activité tant valorisée, Claire Bodin n'a pas souvent ressenti la fameuse sororité et, cette fois encore, la compétition, les hiérarchies, l'inégal accès aux profits lui sautent aux yeux. Les gens ne vivent pas les mêmes existences : elle ne le pense pas, elle l'éprouve. Malgré cela, alors qu'elle se sent miteuse et piteuse (elle qui d'ordinaire se montre assez fière d'être cool et différente), il lui faut raconter ses problèmes. Expliquez-moi ce qui vous arrive, dit maître Lavergne.

Claire parle, être celle à qui il arrive quelque chose la désole, l'isole, mais l'oblige à le raconter. Son interlocutrice écoute attentivement, elle se concentre, ne quitte pas Claire des yeux, il lui faut comprendre à la fois l'affaire et l'accusée. Plus tard bien sûr, l'avocate posera une appréciation sur le dossier, évaluera ce qu'elle est en mesure d'espérer. Elle ne jugera pas. Telle est la grammaire de la relation entre le client et son défenseur. Sentez-vous libre, n'ayez pas peur, je ne suis là que pour vous défendre, y compris contre vous-même, je suis entièrement dévouée à votre intérêt. Au milieu d'un silence, maître Lavergne le résume : Ce que vous me confierez ne sortira pas de ce cabinet, murmure-t-elle en cherchant le regard de son interlocutrice. Elle doit mettre cette pauvre femme à l'aise et relancer la parole. Et vous me croyez ? demande Claire. L'avocate hoche la tête avec douceur. Elle croit ce que lui dit Claire, mais l'important c'est surtout que les autres le croient, l'important c'est de trouver quoi dire pour qu'ils y croient. Pour cela, il faut que vous repreniez confiance, que vous affrontiez les faits en étant forte.

Presque immédiatement, Amandine Lavergne perçoit la fragilité de sa cliente, sa personnalité peu sûre d'elle-même, derrière une jovialité et une énergie qui remplissent bien leur mission de cacher les blessures. Elle ne voit pas la belle personne, ronde et généreuse, que tout le monde aime, mais une femme un peu forte, avec son sac à main en toile cirée, un vieux caban et un bonnet à pompon comme en portent les enfants aux sports d'hiver, émotive, sous le choc de ce qui lui arrive, et qui se ressaisit avec difficulté. Pas une gagneuse, pas une Wonder Woman, et pas une séductrice – ce qui évidemment a son importance. Avec sa manière de parler en gardant les yeux fixés sur le bord du bureau – baissés comme ceux de ses élèves stigmatisés –, Claire fait corps avec sa honte. Et lorsqu'elle se redresse, s'emballe un peu (en évoquant le comportement de Mme Joyeux par exemple), l'amertume et la souffrance sont celles d'une personne qui subit une violence au-delà de son entendement. Son propos n'est pas confus, maître Lavergne parvient à le suivre, la bonne foi en ressort, mais pour l'instant, d'un point de vue juridique c'est un imbroglio de faits, de suppositions, de déceptions et d'émotions. En somme, Claire Bodin est une femme éduquée que son inculpation a bouleversée. Il faut tout reprendre, mettre les choses à plat : les protagonistes, la chronologie des faits, ce qui est reproché à l'accusée et les preuves qui sont contre elle, ses sentiments et ses attentes – comment elle vit cette histoire, son avis sur l'accusation, ce qu'elle craint le plus, ce qui compte pour elle. J'aurai la responsabilité de parler pour vous, dit maître Lavergne, plus vous m'en dites, mieux je serai armée pour vous défendre. Pensez à tout ce qui vous paraît important ou utile pour que nous obtenions le meilleur résultat.

Ensemble, d'un côté et de l'autre du bureau, l'une recherchant ses souvenirs, penchée sur un minuscule agenda, l'autre très droite, tapotant sur le clavier d'un Apple format géant, l'une protagoniste perdue et l'autre scribe avertie, l'accusée et le défenseur reprennent la chronologie des événements. 2012, arrivée de Claire à L'Embellie. Comment avez-vous été recrutée ? Par qui et dans quel cadre ? Avec quel type de contrat ? Étiez-vous satisfaite ? Est-ce que ça n'était pas difficile à vivre par moments ? Qu'est-ce qui vous a poussée vers le monde du handicap ? 2015, changement de directrice. En quoi est-ce important pour vous de le signaler ? Je comprends tout à fait ! La mésentente a-t-elle changé votre façon de travailler ? Que vous reprochait cette Mme Joyeux ? 2016, incident avec la mère d'une élève. Qu'aviez-vous dit exactement à cette jeune fille ? Avez-vous parlé alors à un avocat ? Qu'avez-vous pensé de ce blâme ? Avez-vous à ce moment envisagé de quitter l'établissement ? Septembre 2018, Gabriel Noblet est inscrit dans la classe de Claire. Quelle impression vous a-t-il faite ? Comment s'est-il intégré ? Était-il différent des autres élèves ? Le traitiez-vous différemment ? Toussaint 2018. Vous avez pensé qu'il tombait amoureux de vous ? À votre avis, que signifiait pour lui *amoureux* ? Vous avez finalement été empêchée d'avertir la directrice, pouvez-vous préciser ? Court-circuitée par la plainte, c'est ce que vous diriez ? 2 novembre, convocation chez la directrice. De quelle façon avez-vous été reçue ? Mal, mais comment ? Des manières d'araignée qui tisse sa toile, c'est ce que vous avez ressenti ? Vous n'avez donc pas compris dans quel pétrin vous alliez être ? 5 novembre, entretien avec les parents qui se plaignent. Comment présentaient-ils les choses ? Étaient-ils agressifs ? Sûrs de leur fait ? Comment avez-vous réagi ? Et la directrice, qu'a-t-elle dit pendant cette entrevue ? Une toux rauque oblige Claire à se taire. Les questions l'agressent. Elle a beau savoir que maître Lavergne est de son côté, elle demeure réticente, incapable de parler de ces moments laids et humiliants. Tenez, dit l'avocate en lui offrant un verre d'eau.

Et il faut continuer. 8 novembre, premier cours sous surveillance. Qu'est-ce qui vous a poussée à accepter ce protocole ? Vous n'avez pas imaginé démissionner ? Comment les élèves ont-ils réagi ? Que leur avez-vous dit ? Votre enseignement a-t-il été affecté par les observateurs ? 16 novembre, première séance chez le psychiatre. Vous auriez pu refuser, pourquoi ne l'avez-vous pas fait ? Comment s'est passé l'entretien d'après vous ? Claire rougit, balbutie, a de plus en plus chaud. Vous voulez que j'ouvre une fenêtre ? Vous avez été choquée bien sûr ! J'aurai bientôt les rapports d'expertise. De toute façon, ils n'ont aucune validité juridique. Ils existent, le juge en aura connaissance, c'est vrai, mais rassurez-vous, les expertises sont des avis, pas des preuves. La justice ne se rend ni dans la rue, ni sur les réseaux sociaux, ni dans les médias, et certainement pas chez les psychiatres. Week-end du 1er décembre, suicide de Gabriel Noblet. Vous me confirmez bien que cela s'est produit chez lui, avec ses parents et personne d'autre ? Avez-vous su quelque chose ? Aviez-vous craint ce genre d'accident ? Vous ne vous êtes doutée de rien ? Lundi 3 décembre, second entretien avec Mme Joyeux, mise à pied. Bannissement, comme ça, le jour même ? La directrice a-t-elle évoqué une action possible des Noblet ? 7 décembre, obsèques du jeune homme, séance chez le Dr François qui prédit une plainte pour homicide involontaire. À ce moment, vous aviez donc vu les deux psychiatres ? Une semaine plus tard, convocation au commissariat, plainte, perquisition. Le docteur avait vu juste, la qualification légale retenue est celle qu'il prévoyait ? *Gestes inappropriés. Manquement à une obligation de prudence, ayant entraîné la mort. Homicide involontaire*, énonce Claire mécaniquement. Le mot homicide la heurte encore, elle l'avoue. Maître Lavergne comprend. Je n'ai pas porté atteinte à la vie d'autrui, dit Claire avec une toute petite voix.

Les réflexes professionnels enclenchent l'analyse : dans un dossier de suicide, la responsabilité est souvent difficile à établir, il y a fréquemment une insuffisance des preuves, on débat sur d'éventuelles chaînes de causalité, on cherche des fautes fatales malgré l'absence de volonté de causer la mort, la jurisprudence abonde – dans le champ psychiatrique en particulier. Le plus remarquable ici est la collusion entre la famille Noblet et l'institution. Vous avez deux adversaires, explique maître Lavergne, et le plus agressif n'est pas la victime. Tout le monde m'a répété cela, acquiesce Claire. Sauriez-vous me dire à quel moment la directrice a cessé de se montrer solidaire ? Elle ne l'a jamais été, dit Claire, je vous l'ai dit, pas une fois elle ne m'a soutenue, elle a tout de suite pensé à se protéger elle-même. Mme Joyeux n'est pas méchante, je ne la soupçonne même pas de me vouloir du mal, je crois qu'elle n'aime pas son métier, elle cherche avant tout à ne pas avoir de problèmes. Et pour cette fois c'était raté ! ajoute l'enseignante qui s'est un peu détendue en donnant son avis. Vous a-t-elle proposé de voir un avocat, celui de l'école peut-être ? Jamais, à aucun moment, dit Claire, et je n'y ai pas pensé non plus. C'est un premier manquement de sa part, dit Amandine Lavergne. La règle tacite dans tout établissement scolaire se calque sur la présomption d'innocence : en l'absence de certitude quant à la culpabilité d'un enseignant, sa hiérarchie le soutient. Au lieu de cela, elle m'a mise sous surveillance ! commente Claire, heureuse d'être défendue. Ce qui fut une nouvelle erreur, si l'on en juge par le moral de Gabriel, dit maître Lavergne. Une erreur d'appréciation, une erreur aux yeux du cœur et de ses lois, murmure l'avocate. Mme Joyeux a pris sa décision sans se soucier des conséquences sur les personnes, déplore Claire. Elle ne s'est pas demandé si Gabriel était fragile, capable de comprendre, malheureux… Elle est passée complètement à côté du désastre qu'elle provoquait, elle a fait preuve d'une totale absence d'empathie, d'un mépris fatal ! conclut l'enseignante. Et c'est vous qui êtes allée chez le psychiatre, poursuit l'avocate. Dommage que vous ayez accepté, pense-t-elle à haute voix en continuant de prendre des notes. Nous contesterons la recevabilité des rapports, le juge réclamera une nouvelle expertise. Et je vais en demander une de la mère, ajoute-t-elle. La pauvre, murmure Claire. Son regard se redresse, s'en va vers le ciel blanc dehors, par la haute fenêtre aux huisseries dorées. Perdre son fils unique, son seul enfant ! Est-ce qu'il y a pire à vivre ? Je n'arrive pas à lui en vouloir, dit-elle. Le sentiment est typique dans les affaires d'homicide involontaire. Comment oser se défendre devant une famille endeuillée ? Il le faut pourtant. Oubliez la mère, dit froidement maître Lavergne.

Mais Geneviève Noblet est au centre. Elle constitue un gros point d'ombre, un inconnu énorme. Qu'a-t-elle dit, qu'a-t-elle fait pendant ces deux ou trois semaines qui ont déprimé son fils ? Que s'est-il passé chez les Noblet le week-end du 2 ? Qu'est-ce qui a désespéré Gabriel au point de vouloir mourir ? Pour quelle raison avait-il cessé d'assister aux cours ? S'y refusait-il ou bien le lui interdisait-on ? L'intervention de ses parents n'a évidemment pas eu l'effet qu'ils escomptaient mais s'est-elle limitée au rendez-vous avec la directrice ? Y a-t-il eu des discours, des sermons, des insinuations, des reproches adressés directement au jeune homme ? Savez-vous quelque chose ? demande l'avocate à sa cliente. Hélas non, dit Claire. Je crois que personne ne connaîtra jamais le fin mot de l'histoire. La vérité semble inaccessible. Peut-être parce que certains la cachent ou la réécrivent, remarque Amandine Lavergne. Ou parce qu'elle est remplie de malentendus qui l'obscurcissent : entre la mère et l'enseignante, entre la mère et le fils. Mme Noblet semble toujours concernée. Je ne sais pas pourquoi mais je penche pour une mère toxique. Elle vous a probablement jalousée et aura volontairement sali la relation de son fils avec vous. Elle a dû lui raconter des choses moches, vilaines, trop dures à supporter pour un jeune homme. Claire Bodin a toujours cru cela et c'est un réconfort d'entendre une professionnelle à son tour l'imaginer. Gabriel était le jouet de sa mère, dit-elle, il était un sujet affaibli, elle en a fait son objet. Malheureusement il n'est plus là pour en témoigner, regrette maître Lavergne.

Il nous faut envisager le point de vue de l'accusation, dit-elle maintenant. Sans tricher ou éluder, Claire s'applique à répondre aux nouvelles questions qui la font rougir et se défendre. Oui, elle a souvent pris le jeune homme dans les bras, en classe. Elle ne s'en cachait pas. Tous les élèves peuvent le dire. Ils savent aussi que Gabriel réclamait les accolades, embrassait profusément. Et les autres ? demande l'avocate. Claire n'a pas besoin de réfléchir. Oui, il lui arrivait de les étreindre eux aussi. Toucher autrui, c'est le sculpter, le faire advenir à lui-même par son corps, ose-t-elle ajouter. Et elle explique : les enfants comme ceux de L'Embellie sont à la fois demandeurs et expressifs, ils se montrent joyeux et câlins, on ne peut pas les repousser sans les blesser. Amandine Lavergne ne commente pas et poursuit sa scrutation. Claire retrouve ses convictions en même temps qu'elle revient sur les faits. Oui, c'est vrai, elle a dit aux Noblet qu'elle *aimait* ses élèves, qu'elle *aimait* Gabriel. Elle espérait les rassurer, se montrer telle qu'elle croit avoir été dans ce cas précis : charitable et secourable. Elle ne pouvait pas imaginer comme ses propos seraient dénaturés et retournée contre elle cette sincérité qui est toute sa manière de vivre. Je n'en croyais pas mes oreilles, les gens voient la sexualité partout, ça m'a désolée, conclut-elle.

Devant cet accès de désolation, maître Lavergne reprend les fondamentaux. L'accusé est présumé innocent et le doute doit lui profiter, article 304 du Code pénal, rappelez-le-vous, dit-elle avec autant de sérieux que de sollicitude. Le rôle de l'accusation est de prouver votre culpabilité, en l'occurrence votre responsabilité dans le suicide de Gabriel. Le nôtre sera de faire partager le moindre point de doute quant à celle-ci. Après tout, il s'agit d'une supposition. Vous pensez légitimement que ni votre importance ni votre influence n'ont commandé cet acte perpétré dans l'espace familial, nous le montrerons. Claire acquiesce. Connaît-elle le déroulement de la procédure ? Pas vraiment, avoue l'enseignante. Maître Lavergne explique et rassure. Il peut y avoir un second interrogatoire au commissariat. Vous devrez aussi vous soumettre à de nouvelles expertises psychiatriques. Le juge d'instruction mène l'enquête, c'est lui qui les ordonnera. Je vous accompagnerai partout et nous préparerons chaque entretien. Dès lors que vous me chargez de vous représenter, je peux agir, apporter des pièces ou en demander, et le juge me communique les éléments du dossier. À ces mots, Claire baisse la tête. Elle pense à cet élément central et matériel dont elle n'a pas encore parlé. Il y a quelque chose que je dois vous dire à ce propos, commence-t-elle, d'un ton qu'elle voudrait tranquille et assuré. J'ai fait l'erreur d'envoyer des SMS, dit-elle. Ils sont entre les mains de la police. Elle s'applique à rester détendue mais cette dernière phrase lui semble si terrible qu'elle éprouve un fiévreux besoin de s'expliquer. Mme Noblet s'est empressée de remettre à la justice le téléphone de Gabriel ! dit-elle. Contrairement à moi, Gabriel avait conservé ce fil de conversation. Le commissaire qui m'a interrogée m'a montré mes messages. Je les avais oubliés et j'ai été prise au dépourvu. Maintenant j'en suis malade. J'ai été stupide. Je ne peux même pas prouver que je répondais à une poignante demande d'affection ! Calmez-vous, dit maître Lavergne. Vous n'avez rien d'autre à rajouter maintenant ? Bien, murmure-t-elle quand Claire a secoué négativement son visage misérable. Hormis le suicide et les SMS, tout demeure hypothétique, et vous avez compris qu'une accusation ne peut l'être. Vous rappelez-vous exactement ces messages ? Oui, dit Claire en les répétant. Elle rougit, elle a presque envie de rire : son imprudence n'est-elle pas à la fois une catastrophe et le flagrant indice de son innocence ? L'avocate écrit sans commenter.

Je vois, dit-elle maintenant que les mots de Claire s'étalent sur le papier. À quelles questions répondiez-vous, vous vous en souvenez ? Très bien, dit Claire. Et les mots de Gabriel qu'elle retrouve sont consignés à leur tour. Son besoin d'amour était immense, explique l'enseignante. Et peut-être vexant pour une mère, remarque maître Lavergne. Pour une mère possessive alors, dit Claire, Mme Noblet aurait pu aussi se réjouir de voir que son fils faisait l'objet d'une attention gentille, que ses demandes d'affection ne lui étaient pas renvoyées à la figure ! Elle aurait pu comprendre qu'il désirait compter pour quelqu'un d'autre que ses parents. Amandine Lavergne paraît réfléchir à cette idée. On est souvent étonné en découvrant l'intimité des autres, même celle de ses enfants, dit-elle, on est sûr de les connaître et on reste stupéfait quand un hasard nous révèle leur vie secrète. Vous ne croyez pas ? demande-t-elle à sa cliente étonnée. J'ai un fils, dit Claire, ça ne m'est pas encore arrivé. Geneviève Noblet a pu se sentir exclue, poursuit l'avocate. Imaginez cette femme, qui a dû donner tellement de temps et d'attention, qui pense être tout pour cet enfant, et tout à coup vous arrivez et il vous adore ! C'est trop dur, c'est un choc. Elle lit vos échanges, elle est surprise, elle décortique ces SMS, élude les appels de son fils, sexualise votre affection, la diabolise ou craint ses effets. C'est une possibilité. Gabriel rayonnait, objecte Claire. Justement, dit l'avocate, c'était peut-être aussi inquiétant qu'insupportable. La jalousie est dangereuse parce qu'elle est instinctive, Mme Noblet n'a pas contrôlé sa réaction, je pense. Elle aurait dû s'interroger sur les sentiments qui l'agitaient, déplore Claire. La confusion et la détermination font un mauvais mélange, murmure maître Lavergne. La directrice aurait pu la rassurer sur mes intentions sans équivoque, ajoute Claire, elle ne l'a pas fait au moment où c'était si simple de dire qu'on pouvait me faire confiance. Nous y reviendrons, dit la défenseur, l'accusation peut évoluer, percevoir elle-même ses lacunes. J'aurais dû parler à Gabriel ! s'écrie Claire. Ne vous torturez pas ! Essayez de penser à autre chose et n'hésitez pas à m'appeler si vous sentez que ça ne va pas. Ma secrétaire va vous donner un nouveau rendez-vous.

Sur le trottoir, Claire sort son portable. Impatient d'avoir des nouvelles, Jean a envoyé un bref SMS : “Alors ? ça va ?” Elle répond : “Je sors à l'instant. C'était un face-à-face avec la réalité de tout ce qui s'est passé. Il faut se battre et se défendre. On enclenche dès que je donne mon feu vert.” Mais le soir même, au téléphone avec son frère, elle est en larmes. Elle réalise l'ampleur de l'histoire et le temps que prendra sa résolution. Je ne sais pas pourquoi, j'espérais encore que tout s'arrêterait, avoue-t-elle. Bien sûr, puisque tu n'as rien fait, murmure Jean. Elle renifle, s'apaise. Ça va aller, dit-elle, mais c'est dur. Elle prononce ce dernier mot à voix basse, comme si elle avait honte d'être si violemment frappée. C'est très dur, renchérit Jean, l'école t'a imposé des psychiatres comme si tu étais une déviante, pour finalement te renvoyer du jour au lendemain, tu subis un préjudice énorme ! Je viens seulement de le comprendre en parlant avec l'avocate, dit-elle. Jean est bouleversé par tant de candeur. Penser que Claire n'a plus de travail et plus d'élèves l'inquiète. Il l'imagine seule chez elle, tournant en rond dans son petit appartement, désœuvrée et choquée : on vole à sa sœur le sens de son engagement et de sa façon de vivre. Jean Mouret se fait un devoir d'être présent. Veux-tu déjeuner vendredi 15 ? propose-t-il.

2

Le débat contradictoire fabrique la décision de justice, chacun des deux camps fourbit ses armes, c'est normal, explique maître Lavergne à sa cliente qu'elle sent effrayée par le début de l'instruction. Du côté de l'accusation, on épluche votre passé d'enseignante. L'affaire avec la jeune Marguerite, la colère des parents, le blâme infligé deux ans plus tôt, vous vous doutez que tout ça resurgit opportunément. L'histoire sera montée en épingle, présentée comme annonciatrice et significative. L'école considère qu'elle donne de vous l'image d'un professeur capable de dire n'importe quoi, qui déborde de ses attributions, qui n'écoute pas sa direction, qui ne tient pas compte des règles élémentaires du métier, et dont l'affectivité n'est pas correctement gérée. Nous nous y attendions. Ils veulent faire de moi une récidiviste, résume Claire. Ils mettent en avant un précédent, nous allons leur répondre, dit l'avocate. Mais comment ? se plaint Claire. Point par point, avec précision, dit maître Lavergne. Ils doivent attendre aussi les rapports d'experts, ils seront mauvais ! prédit Claire. Ne soyez pas pessimiste. Je ne le suis pas, dit Claire, les psychiatres et Mme Joyeux sont de mèche, le premier parlait d'elle en l'appelant par son prénom. Vous en êtes certaine ? Absolument. Une preuve supplémentaire d'irrecevabilité, dit l'avocate.

Dans son esprit, l'affaire est dessinée. Au cours de l'instruction, c'est à prévoir, la directrice sera le premier témoin à charge. Accabler Claire, c'est dégager l'école, Mme Joyeux en est forcément consciente. Parlez-moi de Mme Joyeux, demande maître Lavergne. Claire raconte l'antipathie presque animale et les divergences pédagogiques qui l'opposent à la directrice de L'Embellie. Non seulement elle ne m'aime pas mais elle ne reconnaît pas mon travail, elle n'a pas d'estime pour moi. Et vous, en avez-vous pour elle ? Pas tellement, dit Claire, je la trouve molle. Et avec Gabriel, cette mollesse a été criminelle. Annick Joyeux a enchaîné les erreurs d'appréciation, à mes yeux elle est responsable de ce qui s'est passé, elle a mal répondu à l'inquiétude de Mme Noblet. Elle s'est tragiquement moquée des relations humaines. Mais je suis sûre qu'elle pense avoir agi comme il fallait et qu'elle trouvera des tas de choses négatives à dire contre moi. Nous verrons bien, dit maître Lavergne. Pour l'instant, essayez de lister vos succès et atouts qu'elle ne valorise pas.

De son côté, Annick Joyeux prépare sa déposition. Elle la voudrait objective, incontestable et écrasante pour l'accusée, principale fautive. Elle l'a dit à Mme Noblet : je coopérerai autant que possible avec la justice. Elle sent dans son carquois ses nombreuses flèches. Tout le monde a vu l'enseignante embrasser Gabriel, en classe aussi bien que sur le trottoir, devant la sortie de l'établissement. Il sera quasi immédiat de trouver des témoins qui certifieront que Mme Bodin est tactile, trop affectueuse, immodérément expansive. Une hystérique affective peut-être. Les parents de ses anciens élèves le savent aussi. Il suffira de les contacter, ils témoigneront, pense la directrice. Par ailleurs, elle connaît bien Mme Bodin dont elle n'apprécie pas la personnalité pour des raisons qu'elle est capable d'énoncer (elle le vérifie mentalement). Elle ne cachera pas qu'elle critique depuis longtemps un comportement dans lequel elle décèle un manque de professionnalisme et un entêtement qui créent des problèmes. Elle compte exprimer cela avec toute la clarté dont elle est capable.

Et de fait, convoquée par le magistrat instructeur, Annick Joyeux fait calmement l'historique de sa collaboration avec Claire. Ce n'est pas la première fois que L'Embellie rencontre des difficultés avec ce professeur, assure-t-elle avant d'évoquer la fureur des parents de Marguerite (bien avant ceux de Gabriel), l'acharnement de Claire à rester ce qu'elle est, ses conseils déplacés, son incapacité à s'en tenir à une place d'enseignante. Son comportement était plus que maternant. Peut-être Mme Bodin est-elle frustrée de n'avoir qu'un seul enfant. Il est certain qu'après le blâme, je l'ai vue revenir à ses manières habituelles, amie-amie avec les élèves, trop intime et familière, gentille certes mais collante, mettant en jeu des sentiments qui n'ont pas lieu d'être dans une classe. Nous ne demandons pas à nos professeurs de distribuer des baisers, nous n'exigeons pas d'eux qu'ils deviennent les parents de leurs élèves, remarque Annick Joyeux. En deux mots, elle rassemble sa critique : cette enseignante n'en fait qu'à sa tête, ses imprudences sont continuelles, elle est INCONTRÔLABLE.

Lorsqu'elle est informée de cette ligne choisie par la directrice, Claire n'est pas surprise mais écœurée d'une telle exagération. Quelle personne s'ingénie-t-on à voir en elle ? Incontrôlable, imprudente, inconsciente, névrosée, entêtée, caractérielle, *insécure*... Pas un seul qualificatif positif ! Il y en aurait pourtant, elle a beau douter d'elle-même, elle le sait. Sans fausse modestie, elle dirait : dévouée, généreuse, chaleureuse, pédagogue, attentionnée, dynamique, disponible, compétente, efficace, créative même... Mais non, rien de tout cela, des défauts uniquement. On ne dit pas que j'étais appréciée et aimée, on ne dit pas que mon caractère affectueux facilitait les apprentissages, on tait les progrès parfois inouïs de ceux dont personne n'attendait rien, on affirme que je *voulais me faire aimer*. On imagine une intention et un manque. C'est tordu, c'est dégueulasse, dit Claire. On confond le réel et le possible, dit maître Lavergne, c'est la suspicion qui s'égare. Le soupçon métamorphose le réel, l'esprit des gestes disparaît au profit d'une lecture à la lettre. Votre disponibilité, votre volonté pour aider les jeunes font le lit de l'accusation qui retourne les choses dans son sens. Nous rectifierons, avoir le cœur sur la main n'est pas suspect. L'enseignante n'est pas convaincue. Elle s'attriste d'être si mal jugée, puis la révolte l'emporte. On a tort finalement de s'occuper des autres ! constate-t-elle amèrement. Au cul la gentillesse, la sollicitude, l'attention, tout ça c'est louche, c'est de l'intérêt déguisé et malsain, c'est de la perversité, c'est de l'abus masqué ! L'altruisme n'existe pas, ce n'est qu'un égoïsme subtil ! Vous ne pensez pas cela, dit maître Lavergne, Claire, ne perdez pas vos moyens.

Une chose encore, dit l'avocate. Un précédent dossier est en cours d'instruction, le saviez-vous ? *Gabriel a subi des attouchements*. Votre directrice affirme qu'elle vous en a informée elle-même. Pas du tout ! proteste Claire, elle ne m'a jamais rien dit, je n'étais pas au courant. Sa bonne foi semble évidente, mais bien sûr Annick Joyeux soutiendra le contraire. Ce sera parole contre parole, prévient maître Lavergne. Elle ment ! s'écrie Claire. De toute façon, je n'étais informée de rien, dit-elle, aucun professeur ne l'était à mon avis. Il n'y avait jamais aucune réunion, il n'existait aucun travail d'équipe, pas la moindre coordination entre les niveaux concrets, psychologiques et pédagogiques, remarque-t-elle. C'est un point important, approuve l'avocate. Si votre passé d'enseignement est épluché, le fonctionnement de l'école doit lui aussi l'être. Et ce n'est pas brillant, dit Claire avec violence. À la lumière de sa mésaventure et en prenant du recul, elle pense que l'école se foutait vraiment des familles. C'était de la garderie ! J'étais la seule qui y croyait encore, confie-t-elle à celle qui la défend. Vous voyez que vous avez encore des cartouches, dit Amandine Lavergne.

Toute la soirée, Claire Bodin rumine, elle est désespérée. Comment prouver qu'on n'a pas été avertie ? Décidément, c'est une malédiction. Mais qu'est-ce qui m'a pris d'enseigner à de jeunes handicapés mentaux ? Vraiment quelle idée ! Qui voudrait s'y coller à part une tordue ? plaisante-t-elle avec son mari. Elle lui a raconté la question qui l'a surprise chez l'avocate. Qu'est-ce qui vous a poussée vers le handicap ? C'est révélateur quand même ! note-t-elle. Marc Bodin ne contredit pas sa femme, il écoute. Être le spectateur d'une iniquité ou d'une adversité est presque aussi cruel qu'en être la victime. Son sentiment d'injustice et sa colère s'emballent. Et si sa femme souffre d'un manque affectif, alors il est accusé lui aussi, mis en cause pour insuffisance d'amour ! Lorsqu'il en discute, Claire proteste. Mais ce qui les unit et les révolte plus que tout l'un et l'autre, c'est le mensonge d'Annick Joyeux : Mme Bodin était au courant du passé douloureux de son élève, elle a commis l'erreur de ne pas en tenir compte.

Les infortunes antérieures de Gabriel sont un secret que Geneviève Noblet a partagé avec la directrice à la fin du mois d'août, au moment de l'inscription à L'Embellie. Une enquête est en cours, a précisé la mère ce jour-là, Gabriel a subi des attouchements de la part d'une éducatrice. Pour cette raison, nous le retirons de l'institution qui l'accueillait. Mme Noblet a prononcé ces mots sans émotion, en présence de son impassible mari. Mme Joyeux n'a fait aucun commentaire. Je comprends, a-t-elle dit, sans demander de précisions. Le problème était révélé et il n'en a plus été question jusqu'au coup de téléphone avant la Toussaint. Les embrassades de Claire Bodin réactivaient le malaise, Mme Noblet se disait très préoccupée. Il y a trop de contact pour Gabriel, je le sens à nouveau perturbé.

Une autre affaire, une autre femme accusée, alors qu'elles sont rarement les agresseurs, voilà qui soulève une certaine perplexité et suggère de s'intéresser à la mère de Gabriel. N'est-elle pas particulièrement suspicieuse ? Possessive peut-être ? Ou bien le jeune homme cherche-t-il intensément des affections féminines extra-familiales, agaçant ce faisant sa génitrice, réclamant trop à ses professeurs ? Ces pistes se présentent à l'esprit de maître Lavergne lorsqu'elle est informée de ce nouveau fait. Elle en discute au téléphone avec Claire. Combien de fois avez-vous rencontré Mme Noblet ? Une seule fois, dit Claire, pendant cet entretien où j'ai essayé de la rassurer. Elle n'était pas venue à la première permanence parents-professeurs. J'ai l'impression de payer pour ce qu'elle a raté. Que voulez-vous dire ? demande maître Lavergne. Je ne comprends pas qu'elle n'ait pas perçu l'état de son fils si moi-même j'ai senti que ça n'allait pas du tout. Aboulie totale, souffrance apparente, c'était le désespoir, il ne devait pas sauter de joie chez lui ! Je suis sûre qu'elle voulait le bien de son fils, alors pourquoi n'a-t-elle rien fait ? Dans son esprit elle a fait quelque chose, dit l'avocate, elle vous a mise sous surveillance. Elle en attendait le résultat. Et elle est arrivée à ce paradoxe, dit Claire, se demander sans cesse si son fils est heureux et ne pas comprendre qu'il est très malheureux. Ne pas voir que cette intervention à l'école a désespéré Gabriel. Eh bien elle devait avoir des raisons dont nous n'avons pas l'idée, dit Amandine Lavergne. J'ai connu quelques mères dans la même situation. Leur vie s'est d'abord effondrée sous le poids du diagnostic, leur enfant devenait une punition. Les premières semaines après la naissance, elles en voulaient à la terre entière. Si cette rancune ne se tarit pas, les difficultés s'accumulent. Je vous ai dit que j'imaginais une mère toxique et vous savez bien que l'amour est ambivalent. Chaque fois que son fils la décevait, elle devait se désoler de ce garçon qui lui attirait des ennuis, le détester peut-être. Je l'imagine remplie de craintes, moulue par l'inquiétude et plombée par la culpabilité. Jalouse de ceux qui comme vous savent s'y prendre avec Gabriel. C'est idiot ! dit Claire. C'est idiot mais ça ne se contrôle pas, dit l'avocate qui rappelle la palette entière des émotions difficiles, l'impression de ne pas être à la hauteur du handicap, le sentiment de solitude face à l'épreuve, le regret que la vie ne soit pas plus facile. Tout cela endurcit et insensibilise, murmure-t-elle, et vous m'avez dit que le mari semblait très absent. Effacé plutôt, dit Claire. Parce que madame fait tout, pense à voix haute Amandine Lavergne. La pauvre, dit Claire, maintenant elle doit être folle de douleur, écrasée par la nécessité de se disculper. Oui, mais c'est à vous que nous devons penser, conclut l'avocate.

Le sentiment se fait de plus en plus prégnant d'être victime d'un abus. Claire a appris ce qu'est l'abus de plainte. Avant de contre-attaquer, il faut être relaxé, explique-t-elle à Marc qui s'énerve et voudrait réagir. D'abord il faut gagner, répète-t-elle. Elle a le sentiment de se tenir ingénue avec sa vérité, face au mensonge organisé. Mais que vaut sa vérité ? Dans cette affaire, tout le monde ment, pense-t-elle. La mère se raconte des histoires pour éviter de se sentir coupable. La directrice ment pour défendre l'institution qui l'emploie et éviter d'en recenser les manquements. Et moi ? pense Claire, est-ce que je me mens à moi-même ? Est-ce que j'évite d'envisager ma véritable responsabilité ? Ai-je réellement, sans l'avoir voulu, porté atteinte à la vie de Gabriel ? Elle rêverait d'une conversation posthume avec le jeune homme. Que dirait-il ? Pourquoi a-t-il voulu mourir ? Qu'est-ce qui lui a traversé l'esprit ? Qu'est-ce qui l'a fait à ce point souffrir ? Claire a-t-elle directement causé ce grand désespoir qui a poussé l'adolescent dans le vide ?

3

Un nouvel ennemi s'invite dans l'aventure, un ennemi de l'intérieur : le doute. Pire encore : la culpabilité. De plus en plus fréquemment, comme si déjà fatiguée de combattre elle baissait les bras, comme si l'accusation littéralement la pénétrait, Claire épouse la thèse adverse : elle a mal agi, elle ne s'est pas comportée comme il convenait, elle a manqué de discernement. Elle a fait ou laissé germer puis croître un attachement trop fort qui a fini par gravement nuire à son élève. Il a dû s'emballer, s'enfiévrer, se raconter une histoire. Elle a eu tort de l'étreindre sous prétexte de le réconforter. À quelle hauteur étaient mes mains quand je le prenais dans mes bras ? se demande-t-elle. Elle n'aurait pas dû lui laisser un accès aussi libre à son professeur. Il s'est imaginé un lien personnel unique qui, n'ayant pas lieu d'être, a agacé les parents. Il n'a pas supporté le retour à des relations normales. Il a cru à quelque chose qui ne pouvait exister – et que peut-être elle lui avait fait miroiter. Sur le trottoir, à la sortie, il l'a embrassée sur la bouche, elle n'a rien fait pour l'en empêcher. C'était une erreur. Claire partage ces constats avec Jean, autour d'une table de bistrot où ils déjeunent d'un croque-monsieur. Cette histoire ne m'arrive pas par hasard, dit-elle, j'ai forcément des torts, j'ai dû mal m'y prendre quelque part. Obligatoirement ! Elle rit : Peut-être que je lui mettais réellement les mains aux fesses ! Les protestations de Jean, qui se met gentiment en colère, ne suffisent pas à éteindre le petit feu qui couve et brûle : je suis en tort et je serai condamnée. Les démentis n'ont pas de prise sur ce pronostic. Tu sais ce que je pense, dit Jean, ton seul tort est de ne pas avoir quitté plus tôt cet établissement. Un juge ne va pas te condamner pour ça ! Claire hoche la tête, ce qu'elle cache y pèse trop lourd. Ni son frère ni son mari ne connaissent l'existence des SMS. Cette ignorance partielle discrédite leurs avis, ce qu'ils pensent de l'affaire n'a pour Claire aucune valeur. Elle les écoute parler sans les croire. Elle macère dans son drame, l'inculpation l'isole, le secret l'enferme. Je pleure tout le temps, dit-elle à Jean. C'est normal, dit-il, et c'est bien, tu relâches la pression.

Le temps de la justice est un temps long. Une mise en examen n'est pas un sprint tourbillonnant et galvanisant, c'est un marathon qui épuise les forces. Comme avec une longue maladie, il faut apprendre la cohabitation, protéger une part inaliénable de gaieté, par tous les moyens se tranquilliser, tromper l'attente du jugement. Et l'attente est interminable, la justice manque de moyens, on le sait, les délais de traitement des affaires s'allongent. Claire apprend à serrer les dents. Parlons d'autre chose ! proteste-t-elle si son mari ou son frère mettent le sujet sur la table (elle seule a le droit de le faire). Elle est déterminée à ne pas être morose. Adrien est enfant unique, que va-t-il devenir s'il vit avec deux parents déprimés et stressés ? fait-elle remarquer à Marc, sur un ton de léger reproche. Sois plus joyeux, semble-t-elle lui dire, elle qui s'y efforce à chaque instant. Elle songe aux puissants qui, pense-t-elle, traversent les enquêtes judiciaires comme si de rien n'était. Elle voudrait attendre comme eux, confiants dans la relaxe. Rapidement, elle trouve son mât, sa base, son réconfort automatique. Elle dédramatise, s'accroche à une constatation rationnelle : une condamnation ne lui prendra ni son fils ni son mari, c'est tout ce qui compte à ses yeux. Le reste (ce qu'elle imagine : une amende, une interdiction d'enseigner), je m'en fous, dit-elle. Dans l'adversité, Claire Bodin se renforce. Elle cherche le bon côté du mal. C'est la première fois depuis six ans que je suis libre de mes journées, dit-elle à Jean. J'ai bien l'intention d'en profiter.

Elle s'offre une carte des Amis du Louvre. Elle passe parfois deux heures seule dans les collections permanentes du musée. Les œuvres l'apaisent et le silence aussi – ce recueillement des amateurs devant les créations des hommes. Elle profite de son inactivité pour prendre les rendez-vous médicaux qu'elle a négligés. La gynécologue la sermonne – Vous n'êtes pas sérieuse ! – et lui prescrit la mammographie trop longtemps différée. Prenez rendez-vous en rentrant chez vous, n'attendez pas. Deux semaines plus tard, allongée et torse nu,

Claire sent sur ses seins la gelée froide qui permet l'examen. Votre tissu mammaire est très dense, commente l'échographe. À l'image, une masse suspecte réclame une investigation plus poussée. J'en étais sûre, pense-t-elle, démoralisée. Elle subit la ponction avec le même défaitisme qui l'envahit devant l'accusation. Elle est seule à connaître l'existence des SMS, de la même manière elle est seule à savoir qu'elle n'a pas consulté un médecin depuis cinq ans. Dans un cas comme dans l'autre, elle sera punie de son inattention, pense-t-elle. Je suis certaine que ça ne sera pas bon, dit-elle au téléphone à sa belle-sœur Astrid. L'infirmière répond : Tu ne peux pas savoir, il faut attendre. Il faut toujours attendre, remarque Claire. Sa réalité psychique devient un tapis de billard : un souci chasse l'autre. La tumeur potentielle l'angoisse bien plus que le jugement, la tumeur est un jugement lourd. Marc Bodin est en colère : la procédure crée du stress, le stress affaiblit les défenses immunitaires, voilà le travail ! S'il pouvait agonir d'injures la mère Joyeux et la mère Noblet, ces deux bonnes femmes à la con, ces deux folles affabulatrices, il saurait quoi leur dire. Une famille dans le malheur ne vous suffit pas, vous en voulez deux ? J'ai envie de leur mettre mon poing dans la figure ! répète-t-il. Quelle idée d'ajouter des tourments aux tourments ! Comment osent-elles inventer de toutes pièces une affaire qui n'existe pas ? C'est infâme. Et ça ne lui rendra pas son fils, conclut Marc d'un ton rageur.

Si le ressassement défait chez Claire la certitude de son innocence, il n'épargne pas Geneviève Noblet.

Pour elle aussi, le temps de la procédure est long et le travail mental inévitable. L'espace juridique se superpose à celui du deuil. Mener un combat et assimiler une perte affective irremplaçable sont deux opérations différentes et peut-être antagonistes – l'une réclame agressivité et mordant, l'autre sagesse et placidité. L'action – l'action furieuse, vengeresse – ne fera pas tout passer. L'absence de Gabriel est une chose concrète que n'efface aucune diversion. La mort s'est installée, elle habite la chambre à côté, la chambre vide, la chambre ouverte sur le balcon. Il n'y a plus de fils, il n'y a plus d'enfant. Au cœur du gigantesque relais que court l'humanité, Geneviève Noblet n'a pas transmis le bâton de la vie. Son partenaire est tombé dans le vide, il s'est brisé. Geneviève Noblet a failli, son œuvre de mère restera à jamais inaccomplie. Elle en éprouve un vertige. Parfois la tête lui tourne à se rappeler ses efforts pour cet enfant. Elle a tant fait et tout s'est perdu, balancé par la fenêtre. Sa tâche maternelle aura été lourde ! Un calvaire ! Dès le premier jour, le pire. Elle y pense, car la mort ramène à la naissance. Elle se rappelle ce jour terrible, le lendemain de l'accouchement. Pouvez-vous joindre votre mari ? lui demande le pédiatre de l'hôpital, je dois vous voir tous les deux. Raoul Noblet entre dans la chambre de sa femme, quand il en sortira, il ne sera plus le même homme. Le visage du médecin est grave. La jeune mère comprend : elle a mis au monde un garçon qui déroge à la norme, qui sera toujours différent, comme empêtré sous un voile qui le ralentit. Une pauvre petite chose qui connaîtra le monde en se tenant dans le camp des plus vulnérables. Colère et incompréhension la saisissent et remplissent sa nouvelle existence. Pourquoi moi ? Pourquoi mon enfant ? Elle le regarde, elle l'aime, elle souffre, elle voudrait crier, elle le déteste. Les plus maladroits s'étonnent : Comment se fait-il ? Vous n'avez pas su ? Le sous-entendu s'entend : Vous n'avez pas pu interrompre la grossesse ? Elle a mis au monde un être qui appartient à ceux qu'on ne veut pas faire naître. Le droit à la vie n'est pas pour eux. Se rappeler cette sensation et cette révolte est insoutenable alors que Gabriel a renoncé à sa vie, à son droit – ce droit qu'elle lui avait accordé. La déficience intellectuelle est avérée mais variable d'un individu à l'autre, elle peut être légère, explique le pédiatre. Elle fut légère, se dit Geneviève Noblet quand elle se remémore cet instant. Et deux souffrances se joignent en elle : celle du handicap rédhibitoire et celle du décès.

Oubliez la mère, répète maître Lavergne. Dans l'empathie, sa cliente perd sa combativité. Vous êtes spontanément généreuse, Claire, dit l'avocate, c'est une qualité, mais elle est malvenue pour le moment. Mme Noblet n'a pas pitié de vous, pensez-y ! Elle vous gâche la vie, à vous, votre mari et votre fils. Claire ne peut pas dire le contraire. À ses yeux, dans sa version de l'histoire, la mère de Gabriel détruit ceux qu'elle approche, son fils le premier. Elle est malfaisante sans le vouloir. Dites-vous que c'est une bataille à mener, conseille Amandine Lavergne. Quand vous l'aurez remportée, alors vous pourrez vous montrer magnanime, si vous le voulez encore. Claire comprend, acquiesce, s'en remet. L'avocat voit tant de choses, c'est son métier, il comprend les hommes qui sont cachés derrière les histoires, il sait comment ceux qui souffrent peuvent perdre pied, tordre la réalité, devenir en toute sincérité des narrateurs peu fiables. On a raison bien sûr de les entendre. Mais leur parole aussi doit être évaluée. Des erreurs seraient évitées. Car le mystère demeure : où se niche la vérité de ce qui fut ? En somme, qui de Claire Bodin ou de Geneviève Noblet a désespéré Gabriel ?

4

Plus que la vérité de ce qui fut, le deuxième interrogatoire de police semble chercher la confirmation d'une hypothèse. Comme si les faits étant avérés, l'accusée n'avait plus qu'à les reconnaître. Contentez-vous de répondre par oui ou par non. Vous arrivait-il de prendre Gabriel Noblet dans les bras ? Oui. À plusieurs reprises ? Oui. Avez-vous perçu qu'il tombait amoureux ? Oui. Vous lui avez bien envoyé ces messages ? Oui. Témoignages et SMS explicites corroborant nettement l'accusation, la vision Noblet des événements s'est imposée et pas un instant, dans les locaux de la police judiciaire, Claire Bodin ne se sent traitée comme une suspecte qui est peut-être innocente. On croit la mère parce qu'elle est la victime, on ne m'écoute pas parce que je suis l'accusée, dira-t-elle à Jean. Dans la première arène officielle qui l'accueille pour l'interroger à nouveau, si étonnant que cela soit : pas de place apparente pour le doute. C'est une femme responsable de faits graves, une délinquante sexuelle, qu'interroge sans ménagement l'officier chargé du dossier. Le fonctionnaire se montre sec, sa réprobation est manifeste. Claire finit par comprendre qu'à ses yeux elle est un monstre :

un adulte qui a abusé d'un jeune handicapé, une enseignante voluptueuse qui a finalement causé la mort d'un de ses élèves. Elle est déjà coupable, les questions lui sont adressées comme si elle l'était.

Cette violence de l'institution la pétrifie. Sous le choc, son propre regard lui échappe : il devient fuyant et bas comme si elle avait honte non pas de l'injuste soupçon qui l'accable, mais bel et bien comme si elle les avait commis, les actes vils dont elle est accusée. Elle attrape un regard de coupable. L'interrogatoire cherche-t-il l'aveu ? Elle pourrait tout à fait se mettre à pleurer et céder à la facilité : oui, vous avez raison, j'ai mal agi, j'ai été nocive sans le vouloir. Mais tout de même non, elle serait trop éloignée de la vérité. À cette idée de l'injustice, elle s'émeut. Une larme coule. Pas de ça, semble dire l'agent. Les monstres ne pleurent pas. Je ne suis pas une ordure, je n'ai pas mal agi, je n'ai pas eu de relation amoureuse avec un élève, le dévouement n'est pas une stratégie de séduction : Claire ne concède rien à l'interprétation viciée de sa sollicitude. À côté d'elle, maître Lavergne est un soutien. Plus tard l'avocate lui dira : en matière de sexualité, le Code pénal français a longtemps traité plus durement la femme que l'homme, il en reste des traces dans les mentalités, c'est d'autant plus étrange que seulement 2 % des agresseurs sexuels sont des femmes. Claire écoute mais s'étonne : sa relation avec Gabriel n'a rien à voir avec la sexualité ! Est-elle la seule à le penser ? Notre époque traque avec raison l'abus sexuel, faut-il pour autant le voir dans n'importe quel geste tendre ?

Vous avez dit à plusieurs reprises que vous aimiez ce jeune homme, dit l'officier de police, le confirmez-vous ? Extirpée de son contexte initial, l'affirmation se dénature. Claire proteste. C'est ridicule ! Je *n'aime pas ce jeune homme*, j'aime mes élèves ! Je n'ai pas d'autre mot pour le dire. J'utilise le verbe aimer parce que le français n'en possède pas d'autre. Il ne propose pas comme l'anglais *like* et *love*, dit-elle, ayant récemment trouvé cet exemple. Jean lui a également parlé des trois mots du grec ancien, Éros, Philia, Agapé, mais ne connaissant pas le grec elle n'ose pas les utiliser – elle serait ridicule avec son grec. Vous me comprenez quand même ! s'agace-t-elle, j'ai de l'affection pour les jeunes dont je m'occupe, je veux leur réussite, je les *aime bien* ! dit-elle en articulant de façon exagérée. Veuillez garder votre calme, madame. Je vais maintenant vous lire les messages que vous avez adressés à M. Noblet alors qu'il était votre élève. Le reproche s'entend : un professeur n'a pas de relations affectives ou amoureuses avec son élève. Ne vous donnez pas cette peine, je connais par cœur ces quatre SMS ! dit Claire. La procédure m'impose de les porter à votre connaissance, objecte l'officier. Dans sa lecture, la voix devient suave. Votre ton n'est pas neutre, signale l'avocate, la main levée. Oui ! s'écrie Claire qui n'osait rien dire, vous ne lisez pas une déclaration d'amour ! Bien sûr que je t'aime, lit alors l'officier de police. Claire reconnaît ses mots. L'interrogatoire tord si rudement la vérité que la rébellion de l'accusée est inévitable. Tout ce que vous dites est sale et laid ! Vous vivez dans le monde du mal, vous avez oublié ce qu'est la gentillesse. L'amour n'est pas ce que vous décrivez.

Vous confondez le désir sexuel et l'amour fraternel. Vos questions sont perverses. Claire, ne vous mettez pas en colère, murmure Amandine Lavergne. Mais Claire n'écoute pas, emballée. J'aimais Gabriel comme on aime tout enfant à qui l'on veut du bien. Et sa mère, voulait-elle son bien ou seulement le garder pour elle ? Vous devriez vous poser la question ! Passer la nuit en garde à vue, c'est ce que vous voulez ? demande l'officier. Ce n'est pas une plaisanterie, le représentant de l'ordre et de la loi est sérieux. À nouveau, les yeux s'emplissent de larmes. Ma cliente a répondu à vos questions, objecte maître Lavergne, il n'y a aucune raison de l'empêcher de rentrer chez elle. À vrai dire, c'est tout ce que demande Claire Bodin : retrouver son appartement et sa famille. Elle est reconnaissante envers son avocate. Merci Amandine, dit-elle en sortant.

Jusqu'à quel point peut-on se méprendre sur l'essence d'une situation et la signification d'un geste ? Est-on en mesure de connaître suffisamment une personne pour la juger ? Un dossier monté dans un but précis peut-il renseigner avec impartialité ? Un interrogatoire ? Des rapports psychiatriques ? De toute évidence, la réponse est non, pense Claire. On peut vraiment se tromper, falsifier une personnalité, en toute bonne foi d'ailleurs, car le cadre de questionnement est prédéfini et une écoute déjà informée est forcément biaisée. Elle le découvre en écoutant maître Lavergne lui expliquer ce qu'il en est depuis que les experts ont rendu leurs travaux. Le manque affectif a été souligné, avec l'émotivité, l'agressivité de défense, une architecture élaborée de faiblesses qui dessinent une femme fragile, instable, en recherche de reconnaissance et paradoxalement peu disposée à l'apprentissage. Claire devine qu'on ne la reconnaît pas et d'emblée refuse de consulter ces portraits. Peut-être sait-elle que si elle lit, elle croira. Il est difficile de ne pas valoriser les experts. Une fois connu, ce diagnostic resterait gravé dans son être. La faille en elle s'en trouverait creusée. Pourquoi se faire du mal ? Elle a compris que les rapports sont *mauvais*, elle ne souhaite pas en savoir davantage. Elle confond d'ailleurs "mauvais pour le jugement" avec "mauvais en eux-mêmes" ou même "révélant une personne mauvaise".

Nous en demanderons d'autres, assure maître Lavergne. Toute seule chez elle, assise au même endroit que le matin de la perquisition, l'appareil à l'oreille, Claire baisse la tête. D'autres expertises, tu parles d'une bonne nouvelle ! Être étudiée l'écrase. Elle voudrait disparaître, être invisible, transparente, inscrutable. Mais non, elle devra se soumettre, la procédure est la même pour les coupables et les innocents. Et par ailleurs, agir serait utile, rappelle l'avocate à sa cliente. Il faudrait disposer de témoignages favorables, pour renforcer le dossier de personnalité, est-ce possible ? Claire bafouille qu'elle s'y emploiera. C'est un mensonge. L'idée même de demander ces certificats est une torture. À qui ? Comment ? Et ensuite les gens baisseront la voix pour parler d'elle et de ce qui lui arrive ! Cette seule idée lui fait horreur. Elle ne veut pas dire un mot de cette histoire. Aux amis, c'est décidé, elle ne demandera rien. Elle n'aura pas de témoins de moralité ? Tant pis. Elle ne se sent capable que d'une seule chose : aller dans sa classe et revoir ses élèves, ce monde où l'on suspend le jugement, cet espace où l'affection sauve. Lucie, Arthur, Louise sauraient dire du bien des cours de Mme Bodin et de leur professeur. Mais il faudrait pour cela violer l'interdiction de contact avec eux. À son tour de demander à l'avocate si c'est possible, imaginable. Retourner à L'Embellie ? dit maître Lavergne. N'y pensez pas.

Claire retrouve les adresses mails de quelques anciens parents d'élèves à qui elle adresse sa requête : seraient-ils prêts à écrire qu'ils ont été satisfaits de l'enseignement qu'elle dispensait ? Que leur progéniture avec elle a progressé ? Que tout se passait bien ? Elle se restreint à ceux qui cent fois le lui ont dit, les familles reconnaissantes qui par le passé lui témoignaient leur gratitude : merci pour ce que vous faites, merci pour le bonheur que vous apportez à nos enfants, merci d'être comme vous êtes. En somme, il s'agirait de réitérer les compliments dans un cadre officiel – elle peine bien sûr à l'expliquer en ces termes. Tout le monde sait à quoi ressemble une lettre de recommandation et de bonnes références ! la rassure son mari. Quinze jours passent, trois semaines, un mois… Le 15 mars, tous ont répondu, tous se défilent. Aucun n'offre l'appui sollicité. Ils sont désolés, produire un tel document leur est impossible. Bien sûr ils ne disent pas pour quelle raison. L'enseignante devine ce qui les retient : peur de perdre sa place à l'école, peur de s'opposer à l'accusation, peur d'être mêlés à une histoire qu'ils connaissent mal, peur du caractère judiciaire et pénal du cadre, peur, peur, peur… Abattue, Claire envoie un SMS à son frère. “Aucune lettre des parents pour mon dossier. Pas de chance !" L'école a fait pression ? demande Jean. Je ne sais pas, je ne m'attendais à rien, affirme Claire.

Il y a comme une accoutumance à la déception autant qu'à la stupéfaction. Plus rien ne m'étonne, répète Claire Bodin. Il est vrai qu'elle est en plein nuage de malheurs, il tombe d'affreux soucis. Elle en dresse la liste : la mort d'un élève, la plainte déposée contre elle, le sentiment de culpabilité qui par instants s'insinue, la honte d'être suspectée de gestes inconcevables, l'étrange découverte de ce dont les gens sont capables ou incapables. Et maintenant le cancer. Il ne manquait plus que ça : être malade. Les résultats de la biopsie sont mauvais, dit-elle à Jean, on m'opère la semaine prochaine. Elle le sait depuis quelques jours. Panique-t-elle ? A-t-elle des pensées de mort ? Des angoisses ? Des imaginations ? Rien ne transparaît. Elle fait face à ce nouveau coup avec une sérénité d'autant plus admirable qu'elle est discrète. Dans la maladie, une force nouvelle se manifeste, naturelle, qui pourrait presque passer inaperçue. Peut-être pour la première fois de sa vie – parce qu'il est un aîné naturellement dominant, parce qu'il a confiance en lui, parce qu'il s'est habitué à obtenir ce qu'il veut –, Jean est rempli d'admiration pour sa jeune sœur. Il sait qu'il montrerait moins de cran qu'elle n'en a. En matière de courage, elle le surpasse. Claire inspire le respect.

5

La maladie crée une diversion salvatrice. Face à ce nouveau front, la perspective du jugement pénal devient un détail. Le coup de fil du médecin est plus attendu que celui de l'avocat et, dans les préoccupations de Claire, la Pitié-Salpêtrière remplace L'Embellie. Contrairement au combat judiciaire, celui contre le cancer est vital. Les médecins sont des experts qui œuvrent pour Claire et non contre elle, le mal ne vient pas d'une personne, il n'a pas d'intention, l'adversaire est sans visage. Dans cette nouvelle mésaventure, elle se sent moins agressée et déçue. Aucune volition humaine ne s'oppose à la sienne. La sienne s'affirme. Être forte est pour Claire une révélation. Je ne suis pas si nulle finalement ! dit-elle à Jean, j'ai de la volonté, je me bagarre. Elle a un pauvre rire de fierté triste. Quelle émotion pour Jean de comprendre ce que lui confie sa cadette : le cancer a restauré l'image qu'elle a d'elle-même, le cancer la valorise, pour la première fois de sa vie elle se sent satisfaite d'elle-même ! Il la prend dans ses bras et l'enserre, l'embrasse, lui caresse les cheveux comme à une petite fille qui mérite d'être consolée et complimentée. Arrête, je vais me mettre à pleurer ! dit-elle.

Quand elle pleure, ce n'est pas sur elle-même mais pour Adrien. Et c'est pour lui qu'elle rassemble son désir de vaincre. Une nouvelle fois, pour préserver son fils, Claire Bodin se préserve. Sa résistance est maternelle. En somme, elle le dit, les enfants donnent à leurs parents la force qui vient de l'amour. Les mères sont indestructibles.

Elle se rappelle une histoire : une femme soulève seule la voiture sous laquelle se trouve son enfant – une tonne. En silence, Claire porte l'angoisse du diagnostic, celle de l'opération et celle de l'avenir. Adrien ne doit pas penser que sa mère est gravement malade. Claire minimise ce qui lui arrive et ce faisant, elle le surmonte. Le jour prévu pour l'intervention chirurgicale, elle prend le train puis le métro jusqu'à l'hôpital, remplit la fiche d'admission, enfile la tenue de rigueur, range ses affaires dans le casier prévu à cet effet, attend dans une pièce aussi austère que minuscule, descend au bloc opératoire, s'allonge sur le brancard, offre ses veines à l'anesthésiste et ferme les yeux. L'expérience de la solitude est totale. La maladie livre à l'isolement existentiel – celui de chaque vivant. Dans l'atmosphère glacée du bloc, Claire l'éprouve : elle seule possède ce corps malade, qui seul la maintient en vie. *Seul* est le mot-clef de l'existence.

Elle dort chez elle le soir même et elle a toujours deux seins. Il faut attendre quinze jours pour savoir si s'impose une chimiothérapie. La tumeur extraite sera analysée. Du moins le cancer n'est-il pas invasif. C'est le moment que choisit Asperge pour faire un œdème ; le teckel souffre tellement qu'il mord sa maîtresse comme si elle était une étrangère. Adrien pleure. Insuffisance rénale, diagnostique le vétérinaire chez qui la petite bête passe une nuit. La pauvre, elle est vieille, dit Claire. Jean, qui n'est pas croyant, prie pour que l'animal ne meure pas. Pas maintenant, supplie-t-il. Combien de coups est-on capable de supporter ? pense-t-il. Car la maladie ne suspend pas la procédure, même si Claire ne s'oblige plus à répondre aux appels de son avocate. J'en ai marre ! explique-t-elle à son frère qui s'en étonne – sa sœur est-elle légère ou inconsciente ? Il proteste, sérieux, la réprimande : tu es folle ou quoi ? Tu dois la prendre au téléphone ! Les nouvelles sont constamment mauvaises, s'amuse Claire – qui s'offre la légèreté dont elle a besoin. Dernière en date : l'école a obtenu seize lettres témoignant que Mme Bodin est tactile et plus affectueuse qu'on ne l'attend d'un enseignant. Et tu veux savoir la meilleure ? demande-t-elle à son frère. Le curé a convoqué Marc pour lui montrer un courrier anonyme arrivé au presbytère. Un paroissien avertit l'abbé que Mme Bodin doit être exclue, qu'elle est sous le coup d'une procédure pénale et patati et patata. Marc n'a pas voulu me lire ces horreurs ! Tu te rends compte ! dit Claire.

Un vieux pays rance, que la nécessité de faire nation oblige à oublier, plein de délateurs et de couards dont parlent quelques livres, s'invite dans le présent. Jean Mouret n'est pas tellement étonné – tout change pour que rien ne change –, Marc Bodin est sidéré. C'est dingue, je ne croyais pas cela possible, les gens sont affreux ! répète-t-il. Sa femme tant appréciée, maintenant dénoncée et calomniée ! Heureusement que le curé nous connaît, dit-il. C'est drôle qu'il ne m'ait rien dit, murmure Claire, il me voit tous les matins à la messe. Quelques jours plus tard, le prêtre la rassure. N'accordez pas d'attention à ça, lui dit-il, si vous saviez tout ce qu'on m'écrit ! Il y a beaucoup de malheureux et de jaloux. Jaloux de moi, s'étonne Claire. Voilà une leçon pour elle : il ne suffit pas d'être gentil et de sourire, on ne peut pas existter sans se battre pour sa propre existence. Elle est tout de même durablement frappée. Le monde de ceux qui sont si certains d'être honnêtes est d'une cruauté qu'elle n'aurait pas imaginée. Était-elle elle-même aussi dure quand elle vivait tranquille loin des tribunaux ? Des questions lui traversent l'esprit, qu'elle ne s'était jamais posées. Le malheur fait de nous des gens plus intelligents, plaisante-t-elle. Elle a l'impression d'en apprendre tous les jours : en septembre un jeune homme débarque dans sa classe, en avril elle est traitée comme une criminelle et son confesseur reçoit un courrier de dénonciation ! Si on le lui avait prédit, elle aurait rigolé. Maintenant elle s'inquiète, la lettre anonyme prouve que l'affaire s'ébruite, c'est la chose que Claire Bodin craint le plus : la rumeur.

Elle cesse de se proposer pour lire à l'office du dimanche. Elle se met en retrait. Sur le parvis, elle s'attarde moins longtemps, bavarde moins volontiers. Elle se surprend à chercher des yeux le possible auteur de la missive. La honte brûle. Claire n'a toujours rien dit à ses parents. C'est mieux, assure-t-elle, ils se feraient du souci. Jean approuve et garde le secret. Son fil rouge à lui : l'efficacité. Les parents pourraient-ils rendre service ? Probablement pas. Laissons-les en dehors. Combien de gens sont au courant ? Claire Bodin fait parfois le compte. Contrainte et forcée, elle a informé cinq personnes en tout et pour tout : son mari, son frère, sa belle-sœur, son amie juge, l'avocate. Il faut ajouter Adrien. Elle n'a pas pu faire autrement que lui raconter ce qui est important. Il était là le matin de la perquisition, il m'entend parler au téléphone, mieux valait qu'il sache, dit-elle à Jean. D'ailleurs ça le fait rigoler, sa mère inculpée ! Et maintenant le curé. Il a bien fallu lui expliquer l'affaire. Six membres de son entourage et une professionnelle savent ce difficile moment qu'elle traverse et ce qu'on lui reproche. Elle se demande à qui Geneviève Noblet raconte sa vilaine fable – et s'il se trouve des gens pour imaginer qu'elle ment ou qu'elle est la source du drame. Dans la sphère familiale et amicale de Gabriel, est-ce aussi un secret, un sujet tabou, ou au contraire est-ce un remède, une indignation, dont on parle à bâtons rompus en espérant aller mieux ? Et la mère Joyeux (comme l'appelle Marc Bodin) ? Celle-là ne doit pas tellement fanfaronner, se dit Claire. Cette idée lui fait du bien. Elle voudrait tant que l'histoire s'achève, que l'on n'en parle plus, que tout soit oublié. Elle ne serait plus la cible blessée d'une suspicion ignominieuse. Elle ne se demanderait plus si elle a vraiment causé la mort d'un garçon de dix-sept ans ! Certaines nuits, elle fait ce rêve : son avocate lui téléphone. Tout est fini, Claire. Ils ont reconnu que la plainte est abusive. Vous pourrez revoir vos élèves. Et comme elle est généreuse jusque dans son sommeil, Claire pense : je ne demanderai pas de dommages et intérêts, je ne poursuivrai personne, je n'ajouterai pas de tourments aux tourments. L'épouvantable machine judiciaire doit tout simplement s'arrêter.

Mais le rêve n'est pas prémonitoire, il ne se réalise pas, et la réalité prend des allures de chemin de croix. Quelle faute expie-t-elle ? Claire reçoit en même temps le planning de ses chimiothérapies, les dates de ses entretiens avec les psychiatres et sa première convocation chez la juge d'instruction. Pas mal, non ? se vante-t-elle à son frère. On dirait que j'accomplis ma pénitence. Pour une fois que j'avais un peu de temps, déplore-t-elle. J'en ai marre, si tu savais. La plainte est discrète, pourtant la charge est lourde, l'accusée pourrait gravement chanceler. Être désespérée. Attenter à sa vie. C'est arrivé à beaucoup d'innocents à qui le parcours a semblé trop long, trop cruel. Jean s'en inquiète. Maltraiter les justiciables peut s'avérer criminel. Quand il est seul avec sa femme, il se laisse aller à la véhémence, agitant ce danger d'une réaction dépressive violente. Imagine que Claire en arrive à cette extrémité, que personne ne s'en aperçoive, ces deux bonnes femmes auraient sa mort sur la conscience, dit-il à son épouse. Enseignante en philosophie, Sabine Mouret connaît l'histoire de Gabrielle Russier, à peine rentrée chez elle, après la prison et la maison de repos, ouvrant le gaz et résistant au désir de vivre, gardant fermées ses fenêtres. Devenu célèbre, ce tragique exemple émeut et fait réfléchir. Claire aurait des raisons de chuter, pas de mourir, dit Jean. Il le croit, il le sait bien, toutefois il téléphone chaque jour. Elle ne prend même pas de somnifères, dit-il, admiratif. Aucun Lexomil ou autres calmants, pas de tabac, peu d'alcool. Claire est aimée, pense-t-il. Un seul mari en vingt ans, cela devient une réussite. Rare, voilà le mot qui convient pour qualifier sa sœur. Elle est unique, utile et nécessaire, pas interchangeable. Quel prof d'ailleurs a bien pu la remplacer ? Aucun probablement. Tu sais qui fait cours à ta place ? demande-t-il. Aucune idée, dit Claire. Sa voix est atone. Aussitôt il s'enquiert : Tu tiens le coup, tu ne vas pas faire une dépression ou une bêtise ? Quelle bêtise ? rigole l'intéressée. Te suicider à ton tour, dit Jean, sérieux, et c'est une manière d'exprimer à Claire combien il mesure la gravité de ce qu'elle subit. Quand on a un enfant, on ne souhaite pas mourir, dit-elle, on veut le voir devenir. Elle est grave elle aussi, puis souriante, une bouffée d'amour l'emplit à la pensée d'Adrien, à l'idée de l'avenir, une véritable aspiration au bonheur. Soudain elle songe à Geneviève Noblet dont le fils ne grandira plus. Pauvre femme, elle n'a pas voulu ce qui est arrivé. Claire serait capable de la réconforter. Je préfère être à ma place qu'à la sienne, dit-elle.

C'est plus fort qu'elle, Claire Bodin pense souvent à la mère de Gabriel. Elle en est persuadée, la solution ne peut venir que de là. Si elle s'écoutait, si ça ne lui était pas interdit par la loi, elle irait ouvrir son cœur à la petite femme métallique. Quelques mots bienveillants ramèneraient cette éplorée dans la vérité. Il ne s'agirait pas de l'accuser, au contraire, mais de lui dire que le pourquoi des événements n'est pas toujours accessible, qu'on se fait mal alors en le cherchant. Il existe des accidents dont on ne parvient pas à établir les causes. Peut-être en conviendrait-elle. Elle retirerait sa plainte, prendrait l'enseignante dans ses bras et lui dirait : Je ne sais pas ce qui s'est passé, mais je sais que ce n'est pas votre faute.

6

Je suis obligée de vous le répéter, insiste maître Lavergne, oubliez la mère. L'avocate quant à elle ne l'oublie pas, elle voudrait placer la génitrice au centre de l'instruction. Elle réitère sa demande que Mme Noblet soit examinée par un psychologue ou un psychiatre. Deux accusations coup sur coup contre des femmes qui avaient la charge de Gabriel, le phénomène est assez exceptionnel pour que la parole de la plaignante soit évaluée. La juge Cécile Marquet n'en tient pas compte. A-t-elle le temps de travailler le dossier ? s'interrogent les Bodin. Pas d'expertise psychiatrique, pas de perquisition. Comme si Geneviève Noblet était aussi clairvoyante que fiable. Simplement parce qu'elle est la victime ? suppose Claire. C'est pourtant Gabriel qui est mort, pas sa mère. Elle pourrait tout à fait avoir involontairement causé le geste de son fils. N'est-elle pas la présence la plus permanente, l'affection la plus nécessaire, l'influence la plus forte ? Cette option est l'une des pistes de la défense : croyant bien faire, M. et Mme Noblet ont modifié l'organisation des cours de Mme Bodin, perturbé ainsi l'équilibre de Gabriel et participé à la dégradation rapide de son moral. Des parents qui viennent de perdre leur enfant ne peuvent pas l'entendre, il n'empêche, nul besoin de connaître la forme intime de leur intervention pour constater qu'elle a bel et bien tout chamboulé.

Cette thèse de "l'autre coupable" est difficile à avaler, elle n'en existe pas moins comme alternative qu'aucun élément ne contredit. Claire n'était pas seule à s'occuper de Gabriel, l'autre ce peut être la mère ou la directrice. La première est protégée par son deuil, il y a là quelque chose de naturel. Mais Mme Joyeux ? Il est étrange que ses choix ne soient pas davantage discutés, voire remis en cause. De sa propre initiative, elle a établi ce protocole de contrôle qui a pourri l'atmosphère pour tout le monde. À ce titre, elle n'est pas exempte d'une responsabilité. Noblet, Joyeux, Bodin, le trio est concerné dans le déroulement des faits. Pourquoi s'en prendre exclusivement à l'enseignante ? Comment s'est cristallisée sa mise en cause exclusive ? Elle est isolée et démunie, dès le premier instant elle s'est laissé faire, elle constitue le bouc émissaire idéal, pense Marc Bodin. Il est vrai que les Noblet n'ont que deux options, c'est Claire ou c'est l'école ; Annick Joyeux l'a tout de suite compris et charge son employée. Elle est la force qui, en agissant avant toutes les autres, a fixé une version des faits. Mes embrassades ont tout lancé, suggère Claire en guise d'explication, les parents sont intervenus à cause de moi et de ma façon d'enseigner. Vous êtes peut-être le point de départ, dit l'avocate. À moins que ce ne soit une jalousie maternelle exacerbée, ajoute-t-elle. Claire hoche la tête, bien sûr qu'elle aussi devine cette possibilité. Geneviève Noblet mérite décidément une expertise. Est-elle une mère toxique ? Est-elle elle-même dépressive et négative ? A-t-elle jamais accepté ce fils porteur de handicap ? Son amour n'est-il pas gravement ambivalent ? Hypothèses encore ! L'instruction ne brasse que des conjectures, personne n'est dans la tête du gamin, personne ne sait ce qui s'est réellement passé, chacun recherche la chaîne des responsabilités. Les plus proches de Gabriel pourraient avoir une idée mais ne parlent que de Claire, l'école aurait-elle plus d'importance que la famille ?

Comme souvent dans les affaires d'homicide involontaire, le dossier se réduit à une suite de suppositions, pense maître Lavergne. Pour cette raison, elle se montre confiante. Comment l'accusation démontrerait-elle une relation de cause à effet entre la charité de Claire et la mort de Gabriel ? Il est impossible d'apporter une preuve formelle du lien entre le comportement de l'enseignante et la défenestration de son élève. Il faut faire valoir ce doute. Merci Amandine, murmure Claire quand cela lui est expliqué. Dans sa solitude d'inculpée, Claire Bodin accorde une grande importance à ce que pensent autour d'elle ceux qui connaissent l'affaire, cette perspective de disculpation est un baume. Hélas la juge d'instruction ne l'entend pas de cette oreille. Elle ne parle pas de Mme Noblet ou de Mme Joyeux mais de Claire, elle considère ce que Claire a fait, dit et écrit. En d'autres mots : des charges suffisantes existent contre l'enseignante, juridiquement il y a un dossier.

Quand elle entre pour la première et unique fois dans le bureau – une pièce minuscule et surchargée, une large table encombrante, des boîtes d'archives entassées sur des armoires de contreplaqué –, Claire voudrait que la magistrate d'emblée s'exclame en la voyant : cette femme n'a rien à faire ici ! Une bonne présence et une gentillesse spontanée ne se perçoivent-elles pas ? C'est toujours ce rêve que l'innocence soit visible à l'œil nu. Au lieu de cela, Cécile Marquet est factuelle, indéchiffrable : distante pour instruire. Froide, dira Claire qui se demande : l'est-elle autant lorsqu'elle reçoit les Noblet, ces gens en deuil de leur unique enfant ? Asseyez-vous.

À chaque interrogatoire, ces simples mots sont un coup de poignard. Ils signifient la fin du rêve, ils disent à la candide accusée : mais non ce n'est pas une erreur, votre place est bien ici, voyons voir, quel crime (Claire ne pense jamais au terme *délit*) avez-vous commis ? Tout est donc possible, l'innocence est invisible et douteuse la charité, aucun soupçon n'est aberrant – et il est vrai que tout citoyen responsable est un justiciable comme les autres. Il faut décliner son identité, se plier aux formes et sentir que l'on s'y perd, entendre une énième fois les faits qui vous sont reprochés, racontés exactement comme s'ils étaient réels. Tous les autres semblent dire la vérité tandis que votre sincérité est mise en doute. La place de prévenu vous dessert : vous avez le droit de mentir pour vous défendre donc, c'est sûr, vous mentez.

Il faut tout reprendre à zéro. Les questions sont entêtantes, qui semblent ne circuler que dans l'espace ouvert par les réponses antérieures et donnent le sentiment de tourner en rond. L'accusée est captive d'une vision constituée. Rien de nouveau ne peut entrer dans la cage où elle est qualifiée et retenue. Le questionnaire est fermé : acquiescer ou démentir, il n'y a pas d'autre option. Répondre est aussi lassant qu'épuisant, et peut-être inutile – pense Claire. De temps en temps, stupéfaite, elle se tourne vers son avocate en levant les sourcils ; de l'exaspération ou du désespoir, lequel l'emporte ? La juge est penchée sur le tas des documents qui l'informent. Claire pourrait crier. Achète-toi des lunettes et regarde-moi ! Essaie de me connaître au lieu d'ingurgiter ce que les autres disent de moi !

Elle est prisonnière d'une liasse de papiers. Tu verrais l'épaisseur ! raconte-t-elle le soir au téléphone avec son frère (à voix basse pour que Marc n'entende pas). Et elle rit aussitôt : oui, *j'ai un dossier* !

Le dossier est tellement épais qu'il sollicite l'entièreté de l'attention. Comme dans un trou noir, tout le travail disparaît en lui, tout le travail se fait à partir de lui. Tentaculaire, pesant, c'est une enclume – l'instruction y forge la culpabilité –, c'est une ancre – qui vous y maintient –, un poids attaché à vous – qui vous coule. Claire Bodin ne comprend pas. Comment peut-il y avoir tant à dire sur cette affaire ? Sur elle-même, une modeste enseignante dans un établissement médico-professionnel ! J'hallucine ! C'est une blague ? Apparemment pas. L'accusation a visé l'accumulation, seul facteur probant en l'absence de preuve incontestable. Mme la juge se trouve devant un faisceau fourni d'éléments défavorables. Des expertises ambivalentes qui (si on les interprète et on le fait naturellement) corroborent plutôt les faits reprochés, des témoignages sinon défavorables du moins explicatifs, une évaluation fortement négative de la direction de l'école (pourquoi a-t-on gardé ma cliente ? demandera maître Lavergne), des SMS inappropriés, des déclarations de l'accusée qui ne font que confirmer la légitimité de la suspicion initiale.

Est-ce la stupéfaction devant cette collection de détournements ? Est-ce l'effroi de la situation ? Ou bien la mine rébarbative qui lui fait face, la façon dont on lui parle quand on l'interroge (comme on est loin de l'échange de sollicitude dont Claire a besoin !) ? Ou le simple émoi de se trouver dans le bureau d'un juge ? Pendant l'interrogatoire, Claire Bodin perd ses moyens. Toute présence d'esprit lui fait défaut. Elle rougit, transpire, bafouille, rit bêtement, s'en veut, ne sait plus s'exprimer, renonce à nier ou se défendre. La veille, maître Lavergne lui a conseillé de surveiller ses propos, de ne pas "laisser déborder l'amour qu'elle porte à ses élèves". L'expérience a montré de quelle manière ce qu'on raconte se retourne et se dénature. Voilà qui est triste à dire : la spontanéité est dangereuse, disons à double tranchant. Claire en est convenue. Ne laissez pas votre affectivité prendre le dessus, répète son avocate. L'inculpée a bien compris : qu'il ne lui prenne pas la fantaisie de parler à tort et à travers de bonté, d'affection, de bras ouverts, etc. Et tant pis pour les trois noms de l'amour ! Et surtout pas de couplet chrétien. Impossible donc d'être naturelle. Mais alors ? Qui faut-il être ? Que faut-il dire ? Claire se sent dans une impasse : elle n'est personne hormis elle-même, définie justement par son naturel et son expansivité. Elle voulait s'expliquer, faire deviner ainsi la source du malentendu, restaurer la signification de ses gestes. Elle n'essaie pas, espérant que peut-être, mais non, l'occasion ne s'en présente pas. D'ailleurs elle n'a plus de mots. Elle n'a plus de mots devant ceux qu'on lui sert une deuxième fois, les siens, ceux qu'elle a dits de tout son cœur. Apparemment, le cœur est un coupable.

Rivée au dossier, Mme la juge fait valider à l'accusée ses propres paroles qu'ont enregistrées les experts, la police, les plaignants, l'école. Les phrases retirées de leur contexte perdent leur innocuité ou leur caractère de sollicitude pour revêtir une ambiguïté de mauvais aloi. L'abattement dépossède Claire du peu d'énergie qui lui reste. Est-il normal que son avocate demeure silencieuse ? (Oui, c'est normal.) Tout semble délicat à manier dans ce dossier qui s'est figé autour de quelques faits. Le comble est atteint lorsque la magistrate se redresse, pose ses mains à plat devant elle, et fixe sévèrement Claire :

— Des élèves et des parents vous ont vue sur le trottoir, devant l'établissement, embrasser leur camarade Gabriel, le confirmez-vous ?

— Oui, dit Claire. Mais c'est lui qui m'a embrassée.

Cette précision est-elle sans importance ? En tout cas, elle n'influence pas l'interrogatoire.

— Vous lui permettez de vous embrasser, rectifie Cécile Marquet. Pouvez-vous me dire à quel endroit était ce baiser ?

La question est toute rhétorique – il faut faire SONNER la vérité –, Claire perçoit que la réponse est déjà connue.

— Sur la bouche, dit-elle.

— Sur la bouche, répète la magistrate – comme si elle prenait à témoin un jury.

Son regard est fiché dans celui de Claire et fouille. Il semble dire : l'accusée a-t-elle une explication ? Sur la bouche, est-ce que cela lui semble normal ? Peut-elle ajouter quelque chose ?

Oui, elle peut.

— Je l'ai laissé faire, ajoute Claire sous la pression de ces yeux durs qui l'interrogent.

Je l'ai laissé faire. Aussitôt les doigts tapotent sur le clavier. La prévenue baisse la tête. Les mots ne suffisent pas ! Pour la première fois, son âme naïve découvre qu'ils peuvent servir à travestir la vérité, qu'ils n'épuisent pas le sujet. Je l'ai laissé faire. Il faudrait expliquer le sens et le fondement de ce choix. Car oui, elle a choisi de ne pas se formaliser, de ne pas se dérober, elle a très simplement laissé Gabriel Noblet déposer sur ses lèvres un baiser et sourire, béat, bienheureux de ne pas être repoussé comme le garçon stigmatisé qu'il est. Je l'ai laissé faire par pure bonté d'âme, dit Claire. Elle veut dire : cela ne portait pas à conséquence, ces enfants sont ainsi, expansifs, ignorants des limites, débordants d'amour et de besoin d'amour.

De toute évidence, Cécile Marquet pense autrement :

— Vous n'aviez pas peur que Gabriel se fasse des idées ?

Pas de réponse ! Claire accueille le doute : non elle n'avait pas peur, mais peut-être a-t-elle eu tort.

— Aviez-vous perdu le contrôle de la situation ? demande Cécile Marquet.

— Je ne crois pas, murmure Claire.

Après réflexion, elle se reprend et dit, non sans amertume :

— Je l'ai perdu lorsque la directrice s'en est mêlée. Gabriel a été malheureux et je n'ai pas osé le consoler.

Là n'était pas l'objet de la question, pense Amandine Lavergne, silencieuse à côté de sa cliente. L'avocate sent plutôt venir le grand thème, l'écho de l'actualité, et avec lui la confusion dans cette affaire. Aviez-vous perdu le contrôle de la situation ? La conversation s'approche de ce tabou de société : les sentiments à l'école, les sentiments entre adultes et adolescents. Aviez-vous perdu le contrôle de l'affection ? Car vous n'êtes pas là pour aimer vos élèves. Voilà ce que dit Cécile Marquet qui ne veut connaître que ce principe. Et pourtant ! Qui nierait que la séduction – au sens large – fait partie intégrante de la relation d'enseignement ? L'avocate se remémore quelques professeurs inoubliables, ils l'avaient séduite par l'intelligence et la culture, elle ne travaillait parfois que pour leur plaire. Gabriel Noblet se donnait du mal en classe par attachement à Claire. Certaines vérités ne sont pas bonnes à dire, elles n'en sont pas moins vraies pour autant.

— En tant qu'adulte référent, votre rôle est d'éviter les manifestations ambiguës et de fermer la porte à toute relation inappropriée. Est-ce bien ce que vous avez fait ?

Le terme *inapproprié* a fait rougir Claire, elle murmure qu'elle n'a eu aucune relation de ce type.

— D'après vous, Gabriel avait-il la maturité mentale qui permet d'être lucide ?

— Je ne crois pas, murmure Claire avant de se reprendre : Non, il ne l'avait pas. Il souffrait d'un grave handicap.

— En effet, dit sèchement Cécile Marquet (comme si elle lançait un *je ne vous le fais pas dire*). C'est bien là ce qui m'inquiète. Avez-vous su dominer votre pitié ? Avez-vous bien réfléchi aux sentiments qu'elle risquait d'induire et aux dégâts qui en résulteraient fatalement ?

Le buste de Claire se redresse, elle se tourne vers son avocate et perçoit sa bénédiction. Oui, vous avez le droit de répondre. Allez-y, c'est le moment de faire valoir votre vision, paraît suggérer maître Lavergne.

Cette fois Claire Bodin peut exprimer quelque chose qu'elle réussit même à développer. C'est tout à fait vrai, les enfants de L'Embellie souffrent d'une déficience intellectuelle avérée et il faut s'adapter à leurs possibilités, et elle s'y employait, raconte-t-elle. Elle n'était pas *plus* gentille avec eux : elle était gentille *avec eux aussi*. Cette nuance est importante. Pas de pitié donc, pas de ségrégation, pas de paternalisme, pas de domination, pas de mépris. Ils sont comme ils sont, conclut Claire, et ils sont comme les autres aussi, ils veulent un travail, une maison, des amis, ils refusent d'être mis dans un coin, bref ils existent et sont heureux de vivre. Gabriel l'était. À l'instant d'articuler ces mots, elle ressent une jubilation de pouvoir l'affirmer et une émotion qu'elle jugule. Mais la juge l'interrompt.

— N'avez-vous pas dit à l'instant qu'il était malheureux ?

— Il l'a été lorsque les cours ont été bouleversés, dit Claire.

— Bouleversés ? s'étonne Cécile Marquet.

— Je ne vois pas d'autre mot.

— Avez-vous autre chose à ajouter ?

Claire voudrait répondre à la critique de la pitié.

— Oui, dit-elle.

— Je vous écoute.

— Pourquoi n'imaginer que la pitié ? (C'est une question à laquelle elle a déjà réfléchi.) La pitié peut être insultante, elle est souvent méconnaissance de l'autre qu'elle réduit à son handicap.

Une remémoration envahit l'enseignante.

— J'éprouvais de l'admiration et de l'émotion. Avec eux, j'ai parlé, j'ai rigolé, j'ai réfléchi. Je ne me suis jamais ennuyée ! Je me suis sentie utile, diablement utile ! Je peux bien l'avouer : j'ai pris une leçon de vie, dit-elle.

Un instant elle s'interrompt puis elle revient sur le point du litige.

— Je n'embrassais pas Gabriel, j'acceptais son accolade, je l'accueillais dans le monde des gens aimables. Je crois qu'il avait très bien compris, il faisait la différence entre *aimable* et *aimé*.

— Je vous remercie, ce sera tout, dit Cécile Marquet.

Elle tourne lentement les pages d'un grand registre, vérifie quelque chose à l'écran de son ordinateur et, levant un instant les yeux vers ses interlocutrices, ajoute : Au revoir, madame. Maître, au revoir.

7

Elle ne m'a rien répondu ! Elle m'a cloué le bec au moment où je réussissais à lui dire quelque chose d'important pour moi ! raconte Claire le soir même à son mari. À son frère, elle résume : la procédure me muselle, je n'ai pas les moyens de m'expliquer, le dossier m'éloigne de la vérité. La frustration est le principal sentiment qu'elle éprouve. Elle sent combien la façon de poser les questions est capitale et de quelle manière l'interrogatoire est biaisé par le poids de l'accusation. Le soupçon d'emblée vous discrédite, vous parlez et l'on vous croit moins à cause de ce dont vous êtes suspecté. Je ne souhaite à personne d'avoir à se défendre un jour d'un acte grave qu'il n'a pas commis. Je suis piégée. Tous mes propos sont décontextualisés et interprétés. Si je suis émue par la mort de Gabriel, c'est que je me sens coupable, et pourquoi sinon parce que je le suis ? Si je reste impassible, forcément je refoule, ou je suis irresponsable. Dans tous les cas, j'ai tort. Tu comprends ? Elle bout de s'exprimer mais les mots sont plombés. Les mises en garde de son avocate ne cessent de le lui rappeler, au risque de la priver du langage. Elle m'agace un peu à me brider sans cesse, elle n'a pas confiance en moi, ses conseils reviennent à me faire taire comme si je ne pouvais dire que des conneries. Je te la fais courte : on me reproche d'être une hyper-affective et de laisser déborder mes sentiments, donc je ne dois pas parler de sentiments ! Claire soupire. Sa situation lui semble intenable et injustifiée. Quand tu travailles avec ces enfants-là, ils réclament la matière de ton cœur, tu comprends ? Très bien, dit Jean Mouret. Il a remarqué ce besoin d'être comprise et d'ailleurs sa sœur s'exclame : Il faudrait que les juges le comprennent eux aussi. Un sanglot vient. Je suis tellement fatiguée !

Elle remâche l'enchaînement fatal. Comment en est-elle arrivée là ? J'ai commis des erreurs ! Ma candeur me sidère. Les regrets s'installent. J'ai été idiote ! J'aurais dû faire plus grand cas de ce que disait la directrice, cette salope ! Comment imaginer qu'elle m'enfoncerait au lieu de me soutenir ? Ne te reproche pas d'avoir aimé ces gamins, on ne s'en veut pas d'avoir donné la matière de son cœur ! ordonne Jean. Il espère rompre le monologue de l'angoisse et rendre justice à l'engagement de sa sœur. Tu leur as fait du bien ! dit-il. Pas à Gabriel, murmure Claire. Tu n'en sais rien ! Tu ne sais pas, martèle Jean. Et ne me dis pas que tu crois à leur histoire. Ils se contentent d'une vérité trompeuse. Ils sont trop heureux d'avoir trouvé à si bon compte une coupable. Ils ne cherchent pas plus loin. Sinon, ils feraient expertiser la mère ! C'est à son tour de s'exclamer. Je ne comprends pas pourquoi ils ne le font pas, avoue-t-il, c'est du mauvais travail. Les juges sont débordés, soupire Claire. La vérité va forcément sortir, insiste Jean. Je prie tous les jours pour cela : mon Dieu, aide la juge Marquet à aller vers la vérité ! Elle rit en répétant son intercession puis repense à un détail significatif. Tu te rends compte, elle n'a pas l'idée de visiter l'école, elle n'a jamais rencontré les enfants, comment veux-tu qu'elle comprenne quelque chose ? Enseigner à L'Embellie… j'aimerais l'y voir ! Elle éviterait d'être embrassée ? Ce serait sympathique. Elle porterait plainte pour les gestes inappropriés des gamins ? Comment font les autres profs ? demande Jean. Ça dépend, dit Claire, certains sont assez gentils, la plupart plus distants refusent l'échange, les élèves dans ce cas se tiennent à carreau, il ne se passe pas grand-chose et ils n'apprennent rien. Plus que tous, ils fonctionnent à l'amour. Ils ont le cerveau affectif.

Loin des psychiatres et des juges, avec son frère, Claire retrouve la parole et la capacité de réfléchir. Parler, c'est tout ce qu'elle peut faire pendant qu'elle attend. Attendre est une activité à plein temps, dit-elle. J'attends ma première chimio, j'attends l'audience, j'attends le verdict. Elle n'est pas la seule dans ce cas. Tous ceux qui connaissent l'affaire sont suspendus à son dénouement. Claire et Marc, Adrien, Jean, Sabine et Astrid. Et les Noblet attendent eux aussi. Et L'Embellie, sa directrice habile, tellement mobilisée dans cette instruction. Claire parfois les imagine : les Noblet, dans l'espérance. Que se disent-ils, comment ont-ils vécu la procédure, et surtout qu'espèrent-ils ? Que pourraient-ils bien espérer ? Annick Joyeux, dans la défense de l'institution, accrochée à son poste et sa réputation. Elle a peur de sa propre responsabilité, pense Claire, sa fuite l'a fait agir vite. La meilleure défense est l'attaque, une fois de plus. Quel sera le jugement ? Tous voudraient le savoir. C'est étrange que nous n'espérions pas le même, remarque-t-elle, je ne sais pas si j'aurais cette rage de souhaiter la condamnation de quelqu'un. (Non, elle ne l'aurait pas, elle n'a pas même eu celle de se défendre.) Un acquittement me semble une victoire, une condamnation jamais. Une condamnation signifie qu'il y a eu un coupable. Qui pourrait s'en réjouir ? Et je ne dis pas cela parce que je suis l'accusée.

8

Les parties attendent l'avis de fin d'information judiciaire. La défense a formé une nouvelle demande d'évaluation psychiatrique de la plaignante et rédigé quelques observations ; un rappel des faits souligne qu'il n'existe pas assez de charges réelles. À nouveau, il faut patienter jusqu'à la décision du magistrat instructeur. En considérant ces ultimes documents, il rend une ordonnance finale en vue d'un jugement ou d'un non-lieu, explique maître Lavergne à sa cliente. Quelques jours plus tard, l'avocate téléphone : Audience le 31 mai, vous recevrez une convocation. Pas de non-lieu, annonce Claire à son frère désolé.

Pour ce dernier pont du mois de mai, l'Île-de-France s'est en partie vidée de ses habitants. Les Bodin sont attendus à un baptême en Normandie, Marc et Adrien y vont sans Claire qui a insisté pour qu'ils ne s'occupent pas d'elle. Être seule sera une bénédiction, pense-t-elle, au risque sans le savoir de se fragiliser. Elle ne veut personne, pas plus Marc que Jean ou qui que ce soit. L'audience est publique et Claire tremble d'apercevoir dans l'assistance une connaissance quelconque, quelqu'un qui serait là par hasard ; elle ne s'en remettrait pas. Sa honte est profonde et tenace. Sa honte réclame la solitude. Nul ne doit entendre ce qui se dira entre ces murs. Des témoins, des juges, des experts vont scruter sa personnalité, passer au peigne fin du grief ce qu'elle a fait, écrit ou dit, mettre à plat sa responsabilité dans l'affaire qui est jugée : pas une seule de ces paroles ne doit sortir du tribunal. Personne ne saura rien de ces détails, Claire l'a décidé. Elle devine trop combien les mots s'imposent, créent ce qu'ils disent, étiquettent celui qu'ils qualifient, à la manière de la lettre écarlate, violents comme le fer rouge, aussi indélébiles qu'un tatouage. Elle les imagine révélant la vérité qu'elle refoule : je suis nulle, je ne vaux pas un clou. L'image amoindrie qu'elle a d'elle-même ne lui permet aucun recul face aux affirmations des psychiatres. Quel simple citoyen d'ailleurs conserverait sa propre idée face aux experts qui la démentent ? En somme, Claire part perdante. À ses propres yeux elle *est* une perdante, une malchanceuse. Cette histoire ne le prouve-t-elle pas ? Ce poids de mésestime empêche l'autre certitude de l'éclairer : j'ai fait du bien et je le sais. C'est toute l'image de soi qui pèsera à cette audience et bien sûr l'accusée ne le mesure pas. Le passé habite le présent, dans un tribunal plus que jamais, on y vient portant en soi tous ceux qu'on a été.

Dans les jours qui précèdent le fameux vendredi, l'anxiété croît, l'imagination devient plus concrète : l'enseignante appréhende de se retrouver assise dans la même salle qu'Annick Joyeux et Geneviève Noblet. Après six mois sans les voir, cette proximité sera aussi étonnante qu'effrayante. À côté ? En face ? Claire Bodin se demande ce qui serait le pire. L'audience est d'abord cette confrontation physique des parties qui n'ont pas eu de contact depuis la mise en examen. Maître Lavergne a tout expliqué à sa cliente. Elle l'a prévenue : il faudra être patiente, la séance peut être longue, vous serez interrogée la première, avant la famille et la directrice, mais vous aurez le mot de la fin, c'est vous qui la dernière pourrez faire une déclaration, il est important de le mettre à profit. Claire ne souhaite pas préparer ce qu'elle dira. Pour l'instant, elle imagine la mise en présence. Tout le monde sera là, pense-t-elle, tout le monde sauf Gabriel. Celui qui pourrait la blanchir de tout reproche, cet enfant qui avait besoin de chaleur humaine. Elle se le représente, vivant et témoin devant les juges. Tu sais que les professeurs n'embrassent pas leurs élèves, Gabriel ? Je m'en fiche, ils peuvent embrasser s'ils veulent. Tu veux dire si les élèves en ont envie ? Les élèves en ont envie. Toi, tu en avais envie ? Bien sûr ! Quelle tête feraient les magistrats devant la détermination du garçon lorsqu'il veut quelque chose ?

Sûrement pas celle qu'ils arborent dans leur autorité impartiale. Il n'est qu'à se rappeler Cécile Marquet, ignorante des objectifs visés pour ces jeunes hors système, sans la moindre idée de ce qu'ils réclament ou du lien qu'ils établissent, ou du bonheur qu'ils poursuivent de toute leur âme. Pourquoi n'a-t-elle jamais voulu les rencontrer ? La gêne ? La peur ? Son emploi du temps ? Elle ne questionnerait pas avec tant de sécheresse, elle aurait appris à la fois la vulnérabilité et la douceur, pense Claire. Elle aurait fait face aux visages déformés, aux grimaces, aux lèvres pendantes, aux langues toujours dehors, aux gestes parasites, aux bégaiements, aux prostrations et aux impuissances, aux pleurs et aux colères, à ces tristesses inconsolables, au besoin d'amour parce qu'il n'y a plus que l'amour pour survivre, aux disgrâces qui veulent être aimées, aux corps maladroits qui se blottissent, aux bouches qui embrassent sans demander aucune permission, à l'espoir d'être regardé comme une personne à part entière. La juge a instruit sans connaître une réalité qui échappe à la norme, dit Claire à son avocate, elle ne sait ni mes convictions, ni mes raisons. Elle a eu en tête l'accusation, le dossier, point barre. Qui instruit ne juge pas, rassure maître Lavergne. Il faut espérer un président à la fois fin et humain. J'ai confiance, dit-elle, il n'y a pas de preuve réelle du lien entre vous et le geste. Claire tait son inquiétude : elle a compris que s'il n'y avait pas un dossier, il n'y aurait pas d'audience. L'avocate espérait un non-lieu, elle pourrait bien être déçue à nouveau, par le verdict. Ils savent toujours avant, ils disent leur surprise après, dit Claire à son frère.

Celui qui, pour la première fois de son existence, met les pieds dans un tribunal correctionnel est impressionné. Le décor et le rituel judiciaires, quelque chose de grand mais de profane, empesé et puissant, vous écrase. Si c'est fait exprès, c'est réussi, pense Claire. Quand elle entre dans la salle d'audience avec maître Lavergne, les Noblet sont installés à leur place. Ils n'ont pas l'air en forme, recroquevillés l'un contre l'autre, sous la grande aile noire de leur avocat et de leur infortune. Ils sont dans leur rôle, victimes détruites à qui leur témoignage et le jugement doivent apporter la catharsis d'une justice accomplie. Claire les plaint de tout son cœur. Mais en quoi est-il bon que le chagrin attise la détestation, le discrédit, la honte ? Pourquoi veulent-ils tant voir condamner l'enseignante ? Pour la mettre hors-jeu et éviter une récidive ? Elle ne les comprend décidément pas. Au fond d'eux, Claire Bodin en est convaincue, ils savent très bien qu'elle n'a rien fait. Elle a sans doute tort sur ce point, elle sous-estime la capacité qu'on a de se convaincre soi-même des choses les plus fausses pourvu qu'elles nous arrangent. Dès qu'ils parlent avec leur défenseur, elle les observe. Le père est encore en retrait, impossible d'attraper jamais son regard. Il paraît doux et malheureux, gentil. Seul, il ne poursuivrait pas, il me ficherait la paix, pense Claire. Encore une affaire entre femmes, encore une affaire de femmes. M. Noblet cède à son épouse. Il ne collabore pas mais ne lui met pas de bâtons dans les roues. Une mère qui pleure son fils, on la laisse se plaindre, se consoler, et s'il le faut, se battre. Pour autant, cet homme a forcément un avis, il a vécu le drame du dedans, il en sait plus que n'importe qui. Son témoignage pourrait être intéressant, estime maître Lavergne (il ne le sera pas, Raoul Noblet passe après sa femme et répétera presque mot pour mot ce qu'elle a dit). Annick Joyeux vient de prendre place, l'avocat de l'école est arrivé avec elle – celui qu'elle n'a pas jugé bon de faire rencontrer à Mme Bodin. Témoins, victimes, prévenue, tous sur le même rang. À distance les uns des autres, ils font face au tribunal.

Et l'audience commence. Pour Claire, du début à la fin, c'est une catastrophe autant qu'une torture. Ses impressions sont affreuses (elle est traitée de bout en bout comme une coupable), ses capacités annihilées, l'effet qu'elle produit déplorable. Émotive, impressionnable, penaude et fuyante, elle figure une femme que ses torts désarçonnent. Sa probité est invisible, comme si la culpabilité d'être jugée l'effaçait, par un curieux mécanisme de confusion des fautes. Ce procès est un supplice, pense Claire. Qui à sa place ne serait pas chamboulé ? Personne. Mais la question n'effleure aucun des protagonistes. L'accusé suscite peu de pitié. Les professionnels du droit oublient le caractère exceptionnel de la situation et la violence d'une mise en examen. Les parties adverses se félicitent que le prévenu passe mal. Et le prévenu passe mal.

Trois juges sont assis en arc de cercle et en hauteur, un magistrat du parquet, la présidente, un assesseur. Il faudrait sans rougir écouter l'acte d'accusation, mais ce n'est pas possible. À cette minute où les mots tombent, le discrédit vous enveloppe avec une puissance inouïe. Ces faits vous sont reprochés, pourquoi le seraient-ils si vous n'aviez commis aucune erreur ? Une douche d'infamie vous déconsidère dans l'opinion des autres et à vos propres yeux. *Homicide involontaire !* Claire Bodin en éprouve à la fois un grand froid dans tout le corps et une sorte de suée qui lui mouille le dos, de la nuque à la raie des fesses. Sous l'accès de honte, elle s'effrite, se disperse, se perd complètement. Jusqu'à ce jour, elle ignorait ce bonheur simple d'un honneur intact, elle le sent maintenant atteint, et sa faible estime d'elle-même est piétinée exactement à l'endroit où elle tenait encore : la certitude de bien traiter autrui. Tout blesse sa pudeur. Où trouve-t-on trace d'une présomption d'innocence ? Si ses forces étaient entières, Claire Bodin serait révoltée. Ne vous inquiétez pas, murmure l'avocate, c'est la procédure.

L'interrogatoire s'engage dans une ambiance évidemment trop inamicale pour que Claire se sente en confiance. Elle qui riait avec Louise, la charmante pipelette qui n'avait pas perdu sa langue, eh bien c'est elle qui la perd maintenant. Impossible de s'exprimer. Elle reconnaît ce vieil empêchement qui la muselait aux examens : le professeur l'interroge et elle ne sait pas répondre, toutes ses connaissances s'envolent. La présidente est glaçante, qui s'adresse à une coupable, ne pose que des questions stupidement collées au dossier, exige des réponses par oui ou par non. Encore le même jeu, comme si la justice ne voulait plus que cocher des cases prédessinées ? Une magistrate qui n'écoute pas, dira Claire. Les SMS font l'objet d'un échange serré. Bel et bien envoyés, ils entraînent la conviction. Ils sont là. *Je t'aime beaucoup. Je t'aime. Tu es important pour moi.* Claire Bodin baisse la tête, incapable de dire un seul mot. Son tort est là, elle le sait. Il faudrait lire les messages que m'écrivait Gabriel, proteste-t-elle timidement. La présidente ne le fait pas. Quelle idée s'est-elle forgée ? Tous les éléments sont à charge, il est trop tard pour s'aviser qu'on n'y a soi-même rien apporté en sa propre faveur. Aucune pièce utile de personnalité, aucune attestation de moralité, pas le moindre témoignage favorable, pas une lettre amicale ou affectueuse qui démentirait formellement la vraisemblance du soupçon. Rien. Zéro. L'effet doit être désastreux. L'accusée est donc si seule ? Elle éloigne les sympathies ? Il ne reste que ce qu'elle balbutie, toute rouge, le cou strié de lignes grenat. Sa voix juvénile paraît bécassotte, sa syntaxe est simpliste, son élocution maladroite. Un professeur, vraiment ? Elle est confuse, irrésolue, molle, gênée. Comment pourrait-elle tenir une classe, contrôler ses relations avec les élèves, maîtriser ce qu'elle fait ? Telle qu'elle apparaît, Claire Bodin n'est pas crédible comme adulte référent dépositaire d'une autorité. Et elle le sait.

Annick Joyeux en revanche l'est magnifiquement. Professionnelle jusqu'au bout des ongles. Calme, précise et structurée, pondérée, pas vindicative donc efficace, mieux que crédible : crue. Ce qui sort de sa bouche sera parole d'évangile même quand elle ment. Elle a été formidable ! s'amusera Claire qui la regarde béate d'admiration écœurée. La directrice orchestre ses attaques et taille sa route vers une critique discrètement cinglante de son enseignante. En vérité, tout le portrait est à charge : Mme Bodin partait dans tous les sens, n'écoutait aucun conseil, aucune mise en garde. Elle travaillait de façon amateur et rien n'est plus préjudiciable et dangereux lorsqu'on est en contact avec des personnes particulièrement vulnérables. Perfide ! pense Claire, toujours aussi rouge, embarrassée, tandis que sa supérieure se pose en maîtresse face à l'amateurisme, fait elle-même les questions et les réponses, devance les objections. Pourquoi a-t-elle gardé Mme Bodin dans son équipe ? Elle espérait toujours une amélioration, le personnel d'encadrement est difficile à recruter, Mme Bodin avait des qualités. Lesquelles ? Elle était énergique, pas paresseuse, engagée. Trop engagée. Nouvelle perfidie.

Tout est ourdi, pense Claire. Elle voudrait faire bonne figure mais elle est un polochon qui prend des coups. Abattue, amenuisée, rien ne reste de sa personnalité hormis le défaitisme et la douloureuse mémoire des échecs. Annick Joyeux a terminé sa déposition. Qu'avez-vous à répondre, madame Bodin ? Rien du tout, si peu, tellement trop, que parler semble surhumain. Claire se montre succincte et hésitante, apeurée, tourmentée. Et de toute façon, le cœur n'y est pas. Depuis le commencement de l'affaire, ses propres mots ne conviennent à personne. On les lui a retirés de la bouche. On a tari sa volubilité habituelle, loyale et chaleureuse, parce qu'elle prouve à la fois son émotivité et son affectivité déplacée. Au premier round, la prévenue est KO, la directrice, implacable et glaciale.

Maître Lavergne n'avait sans doute pas imaginé autre chose. Sa cliente est assez rebelle, il a été impossible de la préparer. Elle ne répondait pas au téléphone ! Elle n'a pas voulu anticiper. Elle valorise trop le naturel, la spontanéité, et se retrouve maintenant sans alternative. C'est ainsi, pense l'avocate qui accroche sa confiance à l'absence de preuve formelle. Mais la lecture des rapports d'expertise psychiatrique est une nouvelle épreuve. En rien une preuve, insiste Amandine. Claire sourit, blessée par cette mise à nu officielle. Et il faut maintenant entendre la mère. Victime d'elle-même, qui rafle l'empathie, celle que n'importe qui plaindrait, c'est une chose qui se comprend. Claire est proche de l'étourdissement, ses oreilles bourdonnent, tout en elle se contracte devant la souffrance mauvaise qui cherche des raisons. Geneviève Noblet est à jamais la femme dont le fils s'est défenestré, toute illusion est détruite, la famille ne sera plus heureuse, la mort est plantée là comme un pieu, une détresse, il doit y avoir une cause à ce malheur, à quoi se raccrocher ? Au procès. À l'accusation. Après le silence terrible qui s'ensuit, le père ne s'oppose en rien au récit que construit son épouse pour supporter la mort de leur enfant.

Le magistrat du parquet a parlé d'un comportement inapproprié et répréhensible face à un être faible et innocent. La dureté du ton de l'accusateur public épouvante Claire. Torture, frisson, affliction, l'accusée souffre sous l'opprobre. Rien n'est élucidé, tout est envenimé. Lorsqu'elle prend la parole, la défenseur convoque ce que l'instruction a négligé. Que sait-on de l'état moral de Gabriel pendant l'automne ? Un suivi psychologique en place dans l'établissement peut-il éclairer sur ce point ? Gabriel consultait-il un psychiatre ou un psychologue ? Comment supportait-il son handicap ? N'est-il pas étonnant que le dossier n'aborde aucune de ces questions ? Avec délicatesse, maître Lavergne rappelle les circonstances du décès. Le jeune homme seul chez lui, dans sa famille. Quelque chose est peut-être arrivé ce jour-là, le déroulé est tout à fait flou. Que lui disait sa maman ? Gabriel n'allait plus en classe depuis plusieurs jours, qu'en pensait-elle ? Et lui, comment vivait-il les conséquences de l'intervention de ses parents à l'école ? Attention aux vérités trompeuses, aux hypothèses impossibles à prouver. L'avocate n'en dit pas davantage, elle ne veut pas conjecturer elle aussi, elle veut marquer le doute. Personne n'était et ne peut être dans la tête de Gabriel. Était-il déprimé, amoureux, blessé ? Nous n'en saurons rien. Y aura-t-il jamais quelque chose de certain dans cette affaire ? Rien en tout cas qui puisse faire condamner avec certitude une enseignante dévouée. Pourquoi ce jeune homme demandait-il cette affection, le sait-on ? Je t'aime beaucoup ! Est-ce qu'on ne dit pas cela à beaucoup de gens dans la vie ? On ne saurait faire abstraction du contexte. Je t'aime. C'est une façon de parler.

Bientôt tout sera terminé, pense Claire. Elle n'attend plus que le retour chez elle, s'enfermer, se taire, pleurer sans doute. La parole est à vous ! Elle se lève dans un ébranlement de tout son être. Elle exprime son principal regret : n'avoir pas osé signaler l'évident malaise de Gabriel à partir de l'arrivée des inspecteurs dans la classe. J'ai bien vu qu'il allait de plus en plus mal, dit-elle. Aujourd'hui je m'en veux de n'avoir pas tenté de le réconforter. J'étais paralysée par ce qu'on m'avait reproché, aucun geste n'était plus permis. L'ensemble de ce drame me semble un affreux concours de circonstances qui à tout moment aurait pu être désamorcé. Mais personne n'a rien fait pour cela. La greffière consigne. Quelques minutes de silence pendant lesquelles chuchotent ceux qui viennent d'être mis en cause. Tout à coup, la présidente libère les parties. La séance est levée, chacun rentre chez soi et y trouve les soucis que l'audience a évoqués : la mort d'un jeune homme, la responsabilité d'une enseignante.

Jugement dans un mois, dit Claire à son mari qui téléphone de Cherbourg.

V

ISSUES

1

Chez le coiffeur, sans hésitation, Claire Bodin change de tête : elle coupe court les cheveux qui bientôt tomberont par plaques. Son oncologue l'a prévenue. Achetez-vous dès maintenant une perruque, ce sera plus facile. Claire n'en fait rien. Rendre les choses faciles n'est pas son choix du moment. C'est décidé, elle ne portera aucun postiche. Elle découvrira la forme exacte de sa précieuse boîte en os, voilà tout. Elle est prête. On dirait qu'elle s'est éprise de l'affrontement. L'expérience de l'opprobre l'a cuirassée. Elle a supporté l'intrusion des expertises, les rigueurs de l'instruction, l'humiliation de l'audience, l'adversité ne l'effraie plus, elle la regarde en face. Après sa personnalité mise à nu, ce sera au tour de son crâne.

Adrien l'aide à commander sur internet des turbans et des foulards multicolores. Celui-là. Celui-là aussi. Tu seras belle maman, promet le garçon. Très belle, confirme Claire comme si tout était parfait dans le meilleur des mondes possibles. Sa résistance stupéfiante est sans précédent dans sa vie : elle naît de l'amour maternel. Attrister son fils serait pire que les ennuis qui s'accumulent en même temps. Aux peurs de l'enfance, il faut montrer de la volonté et de la clarté. Claire imite son avocate : elle explique le protocole. Une fois par mois, on me posera une perfusion et les substances chimiques (elle évite le mot *poison*) tueront les cellules malignes qui restent dans mon corps. Pendant quelques jours j'aurai envie de dégobiller (son visage fait une grimace, Adrien rit), je serai fatiguée, mais ce sera signe que le produit fait son effet et que je suis en train de guérir. Je ne veux pas que tu t'inquiètes. L'opération a été efficace, je vais bien, les médecins me soignent, dans six mois tout sera fini. Elle n'a l'air ni malade, ni triste. Adrien croit sa mère. On croit sa mère, songe Claire. Qu'a bien pu écouter Gabriel pour être si malheureux ? Personne ne le saura jamais. La veille du rendez-vous à la Salpêtrière, elle prépare un excellent dîner – des coquilles Saint-Jacques sur un lit de poireaux, une purée faite maison, le tout accompagné d'un vin blanc frappé. Magnifique ! s'extasient Marc et Adrien. Ils ne savent pas si bien dire. Imagine-t-on jamais assez les efforts que font les autres ? Ils nous coûtent si peu quand les nôtres nous paraissent exorbitants.

Le 6 juin, elle subit la première chimiothérapie. Quatre heures accrochée au goutte-à-goutte salvateur, à l'hôpital, cette ville dans la ville, ce campus pour malades. Après le tribunal, un nouveau lieu agréable à découvrir, plaisante Claire. Elle tait ce qui lui vient à l'esprit : il restera la prison. Quand on attend un jugement, coupable désigné malgré toutes ses raisons, le mot est imprononçable. Elle ne voudrait pas tenter le mauvais sort qui déjà la poursuit. L'apeurement de l'audience est certes dépassé, dans une mobilisation paroxystique la maladie l'a extirpé, mais il reste une superstition. Ne parlons pas de malheur. Ne parlons pas du tout. Docile, paisible, confiante, elle décline l'offre d'un accompagnement psychologique prévu avec le traitement. Pour l'instant, ça va bien, dit-elle au médecin et aux infirmières. Elle est sûrement la patiente la plus souriante qu'ils aient jamais vue. Tu es admirable, lui répète Jean. Elle rigole, n'en croit pas un mot, l'espère peut-être. Dans l'épreuve, la dignité est une gratification en même temps qu'une valeur. Au plus secret d'elle-même, elle s'y accroche, s'y raffermit, s'y réconforte. Je suis courageuse, je ne suis ni minable ni misérable. Elle en doutait, désormais elle l'envisage.

Les nausées, la fatigue, un sentiment que le corps est ruiné lui font oublier la perspective du jugement. Elle n'est obligée à rien d'autre qu'à marcher le plus possible, conseil d'une vieille infirmière qu'elle écoute. Au retour des balades, le chien se blottit contre sa maîtresse dans le canapé du salon, à la place où Claire cet automne surveillait la perquisition, vêtue du même pyjama. Beaucoup de choses se passent en une année. Claire caresse la vieille bête qui ronfle. N'avoir qu'à se reposer et reprendre des forces, elle le vit comme une expérience à traverser, une routine qui sort de la routine. La vie offre une panoplie de situations, en voilà une, pas la plus marrante, pas la plus légère, mais peut-être la plus profonde pour mesurer son attachement à l'existence. Il lui semble qu'elle a tous les droits, c'est idiot.

Le calendrier entre dans juillet. La deuxième chimiothérapie pourrait tomber le jour du jugement, ce serait un coup au corps un coup au cœur. Claire garde allumé son téléphone. Il sonne alors qu'elle est dans le train, au retour de l'hôpital. Elle se jette sur l'appareil, c'est Marc. Pas de nouvelles d'Amandine ? demande-t-il avec une fausse légèreté. Aucune ! Je rentre, lui précise son épouse. Cette fois, les malheurs se percutent, elle attend la fin des nausées en même temps que la fin de l'affaire, qui peut-être lui donnera la nausée. Son défaitisme s'est apaisé au fur et à mesure qu'elle oubliait les paniques et déconvenues de ses prises de parole. Elle voudrait une relaxe, elle voudrait être entièrement blanchie. Elle serait toute blanche, au propre comme au figuré. C'est vrai qu'elle a mauvaise mine. Quel effet aurait-elle produit à l'audience avec cette tête de crevarde ? Elle n'a pas souhaité que soit évoquée sa maladie. Rien ne prouve que le cancer soit lié à la mise en examen. Maître Lavergne en est convenue. Il faut faire feu de tout bois ? Non, a décidé Claire.

Elle n'a fait feu de rien du tout. Elle n'a pas compris que le dossier d'instruction contient aussi ce que recueille et partage la défense. Elle n'a rien collecté, rien remis, rien proposé. Pas un témoin de moralité, pas une lettre de recommandation. Pas un ami qui certifie que l'inculpée a trop de finesse et de bonté saine pour briser si gravement le moral d'un élève. Que jamais pareil échec n'arriverait à Claire Bodin. Les juges ont connu l'enseignante par un seul portrait : celui qu'en façonnent ses adversaires. Claire a surestimé le pouvoir de son innocence. Forte de sa vérité, elle s'est offerte à la justice. Le 8 juillet, le jugement la gifle. Trois mois de prison avec sursis. Cinq ans d'interdiction d'enseigner ou d'exercer une activité en contact avec les enfants.

Marc Bodin ne décolère pas. Se sent-il bête d'avoir regardé sa femme rester passive ? Regrette-t-il de ne pas s'être lui-même mobilisé ? Il attaque le système. Tu n'as pas été entendue, tu es jugée et mise à l'écart comme une délinquante, empêchée de faire ton métier, c'est très grave ! dit-il, il n'y a plus de discernement. Arrête, demande Claire, fatiguée de ce refrain qu'elle connaît. Elle n'a pas besoin d'entendre répéter ce qu'elle pense. Elle veut le silence, elle est médusée. Adrien est un enfant, note-t-elle, et elle rectifie *in petto* : aucune activité en contact avec les enfants des autres. *Quid* du catéchisme à la paroisse, doit-elle se retirer ? Sûrement pas ! s'emporte Marc. Ce serait logique, murmure Claire, tu imagines le pataquès ? Tous deux n'ont pas la moindre idée de la publicité faite aux décisions de justice. Personne n'en saura rien, se rassure Marc. On verra, conclut Claire. Elle ne veut plus penser à cette affaire. Ceux qu'elle a de plus chers sont avec elle ; le reste, elle s'en fout. Elle n'a qu'un devoir : se soigner. Le périple judiciaire s'arrêtera là. D'ailleurs, elle n'en peut plus des interrogatoires et des expertises.

J'ai été condamnée, ma sincérité et ma naïveté ne me valent que des ennuis, ça suffit, je ne continue pas, annonce-t-elle à maître Lavergne. Vous ne pouvez pas faire ça ! s'exclame son interlocutrice certaine que le jugement sera cassé. De toute façon je n'ai plus d'argent, rétorque sa cliente, je ne peux plus vous payer, je ne *veux* plus payer. Demandez une commission d'office, conseille l'avocate, mais faites appel du jugement. Claire Bodin ne répond pas, l'envie de laisser tomber est trop forte. Une condamnation, Claire, c'est pour toute la vie, insiste maître Lavergne. Pensez à votre fils, une mère condamnée à de la prison avec sursis, ça reste angoissant pour un enfant. La plainte était abusive, l'instruction à charge, vous n'avez sollicité aucun témoignage, vous êtes le bouc émissaire qui s'est laissé abattre. Mais le jugement est étrange, remarque la professionnelle, on dirait que le tribunal a souhaité apaiser les parents en deuil, montrer qu'il a entendu leur chagrin, tout en convenant que votre responsabilité n'est pas démontrée. Si elle l'était, la peine serait plus lourde. Les juges ont choisi d'utiliser l'appel pour vous rendre justice. Songez à votre fils. Je comprends, dit Claire, je vais réfléchir. Penser à Adrien, elle ne fait que cela. Quelques jours plus tard, elle donne son accord. Vous faites le bon choix, dit Amandine qui déposera le recours. Je suis persuadée que vous obtiendrez gain de cause, j'aurais aimé que ce soit déjà le cas.

Dans les derniers jours de juillet, les Bodin attendent la troisième chimiothérapie pour être libres enfin de rouler vers la Bretagne. L'été 2019 se passe en famille. Parents et beaux-parents restent protégés de l'affaire. Claire, Marc et Jean ne l'évoquent qu'à la plage, seuls au milieu des estivants en maillots de bain ce qui dédramatise et détend les discussions. À table, pendant les grands repas où tout le monde se coupe la parole, ceux qui savent ne gaffent pas.

Adrien garde son premier grand secret. Les turbans de Claire rappellent ce que sa gaieté pourrait faire oublier : le courage dont elle fait preuve. Sa mère se montre pleine de sollicitude. Repose-toi. Je ne veux rien te voir faire dans la cuisine. Claire envisage sa rentrée : elle cherchera du travail et pense s'occuper de personnes âgées. Et L'Embellie, c'est fini ? s'étonne Mme Mouret. Oui, c'est fini, dit Claire. Il y a une raison particulière ? Non, aucune, j'ai envie de changement, c'est tout. Ne rien dire facilite la vie et l'oubli. Août est un répit.

2

La commission d'office attribue à Claire Bodin une jeune pénaliste, docteur en droit, qui a prêté serment en 2012. Balbine Marin-Troquet est une petite blonde aux yeux bleus, les cheveux coupés court, une mèche rebelle – virgule saillante – en haut du front, à la fois gentille et déterminée, vive et concentrée comme au départ d'une course. Ses diplômes et le cabinet réputé qui l'accueille témoignent de sa compétence, elle se révèle par ailleurs souriante et épanouie : sa cliente pourrait se réjouir. Mais comment se réjouir d'avoir encore besoin d'un avocat et de tout reprendre avec lui ? Même un défenseur vous pose des questions. Il doit le faire, et sans complaisance. Il force vos retranchements. Il lui faut appréhender l'affaire, tout savoir jusqu'au moindre détail, mesurer précisément la réalité des charges retenues par l'instruction. Dès le premier rendez-vous, c'est reparti ! Il voudrait aussi vous connaître, vous l'accusé, coupable ou innocent, dont la personnalité sera évoquée par ceux qui prétendent en avoir souffert. Quoi que vous disiez, il se fera de vous une idée. Votre comportement sera jugé, votre personnalité fait l'objet d'une évaluation, voilà qui est tout bonnement détestable, un supplice que Claire esquive autant qu'elle le peut. Non seulement elle est fatiguée de parler, mais la herse de ses défenses psychiques s'abat aussitôt. Elle ne souhaite pas être connue ailleurs que dans l'amitié. Elle voudrait bien ne pas revenir sur ce qui la met mal à l'aise, la fait rougir, la fait pleurer, la désespère. Expliquer, c'est revivre. Une fois lui a suffi, elle ne s'y résout plus. Le sac de sable est muet qui prend les coups des boxeurs. Ce premier entretien l'épuise déjà, elle se montre réticente, sur ses gardes, facilement excédée. Toutes les informations ne sont-elles pas dans le dossier ? Elles y sont, mais sans les réflexions qu'elles vous inspirent, explique l'avocate.

Maître Marin-Troquet se met au travail. Elle est jeune, dit Claire à son mari, elle n'a pas d'enfant. Sous-entendu : elle a le temps de travailler. Car l'enfant, pense Claire Bodin, fait de septembre pour toute mère de famille un mois rempli d'obligations. Acheter les fournitures scolaires, recouvrir les livres confiés par l'école, trier les vêtements trop petits, remplir les formulaires d'inscription aux activités parascolaires, signer des chèques (oh combien de chèques, juste au moment où le revenu de Claire fait défaut), assister à la réunion des parents d'élèves. Une fois de plus, Claire organise l'année d'Adrien. Elle n'a rien d'autre à faire. Depuis bientôt une décennie, c'est sa première rentrée sans ses classes à L'Embellie. Est-ce le vide ou la liberté ?

Un peu les deux, d'autant qu'elle n'a pas décidé de cette situation. Elle en éprouve un pincement au cœur, une nostalgie mâtinée de colère. Ses élèves lui manquent, l'orgueil d'Arthur, l'admirable ambition de Louise, l'émouvante coquetterie de Lucie… Elle est restée sans aucune nouvelle de ces jeunes et devine qu'ils se passent d'elle. Maintenant qu'on les lui a retirés, elle sait avec tristesse ce qu'ils lui apportaient et l'écho qu'elle offrait à leurs aspirations. La justice s'est trompée, trompée par l'école, trompée par la souffrance d'une mère. C'est excusable et compréhensible. Parfois Claire Bodin est Geneviève Noblet, cette femme dont l'enfant a dévoré l'existence puis l'a précipitée dans le deuil. Alors elle s'incline devant le malheur. D'autres fois, elle se redresse, furieuse contre Annick Joyeux, la véritable plaignante, l'adversaire calculateur.

Elle n'a plus de cours à préparer et s'efforce d'être détendue quand son fils passe la soirée à faire ses devoirs. L'excès de travail à la maison ! Elle a désormais d'autres sujets de préoccupation. En plus de l'affaire, il reste trois chimiothérapies à supporter, puis le bilan et l'éventuelle radiothérapie. Le traitement sera fini pour Noël. Combien de temps dure la procédure en appel ? demande Marc Bodin, elle te l'a dit ? Au moins un an, dit Claire. Sur tous les fronts : l'attente. Pour attendre en paix, il ne faut pas gamberger. Ce sera l'ambition de Claire : oublier ce qui la menace, oublier L'Embellie, oublier Gabriel, sa mort et sa mère, vivre comme si cette affaire n'existait pas.

Ne pas penser.

Ce n'est pas si facile. On se croit seul dans son malheur, on ignore qu'il fait parfois le bonheur des autres. Un matin au courrier, Claire ouvre une enveloppe de petit format : sur une carte de visite vierge, quelques mots anonymes. *Tu as eu ce que tu mérites.* Elle aimerait beaucoup avoir ce qu'elle mérite et l'affirmation aussi mesquine qu'assertive lui tire un pauvre sourire. Qui a écrit cette lettre ? Qui est si certain de sa culpabilité ? Qui pourrait être informé et se féliciter de sa condamnation ? Qui, hormis les Noblet ? Rien ne prouve qu'ils soient les auteurs, mais tout à coup ils obsèdent l'esprit de la destinataire. L'ancienne idée revient : apaiser leur ressentiment, les convaincre d'abandonner leur plainte et de reconnaître enfin l'innocence de l'enseignante. L'écrit sans signature réveille des envies de réponse qui sont des besoins d'expression. Un matin, Claire est seule dans l'appartement silencieux, c'est un moment qu'elle n'aime plus, elle n'a rien à faire hormis du rangement ou du ménage, personne ne l'attend nulle part, si elle ne prend pas le café au bistrot avec une amie, elle sent la déprime gagner. Machinalement sa main choisit un feutre fin et dans la fièvre d'une émotion resurgie, tous les mots qu'elle retenait couvrent la feuille qu'elle a placée devant elle. À nouveau, la conviction l'anime, elle met par écrit ce qu'elle a dit presque un an plus tôt, elle recommence, elle n'a pas changé d'idée. Gabriel, son bonheur grandissant à L'Embellie, son avidité affective, le pouvoir de l'affection. Et puis elle parle d'elle : son empathie, le chagrin qu'elle partage, l'absence de ressentiment envers ceux qui l'accusent. Son regret enfin, que n'ont fait disparaître ni l'instruction, ni l'audience, ni le jugement : Gabriel était gai, expressif, heureux de vivre, des décisions injustifiées et inadéquates ont fait une victime d'un garçon qui se sauvait tout seul. Sa sincérité l'aveugle, elle ne mesure pas qu'il s'agit là d'une accusation. Impulsive et imprudente, elle n'attend pas pour poster cette déclaration qu'elle adresse à M. et Mme Noblet.

Quelques jours plus tard, la lettre a été lue, la juge avertie, maître Marin-Troquet ne cache pas sa colère. Accusée d'être incontrôlable, de n'écouter personne, de n'en faire qu'à sa tête, sa cliente ne trouve rien de mieux que justement n'en faire qu'à sa tête ? Entrer en contact avec la partie adverse, transgresser une interdiction légale ! Vous donnez raison à ceux qui vous accusent. Comment voulez-vous que je vous défende ? s'emporte la jeune avocate. Claire est penaude. Elle a commis une erreur, c'est vrai, elle en convient. Marc le lui a dit. Tu es folle ou quoi ? Il s'est énervé. Quand comprendras-tu qu'il n'y a rien à attendre de ces gens ? Je ne recommencerai plus, promet Claire, redevenue une fillette. Dans le bureau de l'important cabinet parisien, elle ne retient pas ses larmes. En arrivant, l'entrée imposante où sont installées deux secrétaires lui a rappelé sa place dans la hiérarchie professionnelle. Elle a aperçu sa tête dans un grand miroir, ses traits amollis, son turban dont la couleur trop vive souligne sa pâleur et distingue la malade qu'elle est. Deux gros cernes lui noient le regard. La jeune Balbine abandonne les reproches. Elle a fait le point, rédigé une note d'analyse et communiqué ses demandes à la magistrate. Expertise de la mère, perquisition au domicile des Noblet, enquête élargie à l'école, Claire aura enfin droit à une instruction équitable.

Comment le croire : Claire Bodin s'en fout, elle n'en peut plus, elle n'a plus la force d'applaudir. Elle s'est forcée à interjeter appel alors qu'elle voulait laisser tomber et ensevelir tout souvenir de cette sale histoire. Ce désir d'effacement n'est pas mort. Elle voudrait ne plus entendre parler de Gabriel, d'Annick Joyeux et de Geneviève Noblet. C'en est assez de ces trois-là, c'en est trop. Sa confiance dans la justice ne renaît pas en un tournemain parce qu'une juge à la cour d'appel se penche sur son dossier. Ce foutu dossier plein de contre-vérités. Le défaitisme couve sous l'épuisement. Si elle a été condamnée une fois, pourquoi ne le serait-elle pas à nouveau ? Il faut être réaliste, qu'est-ce qui a changé ? Et de toute façon, elle est écœurée, d'ailleurs elle le dira au prochain interrogatoire. Elle ne taira plus ce qu'elle éprouve. À chaque coup de téléphone de son frère, lorsqu'il demande des nouvelles de la procédure, elle élude. Il n'y a rien de nouveau à dire et elle a envie de parler d'autre chose. L'avocate a tout, dit-elle, moi je me soigne, c'est déjà bien. Et de fait, les traitements ponctuent l'automne, jusqu'à Noël. Nécessaire, la radiothérapie est intensive, trois séances par semaine pendant la première quinzaine de décembre. Il est normal que Claire ne travaille pas, elle n'a finalement pas cherché un nouvel emploi, ses parents la croient en arrêt maladie.

3

Jean Mouret quant à lui passe à l'action. Là où Claire est simplement lasse, son frère est remonté. Le jugement l'a choqué plus que s'il était le prévenu, il est décidé à se battre avec les bonnes armes. Claire se montre secrète ? Qu'à cela ne tienne, il la submerge de mails à transmettre à l'avocate avec qui espérer un contact direct est inutile. Il collecte des liens à consulter concernant les nouvelles connaissances et études scientifiques consacrées aux jeunes comme Gabriel : leur affectivité, leur sexualité, leurs épisodes dépressifs, et même leurs pulsions suicidaires. Le sujet est désormais parfaitement documenté. Ces adolescents doivent être accompagnés dans leur avancée vers un âge adulte qui promet d'être pour eux plus difficile et plus contraint. Ils ont le droit d'aimer, de travailler, de vivre chez eux, d'avoir une existence complète. Des solutions existent. Jean s'entretient au téléphone avec une psychiatre lyonnaise qui a beaucoup publié et qui promet de lui circonstancier une note.

En janvier, il organise une rencontre avec un ami pédiatre qui pose à Claire quelques questions sur l'organisation de l'établissement. L'opinion du spécialiste est sévère. L'insuffisance de l'encadrement est manifeste, le corps professoral est laissé trop seul, le travail d'équipe et le suivi psychologique font défaut. Rien n'a été respecté des vigilances collectives qui auraient permis de déceler la descente de Gabriel Noblet vers un désespoir fatal. Il n'est pas exagéré de considérer que la responsabilité de L'Embellie est engagée. Ce point fondamental sera exploité, il a été l'angle mort de la première enquête, le responsable potentiel ayant devancé l'accusation en la déplaçant sur Claire Bodin, pense maître Marin-Troquet lorsqu'elle reçoit l'avis de l'expert.

Avec un souci de pédagogie, la jeune avocate parle à sa cliente. Une enquête et une instruction sont censées explorer toutes les pistes, dit-elle, elles ne doivent pas simplement confirmer un soupçon dont on oublierait finalement l'origine. En l'occurrence, celui que Mme Joyeux a habilement fait peser sur vous. Ce n'est pas un hasard si dès le début elle vous a envoyée non pas chez un avocat mais chez un psychiatre de sa connaissance. C'était orienter immédiatement l'affaire. Pourquoi agir comme ça ? se désole Claire. En tant que directrice, elle s'est peut-être trouvée désemparée et humiliée par un suicide dans son établissement. Elle a glissé une autre responsable sur le devant de la scène. Et c'était vous. L'instruction doit maintenant purger d'autres hypothèses, par exemple une faute de l'école ou une difficulté avec la mère. Claire acquiesce, elle a tout compris, elle s'étonne qu'un juge se fasse piéger comme ça par un acteur qui attaque pour mieux se défendre. Elle n'a pas envie d'y repenser. On va rectifier ce biais ? Très bien, d'accord. Elle ne sera plus seule mise en cause, c'est déjà quelque chose.

Il faudra des preuves que Claire a travaillé seule avec des jeunes en grande difficulté, une charge disproportionnée pour l'emploi qu'elle occupait. Qui interroger à ce sujet ? La directrice ? Annick Joyeux répétera que Claire n'en faisait qu'à sa tête.

Quant aux élèves, tous témoins de première main, ils sont handicapés mentaux comme la victime, des jeunes aux capacités limitées, juridiquement représentés par des parents qui ont refusé leurs témoignages. Des pauvres gens subornés par l'autorité dont dépend la place de leur enfant à L'Embellie. Il ne reste que l'entourage de Claire. La forme de ses journées était connue, son caractère lisible, sa réputation impeccable. L'abbé lui-même propose de se porter garant. Jean, Astrid, Sabine et Marc rédigent des attestations sobres et émouvantes. Voilà Claire Bodin dépeinte en épouse épanouie, mère tendre, enseignante dévouée, femme de bien. Elle est saine et gentille, affectueuse et expressive, sa vie est stable, sa famille heureuse et réconfortante. Aucune piste n'est plus à négliger, Claire a surmonté sa répulsion à solliciter des amis. Une vingtaine de lettres s'ajoutent, qui évoquent sa nature chaleureuse, sa simplicité, sa spontanéité, son attention aux autres et son dévouement.

Balbine Marin-Troquet se montre de plus en plus optimiste. Le dossier de la défense s'est largement étoffé. La juge trouvera un contrepoint aux thèses de l'accusation et aux portraits établis par les experts-psychiatres. Quelque chose a bougé. L'avocate a d'ailleurs obtenu l'expertise de la mère. Geneviève Noblet est actuellement internée en hôpital psychiatrique. Sans doute pour dépression, pense Jean Mouret à qui Claire le confie avec une excitation de curiosité. Est-ce qu'un fragment de vérité apparaîtra ? Le clan Bodin commence à l'espérer. Mais soudain, alors qu'on s'approche du printemps, l'épidémie mondiale interrompt cette dynamique favorable. Le vendredi 13 mars 2020, un confinement est décrété pour tout le pays. Il prend effet le 17. L'avancée de la justice est stoppée net. L'affaire Noblet-Bodin n'est pas prioritaire. Pas de détention provisoire, pas de menace à l'ordre public ou de risque de pressions sur les victimes, rien qui presse, il faut attendre. Armez-vous de patience, cela risque d'être long, prévient maître Marin-Troquet.

On ne parle plus que du virus, des contaminations journalières, du système de santé saturé, des atteintes aux libertés, des erreurs du gouvernement, de la pénurie de masques, du mensonge pour la camoufler, du télétravail et de l'école à domicile : attendre et oublier devient facile. Comme de nombreux parents, les Bodin se transforment en professeurs à domicile et Claire peste plus que jamais contre l'excès de travail. Mais voilà longtemps qu'elle n'a pas été aussi heureuse. Côté Salpêtrière, le traitement est fini, elle est officiellement en rémission. Ce langage prudent mais pessimiste lui déplaît, elle dit résolument : Je suis guérie. Côté tribunal correctionnel, les juridictions fonctionnent au ralenti, rien ne se passera, elle savoure ce répit. Côté domestique, au lieu de se sentir seule chez elle et privée de son emploi, elle est enfermée avec son fils et son mari. Chaque soir, à la fenêtre, leur trio applaudit les soignants. Les familles se saluent d'un immeuble à l'autre. Certaines mettent la musique à tue-tête. C'est gai, remarque Claire. L'anonymat de la ville est rompu, la vie habituelle suspendue. Pour l'accusée, c'est une trêve, presque une bénédiction. Certes, à l'occasion d'un contrôle policier, l'affaire resurgit. Claire n'a pas noté l'heure sur son attestation de sortie et un fonctionnaire tatillon se montre intraitable. Elle le regarde se connecter à l'ordinateur dans la camionnette de la police et se persuade qu'il l'a trouvée sur un listing des condamnations judiciaires. Cent dix euros d'amende, à qui est-ce arrivé ? Je suis fichée comme une criminelle, raconte-t-elle à Jean qui bémolise.

4

La crise sanitaire confisque l'année 2020. Même l'été n'est qu'une parenthèse entre deux confinements. Celui de novembre interrompt la recherche d'emploi que mène Claire. Rien de nouveau et encore le pire : le 7 octobre, elle se résout à faire piquer Asperge par le vétérinaire. Cet affreux instant où la vie quitte l'animal la frappe. Je l'ai tenue dans mes bras, raconte-t-elle à Marc, et leur conversation s'engage sur le sujet du droit à mourir. L'idée d'une euthanasie légale horrifie les Bodin, Claire est pour la vie, pour le maintien des vieux à domicile, pour les soins palliatifs et la chance d'un temps qui permet des adieux. Elle a trouvé à s'occuper auprès d'une dame âgée de quatre-vingt-quatorze ans. Arrivée le matin à neuf heures, elle lui prépare ses repas, l'emmène se promener, vient à bout du repassage pendant la sieste et joue au Scrabble avec sa protégée. La nonagénaire a toute sa tête et se montre agréable, Claire se dévoue, c'est une belle relation, dit-elle. Elle ne peut pas t'écrire une attestation ? demande Jean. Claire proteste. Ça suffit les témoignages, je ne vais pas traîner cette affaire partout où je travaille.

Mais elle la traîne bel et bien. Elle l'a dans la tête, elle l'a sur le cœur, elle l'a dans sa vision d'elle-même. Personne n'a lavé ce qui a été dit de sa personnalité. Autour d'elle d'ailleurs, nul n'en a idée. Claire est seule avec ce paquet de critiques, de désaveux et de soupçons. Elle ne saurait plus affirmer qui elle est. Comment vivre avec cette faille ? Elle aimerait récupérer son âme : son identité, son honneur, sa tranquillité d'esprit, sa confiance – fût-elle mince. La justice n'y suffira pas, qui lui a déjà raconté quantité de folies. La conscience est indépendante du jugement. Être condamnée ou pas, Claire Bodin a fini par s'en moquer. Elle s'est désengagée de l'espoir et protégée de l'échec, elle s'est convaincue que l'issue ne changera pas sa vie. C'est une parade inconsciente à la blessure qui subsiste et au secret qui pèse. Être soupçonnée, être condamnée, douter de le mériter, qui a le pouvoir de mettre fin à ces souffrances ? Les Noblet le possèdent. Il suffirait qu'ils disent : nous savons que vous n'y êtes pour rien. Claire l'a espéré en leur écrivant. Espoir déçu, peine perdue. Il faudrait une force supérieure, une transcendance. Dieu bien sûr.

Pendant l'instruction, elle est allée à la messe chaque matin. Prier et communier l'apaise. Lors du premier confinement, le couple Bodin s'est battu pour la liberté de culte et l'ouverture des églises. Le temps d'un office, la spiritualité se substitue à tout le reste. Après l'audience, condamnée par le tribunal, Claire s'est confessée. Dieu sait la vérité, sa miséricorde est grande, son serviteur donne l'absolution, la conscience s'allège. Une vie secrète encore. En somme, Claire est plus en paix avec le ciel qu'avec elle-même. L'oisiveté ne lui réussit pas. Je suis une active, dit-elle à Jean, déplorant le départ de sa vieille dame en Ehpad. C'est triste, on s'entendait bien, je faisais des progrès au Scrabble ! Tu trouveras quelque chose de plus intéressant, assure Jean. La famille Mouret est rassemblée pour fêter la nouvelle année 2021. Comment serait-elle pire que les deux précédentes ? pense Claire.

En janvier, elle répond à une annonce pour un poste à mi-temps dans une paroisse de banlieue dont le curé a besoin d'une secrétaire. Travailler avec un prêtre, cette perspective émerveille Claire Bodin. Ce serait donner à son existence une unité inespérée, allier la foi et la vie pratique. Hélas le premier rendez-vous au diocèse est raté. La responsable du personnel fait passer des tests psychotechniques comme si elle recrutait un patron de grande société. Pour un job à moins de mille euros bruts mensuels ! C'était ridicule, raconte Claire qui a déplu et ne s'est pas montrée conciliante. Elle avoue que le seul mot de *tests* lui a fait perdre ses moyens. Elle ne commente pas le caractère *psychotechnique* qui a ravivé l'inconfort et l'angoisse des expertises. Je ne serai pas prise, dit-elle, ça s'est mal passé. Sans doute est-elle plus déçue qu'elle ne l'admet, et courageuse une fois de plus. Mais une seconde chance se présente. Puisqu'il n'y a que cinq candidatures, M. le curé voudrait bien rencontrer toutes les postulantes. Sait-il que le recrutement diocésain a ses critères qui ne sont pas les siens ? Pense-t-il que la bonne entente l'emporte sur les facteurs objectifs ? Il est normal qu'il ait plus que son mot à dire. En tout cas, Claire est convoquée pour le rencontrer. Un administratif du diocèse sera présent à l'entretien.

Miracle, sympathie ou habitude, la conversation avec l'homme de Dieu est naturelle, chaleureuse, gaie, dans laquelle Claire Bodin se retrouve, telle qu'en elle-même. Elle n'est plus l'enseignante suspectée, la personnalité fragile, l'accusée condamnée, mais la femme généreuse, vraie et poignante. Elle raconte son parcours professionnel et sa vie familiale, évoque sa foi et son engagement dans sa paroisse. Avec le prêtre, dans la bienveillance, le courant passe. D'un seul coup, la parole redevient facile. Sans fausse modestie ni prétention, Claire sait exprimer sa compétence, ses qualités, son énergie, le plaisir qu'elle trouverait à cette place, son goût des personnes, ses valeurs chrétiennes. Bien sûr la confiance est cruciale, le trio s'accorde sur ce point. Car le poste comporte des responsabilités. Discrétion, droiture et rigueur sont nécessaires. Les relations avec les paroissiens et le personnel de l'église sont importantes. Bien sûr, bien sûr. Claire se sent rougir et imperceptiblement transpirer. Dans ce tableau, soudain son affaire et sa condamnation font tache. La tentation est grande mais il est impossible de taire ce secret. Ce serait démériter déjà, trahir la confiance justement. Comment s'y prendre ? Une confession informelle ? C'est tout à coup l'idée de Claire. Sans craindre l'incongruité, elle ose cette requête imprévue. J'aimerais m'entretenir un instant avec le père Falaise.

Qu'à cela ne tienne, le représentant diocésain se retire. La voilà seule avec le prêtre. Mon père, murmure-t-elle, je dois vous dire quelque chose. Elle est émue, ne peut s'en cacher, fait un gros effort sur elle-même. Excusez-moi, c'est difficile à exprimer pour moi. Le silence, elle le ressent, contient de l'indulgence, de la patience, il est plein de la bonté de celui qui écoute. Elle cherche ses mots, se lance, remonte au commencement – son enseignement à L'Embellie, ses élèves, Gabriel –, arrive au drame – le soupçon infamant, le suicide –, entre dans ce qui a suivi – une mise en examen, un jugement. Elle trouve sa vérité, poursuit, raconte, se sent au bord des larmes, achève. Voilà ce qui m'est arrivé. Une larme tombe, François Falaise saisit les mains aux ongles rongés, salue le courage de la confidence, félicite, remercie, rassure. Dieu est avec vous.

Les mots du réconfort l'accompagnent jusque chez elle. Elle ne marche pas, elle sautille, caracole, dans la foulée de sa prouesse. Sa peine, sa gêne, et l'avilissement, et l'amenuisement, sont remédiables ! Il suffisait de parler à la bonne personne pour conjurer le discrédit. À Marc et Adrien, à Jean, à Astrid, sans pleurer cette fois, elle raconte toute la scène. Cet aveu difficile, ce récit impossible qu'elle a extirpé des profondeurs de secret où elle l'avait enfoui font flamber sa fierté. Elle s'enthousiasme. Il s'appelle François Falaise ! Elle rit. Elle se reprend à espérer. Puis se réfrène. Les cinq candidatures sont sérieuses, dit-elle. Elle ignore que l'essentiel est déjà atteint : avouer a brisé la gangue de honte qui l'emprisonnait, l'a libérée et rendue à elle-même. Elle a réussi à raconter ce qu'elle ne pensait qu'à cacher. Dans le cadre laïque d'une embauche, elle s'est mise à nu devant une autorité religieuse et morale qu'elle respecte plus qu'aucune autre. Ou ça passe ou ça casse, pense-t-elle. Ce foyer de torture, cette procédure pénale en cours la distingue désormais des autres postulantes. Elle prie. Je suis faite pour ce poste, répète-t-elle en riant, à Marc, à Jean, eux aussi convaincus. Il faut attendre. Attendre encore ! Elle prie. Dieu sait tout, Dieu éclaire, Dieu désigne, Dieu inspire, Dieu intercède.

Elle est choisie ! Parmi cinq candidates toutes excellentes, par un homme qui la sait sous le coup d'une condamnation. Quel signal ! C'est la fin de l'opprobre, c'est la résurrection, c'est la joie, l'élan, le renouveau. Le vent est passé en poupe. Lorsque l'instruction se relance, Claire Bodin est une autre femme. Grâce à l'accueil qui a suivi l'aveu, le doute a disparu, autant que la honte et le secret. Elle a beaucoup donné, elle a beaucoup compté pour un jeune homme qu'elle n'a pu protéger de lui-même et peut-être des siens. Aucun geste n'a été ambigu ou malsain. On ne la fera plus changer d'avis. Nouvelles expertises, interrogatoires, elle s'exécute de bonne grâce, elle n'est plus à la peine. Sa pensée cesse de s'affoler, son expression s'achemine claire et droite, son élocution est tranquille, son regard n'a plus à fuir. Je vois que vous allez bien, se félicite la jeune Balbine. C'est vrai, dit Claire avant d'écouter les nouvelles qui sont bonnes. La juge chargée de l'affaire est rigoureuse et réactive. Geneviève Noblet n'a pas quitté l'hôpital psychiatrique. La perquisition a révélé qu'elle cachait une pièce à conviction. Les policiers ont trouvé le journal de son fils. Un accès d'émotion soulève Claire à cette nouvelle. C'est incroyable ! Je les incitais beaucoup à écrire, dit-elle à la jeune avocate, j'ignorais que justement Gabriel suivait ce conseil. Il le suivait, confirme maître Marin-Troquet, visiblement heureuse.

À partir de cette découverte, tout va très vite. Sans doute succinct et maladroit, le journal intime représente un témoignage posthume. Il fait rendre gorge aux parents silencieux. Que pensait le jeune homme ? Que se racontait-il ? D'où est venu son désespoir ? De quoi, de qui peut-être ? La juge le saura. Finis les conjectures, les escamotages, les mensonges, les dénis et les vengeances. Finie la ténuité d'une accusation. Par les mots de ce garçon adamantin, Claire attend d'être innocentée. Si Marc est à bout de nerfs et Jean plein d'espérance, l'accusée jouit des jours. Matinées à la paroisse dans ce bureau à l'intérieur même de l'église, adjacent à la sacristie. Après-midis dehors avec le nouveau chien. Soirées familiales décontractées. Finalement, remarque Adrien, tu es plus heureuse qu'avant. Être virée de L'Embellie fut un mal pour un bien.

Le 7 juillet 2021, en fin de matinée, trente et un mois presque jour pour jour depuis la première convocation dans le bureau d'Annick Joyeux, Claire prend un appel de maître Marin-Troquet. Elle a fini d'attendre, elle écoute en silence, remercie, repose son téléphone portable et continue de préparer le déjeuner. C'était l'avocate ? demande Marc Bodin dans l'encadrement de la porte. Claire se retourne. Une expression indéfinissable, de gravité, de frisson, quelque chose dans son teint qui s'est apâli, lissé. Elle est muette et mystérieuse. Marc s'impatiente. Alors ?

TABLE

OUVRAGE RÉALISÉ
PAR SOFT OFFICE
À EYBENS
ACHEVÉ D'IMPRIMER
SUR ROTO-PAGE
EN JANVIER 2023
PAR L'IMPRIMERIE FLOCH
À MAYENNE
POUR LE COMPTE DES ÉDITIONS
ACTES SUD
LE MÉJAN
PLACE NINA-BERBEROVA
13200 ARLES

DÉPÔT LÉGAL
1re ÉDITION : MARS 2023

N° impr. : 101843
(Imprimé en France)